a festa de divórcio

laura dave

a festa de divórcio

Tradução

Débora Rosa

Rio de Janeiro | 2013

Título original: *The Divorce Party*

Capa: Silvana Mattievich

Imagem de capa: Michael Powers / Getty Images

Editoração: FA Studio

Texto revisado segundo o novo
Acordo Ortográfico da Língua Portuguesa

2013
Impresso no Brasil
Printed in Brazil

Cip-Brasil. Catalogação na publicação
Sindicato Nacional dos Editores de Livros. RJ

D268f Dave, Laura, 1977-
A festa de divórcio/ Laura Dave; [tradução Débora Rosa].
— 1. ed. — Rio de Janeiro: Bertrand Brasil, 2013.
294 p.; 23 cm.

Tradução de: The divorce party
ISBN 978-85-286-1808-2

1. Romance americano. I. Rosa, Débora. II. Título.

CDD: 813
13-03071 CDU: 821.111(73)-3

EDITORA BERTRAND BRASIL LTDA.
Rua Argentina, 171 — 2º andar — São Cristóvão
20921-380 — Rio de Janeiro — RJ
Tel.: (0xx21) 2585-2070 — Fax: (0xx21) 2585-2087

Atendimento e venda direta ao leitor:
mdireto@record.com.br ou (0xx21) 2585-2002

Para Dana Forman
que me perguntou o que eu sabia
sobre o furacão de 1938

Quando cai, cai tudo sobre você.

— Neil Young

Montauk, Nova York, 1938

É bizarro, obviamente, que aquele tenha sido o verão em que todo mundo estava tentando voar para algum lugar. Howard Hughes[1] e sua volta ao mundo em noventa e uma horas; a decolagem das águas para o céu do luxuoso hidroavião Yankee Clipper; Douglas "Wrong Way" Corrigan e seu voo de Nova York a Los Angeles (em que ele acabou indo parar na Irlanda). Foi também o verão seguinte à primeira aparição do Super-Homem na *Action Comics* e à popularização do café instantâneo, e o último verão inteiro antes da pior guerra. Mas todos falariam, antes de tudo, dos voos. Comentariam quão estranho fora o fato de as pessoas terem passado tanto tempo

---

[1] Howard Hughes (1905–1976) foi um magnata bilionário norte-americano que ficou conhecido especialmente por sua paixão por aviões e por ter investido em tecnologia de aviação e na popularização de voos. Em 10 de julho de 1938, Hughes completou sua volta ao mundo de três dias e dezenove horas, quebrando um recorde mundial em um avião Yankee Clipper, ou Boeing 314 Clipper — um hidroavião luxuoso e caro, produzido pela Boeing entre 1938 e 1941. (N.T.)

mirando o céu e não terem percebido o que estava por vir: um furacão tão devastador que acabaria com a costa leste americana, devoraria o extremo oriental de Long Island, devastaria uma cidade chamada Montauk e a separaria do mundo, uma ilha, sozinha, no meio do oceano.

Foi em setembro, em meio aos últimos vestígios de verão, que o furacão chegou. Ninguém em Long Island sabia que uma tempestade se aproximava naquela tarde. Ou que o Exército teria de vir para restaurar a terra que antes conectava Montauk ao restante da cidade. Ou que levaria duas semanas até que as águas recuassem o suficiente em Napeague para permitir a passagem do tráfego de emergência. Ou que os habitantes de Montauk perderiam quase tudo.

No fim das contas, houve apenas poucas exceções. Perto do Montauk Point,[2] havia sete casas presas tão firmemente aos penhascos que nem o vento, nem a chuva, nem a água conseguiram derrubá-las. Sete casas irmãs, construídas pela mesma empresa de arquitetura, em 1879, habitadas, desde então, durante todos os verões, pelas mesmas sete famílias de Manhattan. Seus portões de aço e suas estruturas resistentes ficaram totalmente intactos. As lareiras, as portas de carvalho e as janelas de vitrais fazendo-as parecerem casas-troféus no topo do fim do mundo.

A casa mais a leste chamava-se Huntington Hall (ou Hunt Hall, para qualquer um que a tivesse visitado de fato). Era a única das sete ainda ocupada naquele fim de setembro. E quem a ocupava era Champ Nathaniel Huntington.

---

[2] Montauk Point é a localidade mais a leste de Long Island, e de todo o estado de Nova York. (N. T.)

Aos 33 anos, Champ era muito atraente e um pouco alto além da conta, e o filho único de Bradley Huntington, o mais bem-sucedido magnata da mídia da América do Norte.

Quando o furacão chegou, Champ Huntington estava fazendo sexo.

Luzes acesas. Cortinas fechadas. Sexo tempestuoso de fim de tarde. Anna estava encurvada sobre a margem da cama; Champ, atrás dela, segurando seu pescoço com a mão.

Durante todo o verão, eles estiveram na casa, fazendo sexo desse jeito. Tentavam, assim, salvar seu casamento. E destruí-lo também.

Do lado de fora, tudo era água, escuridão e tempestade enfurecida. Mas, em sua consciência embriagada, Champ não percebeu. Ele sabia que chovia. Escutava as gotas irem de encontro ao telhado. Escutava o vento. Mas aquilo era Montauk, e estavam em setembro. Esses sons não indicavam que estivesse acontecendo algo brutal.

Brutais eram outros acontecimentos. O primeiro ano de casamento. Aquilo fora errado. Os cabelos negros de Anna dentro da pia. Os encontros que ele não teve de fato. Ele se curvou um pouco mais, abocanhou a orelha dela.

— Não — disse ela. Estava concentrada, quase lá. — Pare.

Quando terminaram, os dois se deitaram: Anna, sobre a cama, e Champ, no chão logo abaixo. O pé dela estava sobre o ombro dele. Este era o único ponto em que se tocavam. Ele quase ergueu a mão para tocar os dedos daquele pé. Sabia, porém, que qualquer demonstração de afeto a irritava. Fazia-a pensar que ele mudara ou que desejava lutar por ela.

Foi aí, e somente aí, que Champ se sentou e olhou para fora. E, talvez porque sua mente ainda estivesse obstruída, o que ele viu lhe pareceu um trem colidindo com a janela. Foi aquela visão que o despertou para os sons. O terrível assobio, estridente e fora de controle. Foi no momento em que o escutou, diria ele mais tarde, que sua vida mudou.

Ele andou até a janela do quarto ainda nu e teve de agarrar-se ao peitoril para sustentar-se de pé. Não conseguia ver a praia ou o oceano. Não conseguia ver coisa alguma, a princípio.

Enrolada no lençol, Anna foi até ele, e os dois ficaram lá assistindo ao vento-trem se projetar contra a janela. Eles assistiram com tanta atenção que nada disseram. Não falaram sobre a velocidade da ventania ou sobre as árvores que se partiam ou sobre o que deveria estar acontecendo no centro da cidade. Se eles estivessem raciocinando naquele momento, poderiam ter se afastado da janela. Poderiam ter receado que ela se estilhaçasse. Mas eles ficaram ali até que a tempestade passasse, e voltasse, e terminasse de vez. O céu amarelo-esverdeado tornou-se púrpura, depois negro, e o sol (ou seria a lua?) despontou, aterrorizante. Era o sol. O casal assistira àquilo durante a noite toda.

— Que horas são? — perguntou Anna.

Ele não respondeu.

— O que faremos agora? — disse ela.

Champ já se movimentava. Ele vestia as roupas, amarrava os cadarços de suas galochas e caminhava para a porta da frente. A pé, atravessou suas terras, desceu pelas encostas escorregadias e pelos montes de árvores destroçadas até o alagado trecho Napeague e, ainda mais longe, até a rua principal. Cinco quilômetros e meio até o interior do vilarejo arruinado.

Havia barcos de pesca e carros empilhados sobre as casas. Fios telefônicos que despencaram, trazendo abaixo telhados destruídos. Postes, armários inundados e estrados de camas jogados. A água fluía de todos os cantos, tornando difícil até mesmo andar pelas ruas. De onde vinha? Se descobrissem de onde vinha, poderiam interromper seu curso!

Champ ergueu as calças e seguiu para o Solar, onde as pessoas haviam se abrigado e tentavam confortar-se. Ele se pôs a trabalhar com os outros homens, removendo carros e pedaços de madeira encharcados, tapando janelas com tábuas, secando cobertores e limpando os cacos de vidro do caminho.

Como ele poderia explicar aquilo até para si mesmo? Não reconhecia aquele sentimento, nunca o tivera antes. Algo, porém, havia se libertado dentro de Champ, algo como devoção ou comprometimento para com o seu lar, sua cidade sofrida e tudo o mais à sua volta.

Talvez tenha sido por isso que, quando ele terminou os serviços, não foi para casa, mas para as docas, onde se sentou sobre caixas com os pescadores, que, depois de tudo, nada mais possuíam, e os escutou se lamentarem por não terem mais nada, e olhou para as suas próprias mãos feridas, e observou a lua surgir, alva e poderosa, incrivelmente segura de si.

Observando a constelação de norte a leste, ele tentou localizá-la. Primeiramente, o Montauk Point, depois os penhascos e as encostas escarpadas, depois a casa em si. Sua casa. Huntington Hall. Altivamente ereta, indiferente.

Foi complicado encontrar o caminho de volta naquela escuridão. Ele seguiu, então, a orla marítima devastada e acabou encontrando seu rumo pela escada de madeira, pelas encostas íngremes, em direção à sua casa, onde tudo estava, em sua maior parte, intacto. Onde Anna o aguardava com velas acesas, sanduíches de tomate e cobertores escuros espalhados sobre o chão da sala.

Quando ele entrou, ela estava diante da porta da frente. Usava um longo suéter roxo e os cabelos presos num coque. Foi até o marido, que se perdeu em seu pescoço, sorvendo seu odor.

— Como estava a cidade? — perguntou a mulher, com a mão ainda sobre o peito dele. — Eu tentei acompanhar as notícias no rádio, mas não havia recepção. Ainda existe uma cidade?

Champ não respondeu, mas a olhava de um modo estranho. E sabia que ela sabia que a olhava daquele modo. Simples assim: ele podia vê-la. Pela primeira vez em um ano, não havia outro lugar em que ele desejasse estar.

O que o conduziu aos seus próprios questionamentos: Por que foi necessário o medo para movê-lo? Por que é necessário que se instale o caos para que percebamos exatamente o que precisamos fazer?

Champ queria fazer aquelas perguntas a ela, mas não tinha certeza de que a esposa teria boas respostas; ele acabaria mudando de ideia, e não queria mudar de ideia. Queria manter aquela certeza.

Mais tarde, apenas trinta horas depois que ele estivera deitado naquele chão pela última vez, ambos se viam deitados ali juntos, encarando um ao outro. E, daquela estranha maneira com que tomamos decisões, as decisões importantes que acabam por nos definir, Champ decidiu que se mudariam para Montauk em definitivo. Nada mais da cidade de Nova York. Aquele lugar se tornara o seu lar.

Ele se virou e olhou para fora da casa, para o mundo que lentamente se recuperava. Observou as cores do céu projetando-se sobre o gramado. E reconheceu a verdade. Ao menos, a verdade essencial. Aquela casa os salvara. Aquele grande e belo chalé que permanecera grande e belo apesar de toda devastação à sua volta. Corrimões firmes, tetos de madeira, vigas resistentes. A casa o salvara, e ele não se esqueceria disso.

Construiria sua vida lá, em nome do amor, da honra ou do que quer que fosse aquilo que ele estava sentindo, mesmo que não conseguisse nomear adequadamente: exaustão.

Ele estava, enfim, exausto.

Olhou Anna nos olhos.

— Tudo será diferente — disse.

Ela balançou a cabeça afirmativamente.

— Eu vou ficar — declarou Champ, em oposição ao que eles haviam discutido mais cedo, sobre ele deixá-la e deixar também a cidade.

— Por quê? — perguntou ela.

— Eu quero assim — respondeu ele.

Anna ficou quieta.

— Você vai me decepcionar — afirmou então ela.

— Provavelmente.

O marido tentara fazer graça, mas a resposta não tivera o efeito desejado. Ele tentou novamente.

— Acho que vai dar tudo certo — disse.

— Começando quando? — perguntou ela. — E terminando quando?

Então, como se isso fosse resposta suficiente, ele a puxou para perto de si, sem relutância, sem qualquer resquício de medo.

— Esta casa — disse ele — testemunhará o amor. Esta casa testemunhará tudo.

parte um *Somente arrependimentos*

Brooklyn, Nova York, sessenta e nove anos depois

Maggie

Esta é a verdade, até onde ela pode enxergar: existem alguns assuntos sobre os quais nunca se deve falar, e dinheiro é definitivamente um deles. Maggie está começando a entender isso do mesmo modo que ela geralmente vem a entender tudo aquilo com que erroneamente julgara saber lidar. Ninguém gosta de falar de dinheiro, quer tenha muito pouco, quer tenha bastante e se sinta levemente culpado pela sorte que lhe coube na vida — principalmente se isso lhe foi legado, como escandalosos cabelos vermelhos ou ancas largas, ou a terrível doença da meia-noite, que mantém seus portadores acordados por horas a fio, pensando em dinheiro e amor e tudo aquilo que nós, como humanos, nunca poderemos realmente compreender a fundo.

A questão é que Maggie não consegue dormir. Pelo menos não desde que ela e Nate se mudaram para Red Hook, desde que investiram todos os centavos que tinham (e muitos outros que não tinham) naquele apartamento de cento e quarenta metros quadrados, e, o que era ainda pior, nos cento e oitenta e cinco mil metros quadrados abaixo dele. Os cento e oitenta e cinco mil metros quadrados que abrigariam seu restaurante. Ela nunca fizera algo assim, nunca se comprometera desse jeito com lugar algum. Não era seu ponto forte. Isso ela sabia sobre si mesma e sabia que qualquer estranho também poderia saber apenas observando o modo como ela organizara sua vida: tornou-se jornalista, crítica de gastronomia, assim que saiu da faculdade, e viveu em oito cidades nos oito anos a partir daí. Foi assim que passou o tempo para além dos trinta anos.

E, embora ela realmente desejasse abrir aquele restaurante, embora tenha sonhado em ter o seu durante todo o tempo em que vinha escrevendo sobre os dos outros, os medos não somem todos de uma vez: medo de investir tanto dinheiro, medo de se fixar em algum lugar. Eram trinta anos de experiência em manter esses medos por perto. E então, contrários à sua vontade, são eles que insistem em assombrá-la toda vez que ela prega os olhos.

O que ela faz, então? Observa o mundo lá fora pela janela. Toca seu violão. Lê livros de culinária mediterrânea e rega as plantas que ficam sobre a escada de incêndio. Ela cantarola. Ela faz faxina. Ela imagina.

Ela pensa em Nate e deixa que a imagem dele tome conta de sua mente e a tranquilize. E, embora tenha provas suficientes de que seu noivo não compartilha de sua propensão para insônia (ou para preocupações intermináveis), jamais suspeitara que ele fosse tão contrário a ela quando se tratava das finanças até aquele momento em que deparou com uma pilha de envelopes endereçados a CHAMP NATHANIEL HUNTINGTON no meio do longo e insatisfatório intervalo da faxina daquela noite.

Repulsivo. Falar sobre dinheiro é algo repulsivo. Mas tente visualizar a cena: Maggie está sentada de pernas cruzadas, vestindo uma regata branca e uma calcinha da Hello Kitty, no meio do chão da sala, cercada de todos os papéis, jornais, arquivos antigos, recibos e declarações de imposto de renda que ela pôde encontrar. Ela está jogando tudo fora, e escutando "Harvest", do Neil Young, no aparelho de som, enquanto sente que está, afinal, seguindo em frente com sua vida. Ela tem percebido que este é outro efeito de sua recém-descoberta insônia: você sente muitas vezes como se estivesse caminhando com sua vida, até que esfrega os olhos, força-se a pensar a fundo no assunto e chega à conclusão de que não está muito distante do ponto onde começou, afinal.

Maggie se espreguiça, avança meio metro à sua frente e lá está a pilha de envelopes, com o logotipo CITIGROUP SMITH BARNEY, endereçada a Champ Nathaniel Huntington. Ela remove o elástico que ata as cartas e prepara-se para abrir a primeira. Não lhe ocorre agir de outra maneira. Ela não está à procura de informação. Está à procura do contrário. Quer descobrir que esse negócio de Citigroup não passa de lixo e acrescentar esses envelopes à terceira sacola cheia para a reciclagem. E depois quer pegar aqueles sacos e jogá-los no beco atrás da rua Pioneer, dentro daquelas caçambas de lixo gigantescas que aguardam pelo recolhimento do Departamento de Saneamento da Cidade de Nova York.

Este é o objetivo: deixar o apartamento algo próximo de uma ordem funcional antes que eles saiam, mais tarde, para a casa dos pais de Nate em Montauk, antes que eles se dirijam para a casa dos pais dele por uma razão sobre a qual ela nem quer refletir, uma razão em que ela tem evitado pensar.

A festa de divórcio dos pais de Nate.

Ao longo das últimas semanas — desde que ela descobriu que eles iriam conhecer a família de Nate e desde que descobriu o *porquê* —, ela tem evitado o assunto e se referido a isso em sua mente como uma festa de aniversário. Como poderia pensar diferente? Uma festa de divórcio? O que isso significa, afinal?

Na Carolina do Norte, o mais próximo de uma festa de divórcio que ela vira foi quando Loretta Pitt jogou as tralhas de Henry Pitt pela janela do quarto deles no terceiro andar. Roupas, chapéus e sapatos despencando como flocos de neve, como tijolos. Acompanhados por música. Madonna, se Maggie lembrava bem. *The Immaculate Collection*.

A julgar, porém, pelo convite verde e branco de muito bom gosto que seus futuros sogros enviaram, a julgar pela meia dúzia de livros que a mãe de Nate, Gwyn, enviou junto (com títulos como *Um gracioso divórcio*), uma festa de divórcio era um importante e necessário rito de passagem, um importante e necessário modo de celebrar *o fim pacífico de uma estimada união*. Calhou apenas de seus futuros sogros escolherem terminar pacificamente sua união justo no dia em que Maggie iria conhecê-los.

Fabuloso.

O único saldo positivo é que a consciência do que a aguarda despertou-lhe um ânimo novo para arrumar sua própria casa. (Quem ela está enganando? Não querer voltar a um apartamento que está ainda mais bagunçado do que *antes* de ela começar a arrumá-lo é o que despertava aquela contração do estômago.) Mas só ao abrir o primeiro envelope destinado a Champ Nathaniel Huntington, contudo, que percebe Nate parado diante da porta da sala.

— O que está fazendo? — pergunta ele.

Ele está de cueca samba-canção, sem camisa. Cabelos pretos, olhos verdes cintilando para ela. Boceja. São apenas oito da manhã e Nate estivera no andar de baixo derrubando paredes com o empreiteiro — Johnson, o Empreiteiro, como o chamam e como ele se autodenomina — até depois das cinco da madrugada.

— O que estou fazendo? — indaga ela. — O que *você* está fazendo? Por que já está de pé?

Ele dá de ombros, começa a se espreguiçar.

— Não consigo dormir, eu acho — diz.

Não consegue dormir? Nate nunca *não* consegue dormir. Mas lá está ele, caminhando descalço para provar que ela está errada, até parar exatamente diante dela. Ela acompanha o olhar dele conforme ele inspeciona as infinitas pilhas de papéis e jornais, os copos embalados e uma penca de cabides de ferro. Ela aponta para uma garrafa de produto de limpeza aberta aos seus pés. Não o tinha usado ainda, mas estava lá.

— Que foi? — pergunta ela. — Estou fazendo faxina.

— Posso ver — diz ele. E sorri aquele sorriso que vai de orelha a orelha, abrindo seu rosto inteiro e fazendo com que pareça mais jovem e mais velho ao mesmo tempo. Na primeira vez que ela vira esse sorriso, Nate estava do outro lado de uma mesa no mercado de um fazendeiro no Ferry Building,[3] no centro de São Francisco. Os dois escolhiam, então, em uma pilha de tomates. Dúzias de tomates. Ele escolheu um amarelo gigante com finos sulcos

---

[3] O Ferry Building Marketplace é um terminal de balsas em São Francisco, Califórnia, onde funciona uma feira e onde se concentra todo tipo de restaurantes. (N. T.)

pretos, sorriu e lançou-o para o outro lado da mesa, na direção dela. *Este é o melhor que há*, disse.

E o que você diria se eu tivesse derrubado?, perguntou ela.

Ele olhou para a mesa logo abaixo e para todos os outros tomates que restaram. *Eu ainda teria por volta de quarenta e nove outras chances*, disse, *de as coisas saírem como eu queria*.

— Maggie — diz, enquanto afasta cautelosamente as pilhas de objetos para fora do caminho, como se de fato fossem pilhas, e se senta de frente para ela de modo que os joelhos dos dois se tocam e suas mãos seguram as coxas nuas dela.

— Que foi?

— Por favor, diga que não passou a noite toda fazendo isso — diz ele.

— Por quê? Alguém tem de fazer.

— Sim, mas... — E limpa algo do rosto dela, talvez marcas de jornal, talvez tinta ou sujeira. — Alguém, assim espero, que vai de fato chegar a algum lugar com isso.

Maggie afasta o olhar, tenta evitar que seu rosto ruborize. Ele não está caçoando dela — ou está, mas somente porque espera que ela também caçoe de si mesma. Mas ela não consegue, não exatamente. Maggie ainda cultiva a ideia, em algum cantinho dentro de si — que justifica a assinatura da *Real Simple*[4] e os duzentos e cinquenta dólares, mais impostos, que pagou pelo seu aspirador de pó Bissel Healthy Home —, de que um dia se tornará o tipo de mulher que consegue deixar tudo limpo, ordenado, bonito, com cara de novo.

---

[4] Revista mensal destinada ao público feminino que trata de assuntos domésticos em geral. (N. T.)

Ela é eficiente em outros setores: já organizara todo o sistema de computação e de contabilidade para o restaurante e sente-se mais do que segura com sua habilidade de administrar a recepção, quando eles abrirem, e com sua capacidade de gerenciar o bar.

Como quis o destino, porém, Maggie está se casando com um homem que tem em si mais da mulher que ela gostaria de ser do que ela jamais terá. Nate é o melhor cozinheiro que já conheceu, um faxineiro nato, um construtor. Ele conserva jarras de ervas frescas na bancada da cozinha. De alguns caibros velhos, ele entalhou a mesa da sala de jantar. E torna belo tudo aquilo que toca. Até mesmo — embora Maggie jamais tenha previsto que se sentiria assim — ela.

Movendo-se para o colo de Nate, ela envolve a cintura dele com as pernas; sua mão alcança e acaricia as costas dele, que está pegajoso em virtude do sono e da transpiração da noite anterior. Ela não liga. Poderia viver assim. Sorri e beija-o; aquele lábio inferior macio encontra o dela, prendendo-a ali.

— O que estava pensando para não conseguir dormir? — pergunta ela. — Que não quer se casar comigo porque não sei limpar a casa?

— Quero me casar com você mais ainda por não saber limpar a casa.

— Péssimo mentiroso — diz ela.

— Péssima faxineira — replica ele.

Ele se afunda no pescoço de Maggie até que ela sente aquele sorriso contra sua pele, as mãos dele deslizando por dentro da calcinha. É então que ela volta o olhar para o chão e seus olhos deparam com *eles* novamente. A pilha de envelopes do CITIGROUP SMITH BARNEY. Aqueles endereçados a Champ Nathaniel Huntington.

— A propósito, Nate — diz sobre o ombro dele. — Quem é Champ Huntington?

Assim que as palavras são pronunciadas, Maggie sente o corpo dele contrair-se. E, quando ele se afasta delicadamente, ela vê uma expressão desagradável e desconhecida apoderar-se do rosto do namorado.

— O que foi mesmo que você me perguntou?

Ela alcança os envelopes e os entrega a Nate.

— Eu encontrei isso. São seus? São extratos bancários ou algo assim? Não sabia que tínhamos uma conta nesse banco. Temos?

Ele volta o olhar para os envelopes, folheia-os e assente com a cabeça.

— Meio que sim.

Isso faz sentido para ela. Eles "meio" que têm contas abertas por toda a cidade naquele momento, contas diferentes de várias instituições diferentes, todas lhes emprestando muito pouco dinheiro a juros muito altos; tudo para o restaurante. Oito em cada dez restaurantes fracassam ainda no primeiro ano. Seis em cada dez casamentos fracassam pouco depois disso. Eles estão fazendo apostas de alto risco, se é que ela se permite pensar nisso como um jogo. Ela tenta não se permitir.

— Mas quem é Champ?

Ele volta o olhar dos envelopes para o rosto de Maggie.

— Sou eu — afirma.

Ela começa a gargalhar, certa de que ele está brincando.

— É claro. Algo que se esqueceu de me contar, *Sport*? Quer dizer, *Champ*!

Ele sorri, mas um sorriso nervoso, e não diz nada. Solta o envelope.

— Espere aí, é sério? Seu nome é Champ?

— Não, o nome do meu avô é Champ. Ou era Champ. E eu fui batizado em homenagem a ele, mas nunca usei esse nome sequer um dia da minha vida. Ninguém nunca me chamou de Champ. Mas é meu nome oficial de batismo. Champ Nathaniel Huntington.

Maggie sabia que Nate havia sido batizado com o nome do avô paterno, mas presumira que seu nome era Nate. Presumira porque Nate nunca lhe afirmara o contrário.

— Como nunca mencionou isso antes? — pergunta ela.

Ele encolhe os ombros.

— Você iria querer mencionar isso?

O argumento não é ruim. Ela deve ter aparentado involuntária severidade, porém, pois Nate mostra-se bastante nervoso.

— Uau — diz ele —, você nunca mais vai fazer sexo comigo depois dessa, não é? Quem faria? Quem dormiria com alguém chamado Champ?

Ela começa a rir e coloca os braços na nuca dele, envolvendo-o. Ele enrubesce: Nate, Champ, qualquer nome que seja, está *realmente* vermelho. E isso faz com que Maggie se arrependa de ter mencionado os envelopes.

— Você não tem culpa de nada. Eu só penso que não foi muito gentil da parte dos seus pais, só isso — diz ela, fazendo com que ele a olhe nos olhos. — Ou da parte dos seus bisavós...

Nate concorda, largando os envelopes.

— Nem brinca — diz ele. E olha para Maggie de um jeito que ela conhece, daquele jeito que denuncia que há um assunto delicado a ser tratado. — Mas eu acho que foi por isso que não consegui dormir.

— Como assim? Teve medo de que alguém o chamasse de Champ e estragasse a farsa?

Ele não estava, porém, em clima de humor.

— Sinceramente? Eu estou um pouco tenso com o fato de você conhecer minha família.

— Por quê? Por causa do divórcio?

Maggie o olha com cautela, seu rosto meigo e atraente. Estica a mão para tocá-lo com as costas dos dedos. Compreenderia se ele estivesse nervoso por ela conhecer seus pais em razão do divórcio iminente, mas Nate insiste que está tranquilo em relação a isso. Ele insiste em dizer que o caso dos pais foi apenas *uma mudança de rumos* desde que seu pai decidiu converter-se ao budismo e começou a reconfigurar sua vida nessa direção. Continua a insistir que os pais decidiram, juntos, que tal mudança significava que suas vidas tomavam caminhos opostos. Depois de trinta e cinco anos juntos. *Como Nate pode estar tão tranquilo assim com isso?* Maggie já se perguntou mais de uma vez. Não é, afinal, o propósito do casamento — e Maggie não consegue se forçar a perguntar isso em voz alta — que você encontre um modo de fazer dois caminhos distintos se encontrarem?

— Há apenas alguns detalhes importantes — diz ele — que você deve saber antes de irmos. Detalhes que eu provavelmente já deveria ter lhe contado antes.

Ela tenta descobrir um modo de dizer o que pensa de forma que ele a entenda.

— Nate, eles poderiam ter três cabeças e isso não mudaria nada. Eu não me importo — diz ela.

E não se importa mesmo. A julgar pelo seu histórico, teria se importado. Contudo, a julgar pelo seu histórico, em qualquer relacionamento, ela costumava ser aquela pessoa sempre à procura de um motivo para fugir. Precisava de menos de meia razão para ela pular fora: os pais de alguém, o perfume de alguém, a paixão de alguém pelo Sting. Com Nate, porém, tudo é diferente, tem sido diferente desde o início.

— Detalhes importantes como o quê? — indaga ela. — Seus pais vão continuar casados, na verdade?

Ela tenta levar tudo na brincadeira, mas ele não se deixa levar.

— Não sei se você está pronta para escutar.

— Estou pronta — diz ela. — Claro que estou pronta. Devo lembrá-lo que minha infância não foi perfeita como em uma série dos anos 1960?

E não foi mesmo. A não ser que você considere perfeito ser criada sozinha por um dono de bar e churrascaria nada maduro em Asheville, na Carolina do Norte. A não ser que considere idílicas as bem-intencionadas, mas infelizes, escolhas de Eli Mackenzie — como aceitar a ajuda de sua filha de 15 anos nos turnos da meia-noite no bar, para reforçar o orçamento familiar.

Nate sorri.

— Os anos 1960 não foram um pouco antes da sua época, não?

Nate é quatro anos mais velho do que Maggie, mas gosta de fingir que a diferença é de dez. Ou, quando lhe interessa, de cem.

— Só me conte — pede ela.

— Tem certeza?

— Antes tarde do que nunca.

Mas então ela aproxima o nariz do pescoço dele, e um odor forte, como um bafo quente, como a combinação de salmão e leite azedo, adentra as suas narinas.

— Jesus, que diabo de cheiro é esse? Eu devo mesmo querer saber?

— Não é bom? — pergunta ele.

— Não. — E ela balança negativamente a cabeça. — Não é bom.

— É o gel caseiro de cem ervas de Johnson, o Empreiteiro. Feito também com extrato de alho e escamas ressequidas de peixe, de um fornecedor no bairro chinês. Ele tem uma jarra imensa cheia desse negócio e jura que vai aliviar qualquer dor que eu sinta em virtude do trabalho de ontem.

— Bem, eu espero que alivie, mas... Eca! — diz ela, e, por alguma razão, aproxima-se para inalar melhor. — Este é um dos piores cheiros que eu já senti na vida. Você talvez seja uma das coisas mais fedidas que eu já cheirei.

— Talvez isso seja uma boa notícia.

— Como assim?

— Porque quando você se afastar de mim por causa do que eu vou lhe contar, eu poderei culpar o gel.

— Estou pronta — diz ela, escondendo o rosto num gesto exagerado de criança que se encolhe antecipadamente para receber a injeção do médico.

— É sobre a situação financeira da minha família. Sobre o que você teria descoberto se tivesse aberto esses envelopes.

Maggie abre os olhos, encontra os dele. Sente-se suspirar, incomodada por ser isso o que o preocupa. Ela já presumira que, embora a família de Nate viva razoavelmente bem — seu pai é um pediatra, e sua mãe, uma professora de artes aposentada —, eles certamente não têm uma situação muito confortável, uma vez que, mesmo com o investidor do restaurante e com Eli lhes dando algum suporte, Maggie e Nate vêm economizando, guardando e poupando mais, pedindo empréstimos de três bancos cujos nomes começam com a letra W e outros dois que começam com C. Na verdade, aparentemente três bancos que começam com C.

Talvez, contudo, ela tenha se enganado em supor que Gwyn e Thomas viviam até mesmo razoavelmente bem. Mesmo que Nate tenha crescido em Montauk. Talvez ela tenha presumido errado.

— Eu não me importo com isso, Nate — afirma. — Como pode pensar que eu me importaria com isso? A situação financeira da sua família... não faz a menor diferença para mim.

— Mesmo?

Ela balança a cabeça positivamente.

— Eu juro.

— Que bom — diz ele, pousando os lábios sobre a testa dela. — Porque a minha família tem por volta de meio bilhão de dólares.

Gwyn

Há boatos, você sabe. Sempre há boatos. Boatos que as pessoas tomam por verdades mesmo antes de tentarem averiguar.

Você sabe, sobre qual é a verdadeira versão da história.

Isso incomoda Gwyn. Boatos, meias-verdades. Como, por exemplo, o caso do bolo. O bolo Veludo Vermelho. A história que contam desse bolo é que foi inventado num restaurante no hotel Waldorf-Astoria, em Nova York, nos primeiros anos de 1900. Conta-se que o *chef* confeiteiro de lá fez um bolo usando corante vermelho, e que uma das hóspedes gostou tanto que pediu a receita, somente para descobrir, ao fechar sua conta no hotel, que lhe haviam cobrado várias centenas de dólares pelo doce. Quando ela tentou reclamar, o estabelecimento recusou-se a retirar a cobrança. Como vingança, ela espalhou a receita entre todas as amigas, por todos os cantos do país. E todas as amigas a espalharam entre suas próprias amigas, e assim por diante...

A questão é que, apesar de encantadora, a história é uma bobagem. Gwyn sabe disso. Ela sabe que a versão correta da história do bolo Veludo Vermelho, sua verdadeira história, é menos uma anedota encantadora do que um aviso. A verdadeira história por trás da maior parte de tudo é, geralmente, de acordo com a experiência recente de Gwyn, uma advertência.

De como as coisas podem acabar dando errado.

De como elas acabam.

Ela suspira — não é do tipo que costuma suspirar pelos cantos, mas suspira —, pensando em tudo isso. Então, checa o horário no relógio do carro: nove e quinze da manhã. Gwyn está sentada ali já faz mais de meia hora, no pequeno estacionamento do aeroporto East Hampton, dentro de sua caminhonete Volvo vermelha. Thomas já deveria ter aterrissado por volta daquele horário. Obviamente, porém, não aterrissou. Nesses aeroportos pequenos, você nunca pode contar que as coisas saiam como o previsto. Além disso, Gwyn deveria culpar a si mesma, se precisava culpar alguém. Foi ela quem organizou tudo para que Thomas retornasse de sua conferência médica na manhã da festa deles. Foram necessárias muitas artimanhas, na verdade, para orquestrar tudo desse modo: um voo noturno do aeroporto internacional de Los Angeles para o John F. Kennedy, em Nova York, um segundo voo particular até ali. Ela queria, ou melhor, precisava que Thomas voltasse naquele momento, bem em cima da hora, para que ela pudesse saber como lidar com ele, como mantê-lo ocupado, de modo que seus planos para aquela noite fluíssem sem percalços, exatamente como ela os havia previsto.

Gwyn não está segura, contudo. Sobre qualquer um de seus planos transcorrer da forma como ela desejava. Exceto pelo bolo. Ela está segura em relação ao bolo. Porque ela domina a arte de fazê-lo e porque é o preferido de Thomas. De todas as coisas que ela faz para ele, o bolo é o que ele prefere. Foi a primeira coisa que fez para ele, no primeiro encontro dos dois, ambos sentados sobre o telhado do prédio em que ela morava em Nova York. O único prédio que ela habitou na cidade, às margens do rio Hudson. As maiores vantagens de se morar lá eram a proximidade com a Universidade de Columbia — em que ela havia se inscrito para o curso de pedagogia — e o telhado, ou, melhor dizendo, a vista para o rio que se tinha daquele telhado. Thomas trouxera uma garrafa de vinho — um Château Mouton-Rothschild, de 1945. E eles ficaram sentados sobre o telhado até as duas da manhã, saboreando o bolo Veludo Vermelho e bebericando o vinho diretamente da garrafa.

É claro que o vinho poderia ter vindo do mais popular dos restaurantes, até onde ela entendia de vinhos. Não fazia a menor ideia de que valia milhares e milhares de dólares. (Thomas também não fazia; ele simplesmente surrupiara uma garrafa da adega do pai antes de dirigir-se à casa dela na cidade.) Acima de tudo, aos 22 anos, ela não teria concordado em beber aquele vinho se soubesse quanto custava.

Gwyn sabia o que houvera de mais importante naquela noite, porém, ainda que preferisse não saber. Thomas comera o último pedaço do bolo. Houvera a doce disputa entre os dois — *você come; não, você come* —, mas Thomas acabara ficando com a fatia. Faz sentido que ele coma o último pedaço agora também.

O celular dela toca alto, muito alto, mesmo do fundo de sua bolsa. Ela procura por ele, esperando que seja Eve. Torcendo que seja Eve. Essa é a moça que Gwyn contratou para organizar o bufê da festa. Eve Stone do Cozinha da Eve, em Quogue, Nova York.

Gwyn vem tentando contatá-la a manhã inteira, sem sucesso, e tudo o que consegue pensar é que não tem ideia de como fazer tudo aquilo. Não tem ideia de como planejar a festa de divórcio daquela noite. Ela já esteve em algumas festas de divórcio e encontrou um monte de livros que incentivam a ideia de se fazer um divórcio curativo, de celebrá-lo — *Arquivar não é fracassar, A última dança que você pode dançar, Adeus pode ser uma nova forma de olá!* Mas eles são para pessoas que não acham graça secretamente da ideia de uma festa de divórcio, pessoas que compram uma ideia que Gwyn está somente fingindo comprar.

A ideia de que tudo pode terminar bem.

A ideia de que tudo pode, simplesmente, terminar.

Ela abre o celular logo após o quarto toque.

— Eve? — pergunta. — É você?

— Quem é Eve? Não, mãe. Sou eu.

"Eu" é Georgia. A filha de Gwyn. A filha que não tem a menor noção do que está realmente acontecendo com seus pais. Nem a filha, nem o filho. Sim, eles sabem que os pais estão se divorciando. Gwyn vem tentando protegê-los do resto. Ou, pelo menos, é isso que tem dito a si mesma. Talvez seus motivos não sejam, contudo, assim tão inocentes. Talvez não lhes tenha contado tudo porque, uma vez que o faça, não há mais retorno. Uma vez que diga as palavras em voz alta, sobre o que está realmente acontecendo, ela não poderá decidir acreditar em algo diferente.

— O que está havendo, querida? — indaga Gwyn, enquanto ajeita o celular na orelha. — Está tudo bem?

— Defina "bem".

— Você está em trabalho de parto?

— Não que eu saiba.

— Bom. — Gwyn balança positivamente a cabeça. — Que bom.

Que bom. Ainda que Gwyn saiba que Georgia se incomoda toda vez que a mãe pergunta, é um alívio. Georgia viera de Los Angeles, ficando duas semanas na casa de Gwyn, enquanto seu namorado francês, Denis — que se pronuncia, como Georgia adora lembrá-los como se eles tivessem errado alguma vez, Den-i —, prepara um disco com sua banda, em Omaha, Nebraska. Georgia com seus 25 anos e seus oito meses e meio de gestação. Oito meses e meio grávida do filho de um homem que ela conhece há dez meses e meio. Não parece uma decisão das mais sábias, se alguém perguntasse a opinião de Gwyn. Mas ninguém perguntou.

Ninguém perguntou sua opinião sobre Maggie também. Maggie, com quem Gwyn apenas falara pelo telefone, mas que tinha uma risada de que Gwyn gostara, uma risada em que ela confiara, especialmente porque aprendera com o tempo que o modo como uma pessoa ri geralmente reflete quem ela é, como ela é. A risada de Maggie é empática, generosa. Qualidades que ela acolherá por Nate. Acolherá com prazer.

— Mãe.

— Georgia.

— O avião do papai já aterrissou? Eu preciso falar com ele. Denis cortou a mão no saca-rolha e ele não quer pegar um avião para cá se for algo realmente sério. Vai que ele precisa ir a um hospital em Omaha ou algo assim. Foi na mão esquerda. Ele precisa que ela fique boa logo. Ele é o baixista.

— E se ele fosse o baterista? Não haveria problema?

— Mãe, por favor, leve a sério. Eu preciso que o papai diga ao Denis o que fazer.

Papai. Georgia ainda procura pelo pai para lhe dizer o que fazer, ainda acha confortável ser sua menina. Será que vai ser assim também com o filho de Denis e Georgia, o amor pelo pai mais fácil, mais profundo? Por que tudo parece sempre caminhar para isso? Por que o amor parece ir sempre para aquele que está mais ausente e que, portanto, parece merecer um pouco mais?

— Farei com que ele ligue para você.

— Obrigada — diz ela. E, então, como se recordasse algo, aumenta o tom de voz: — Ah, e você pode também dizer para ele que a mulher do centro de meditação ligou para casa de novo? Eu não pude entender ao certo o que ela dizia, mas ela queria que o papai retornasse a ligação. Ela disse que o celular dele não está funcionando e que ele saberia o motivo da ligação.

Gwyn sente o coração apertar. Outra ligação para Thomas. Do centro de meditação. Como raios essas pessoas conseguiram aquilo? Gwyn é filha de um pastor sulista que lidera uma congregação próxima a Savannah, Georgia, com dois mil e quinhentos seguidores. E, nos primeiros anos de casamento, mal conseguira fazer Thomas ir com ela à casa de seus pais passar a Páscoa ou o Natal. Ele concordava de má vontade, mas só depois de dizer que aquilo o fazia sentir-se um hipócrita. Aquilo de fingir acreditar. Ele é um médico, um homem da ciência. É na ciência que ele aposta suas fichas. *Não precisa ser um ou outro*, ela costumava dizer.

Sim, respondia ele. *Precisa, sim.*

Nove meses atrás, porém, ele voltou para casa do seminário semanal sobre assistência médica que dava na Universidade de Southampton e contou para Gwyn que vinha pensando mais sobre espiritualidade. Espiritualidade oriental. Ele contou que passaria a ficar até mais tarde na faculdade às segundas-feiras para assistir a um curso sobre o pensamento budista e que iria até Oyster Bay às quintas-feiras de manhã para assistir às aulas sobre meditação. Contou, ainda, que dirigiria o longo caminho até Manhattan para retiros de uma semana de duração no Centro Budista Chakrasambara (onde ele só poderia ser contatado de três em três dias).

Só quero ver como é, disse ele.

Até que ele não quis mais só ver, foi quando os problemas efetivamente começaram.

Acredito que minha vida está tomando um rumo diferente, disse ele ao jantar numa noite, quase casualmente, comendo anchovas *sautée* e uma pequena salada de lentilhas, como se tivesse mudado de ideia sobre os pratos servidos para a refeição, como se falasse de algo sem qualquer importância.

Não está muito claro para mim como isso se encaixa na minha vida, disse ele. *Você sabe...*

Não, Thomas, respondeu ela. *Eu não sei.*

O nosso casamento.

Gwyn olha para o seu reflexo no retrovisor, o telefone ainda ao ouvido. Ela é simétrica. Isso é o melhor que ela consegue pensar sobre si mesma naquele momento. O resto — os longos cabelos loiros que combinam com as longas pernas, os belos olhos azuis e a pele ainda razoavelmente atraente; *sua beleza* — a tinha iludido.

Ao seu modo, sua beleza fizera com que se sentisse confiante. Por 58 anos, isso a mantivera segura. Dentro de seu casamento, de sua família, de sua própria pele. Mas ela não está segura. Seu marido age como um desconhecido. Seu filho nunca quer voltar para casa. Sua filha nunca quer ir embora.

O estado em que se encontra é o oposto da segurança. E é esse o segredo que ela deseja contar se alguém quiser escutá-la, é sobre isso que ela deseja advertir as pessoas: a beleza não as protegerá. Não no fim das contas. O que protege a pessoa é a única coisa que não se pode programar. A única coisa que não se pode economizar, procurar ou mesmo encontrar. A coisa é que deve encontrar a pessoa e decidir ficar: o tempo. Um pouco mais dele. Um pouco mais de tempo para tentar de novo e fazer tudo do jeito certo. No momento, Gwyn está com falta de tempo.

— Mãe — diz Georgia —, você está me escutando? Quem é Eve?

— O quê?

— Eve? Você me perguntou, quando atendeu o telefone, se eu era Eve. Quem é ela?

Gwyn olha para a pista de pouso ao longe como se estivesse prestes a ser atropelada. Pelo que ou por quem, ela não saberia dizer. Entretanto, um avião aterrissara durante a ligação de Georgia, um jatinho que finalmente parava naquele instante. Isso ela também não vira.

— Eve é a moça do bufê — conta a Georgia. — Ela está organizando a festa de hoje para nós. Ela não ligou aí para casa, ligou?

— Não. O que você quer dela, se ela ligar?

— Tudo — diz Gwyn.

Georgia acha graça. Isso foi engraçado? Aparentemente, sim. Aparentemente, Gwyn fez uma piada.

— Querida, eu vou telefonar quando o seu pai chegar aqui, tudo bem? Vou perguntar sobre a mão do Denis e pedir que ligue para você. Mas preciso ir agora.

— Por quê?

Como ela pode responder a isso? Ela não quer responder. Ela não quer entrar naquele assunto com Georgia naquele instante, não naquele instante, não sem antes contar a história toda. Mas o que é a história toda? Parte dela, pelo menos, começa a contar-se a si mesma, porque há uma batida na janela do carro, uma forte batida que Georgia certamente escuta do outro lado da linha. E Gwyn volta o olhar para deparar com um rapaz jovem parado de pé, um recém-graduado de barba feita e um pouco bronzeado demais. O seu "cara". O mensageiro. Ele carrega uma pasta de metal cujo interior tem a temperatura controlada.

A pasta de Gwyn.

Ela abaixa manualmente o vidro da janela de seu Volvo para cumprimentá-lo. O carro tem mais de quinze anos e requer a rolagem de uma alavanca. Gwyn não se importa e até gosta disso nesse momento, pois lhe dá algum tempo para recompor-se. Porque, quando a janela se abre, o mensageiro exibe-lhe um largo sorriso, um sorriso que ela está acostumada a receber de homens que acabou de conhecer; um sorriso de aprovação. Nesses últimos tempos, tais sorrisos a enervam. Eles a fazem lembrar que ela terá que voltar a reparar neles.

— Sra. Huntington? — pergunta ele.

— Sim?

— Sou Peter Blevins, da vinícola — diz ele. — Minhas desculpas pelo atraso do voo.

— Não há por que se desculpar. Não foi você quem pilotou o avião, foi?

Peter parece apreciar o comentário vindo dela.

— Se fosse eu, teria sido mais eficaz.

Eficaz? A palavra a surpreende ao sair da boca do rapaz e continua a surpreendê-la conforme ele lhe entrega seu cartão para provar que é quem diz ser. Ele abre a pasta e retira a garrafa de vinho que ela pedira. A garrafa de vinho que ele atravessara o oceano para entregar em mãos para a festa de Gwyn e Thomas daquela noite. Uma garrafa de Château Mouton-Rothschild, de 1945.

— Ficarei feliz em abri-la para você — diz ele —, para que possa se certificar de que está ao seu agrado.

— Tenho certeza de que está.

— Eu fui instruído a abri-la — diz ele, parecendo preocupado.

— Bem — diz ela, com mais firmeza —, as instruções acabaram de mudar.

Ele concorda com um aceno, e Gwyn pergunta-se quantas pessoas checam uma garrafa de vinho de vinte e seis mil dólares para se certificarem de que envelhecera apropriadamente. Especialmente uma que atravessara o Atlântico num jato particular.

— O sr. Marshall envia-lhe seus cumprimentos — diz ele.

Veja só isso, pensa ela. Que tratamento! Por vinte e seis mil dólares, mais o custo do voo do mensageiro, você não leva apenas uma garrafa de vinho, mas também os cumprimentos de alguém que você nem conhece.

— Por favor, mande meus cumprimentos também — diz ela.

Ela escuta sua filha gritar pelo telefone:

— Mãe! Eu ouvi isso mesmo? Você mandou trazerem vinho de avião? Você só pode estar brincando. Foi isso que você foi buscar no aeroporto?

— Foi isso que vim buscar — responde ela, enquanto fecha o vidro da janela. — É para o brinde de hoje à noite.

— Você perdeu o juízo?

Gwyn reflete sobre isso enquanto encaixa a pasta de metal debaixo do assento.

— Sim. Acho que posso ter perdido.

— E o papai, mãe?

— Eu tenho que ir para casa fazer o bolo.

— Mas quem vai buscar o papai?

Quem vai buscar o papai? Não é sobre isso que Gwyn quer falar. Se ela quer falar sobre algo, é sobre o bolo. A verdadeira história por trás do bolo Veludo Vermelho. A primeira cozinheira a fazê-lo — uma mulher sulista de uma cidade a menos de oitenta quilômetros de onde Gwyn cresceu — queria preparar um bolo que tivesse um significado, que simbolizasse o contraste entre o bem e o mal: o bem seria representado pela cobertura branca virginal e o mal pela massa interior vermelha. A cozinheira pensara que, mesmo que o gosto não fosse tão diferente do de outros bolos de chocolate, as pessoas concluiriam que o sabor era diferente. Porque havia de tudo lá. Bem e mal. Sagrado e profano. Certo e errado. E ela estava certa, não estava? As pessoas são atraídas pelo bolo sem nem saberem o porquê. Elas nem fazem ideia de que estão contando com ele. Você sabe, para salvá-las.

Sua filha quer ouvir sobre tudo isso? Não, Gwyn pensa que não. Ela não acha que Georgia está preparada.

— Mãe — diz Georgia novamente —, quem vai buscar o papai?

— Seu pai é eficaz — diz ela.

— O que isso tem a ver com qualquer coisa?

Gwyn gira a chave na ignição.

— Ele pode pegar um táxi.

Maggie

De pé na esquina da rua 41 com a rua 3, em frente ao café Au Bon Pain, eles aguardavam o ônibus. Estavam ali já havia vinte minutos, e Maggie continuava a examinar suas unhas e ocasionalmente roê-las, como se isso a consumisse por inteiro, como se não lhe restasse energia para mais nada. Não lhe resta energia para mais nada. Ela não quer olhar para Nate e tampouco quer olhar para o sujeito de terno parado ao lado oposto. O homem fala ao telefone e tecla em seu BlackBerry ao mesmo tempo. E ainda dá um jeito de olhar o traseiro de Maggie. Um típico multitarefa.

Quando seus olhares se encontram, ele pisca para ela e pergunta sem emitir som: "Você está com ele?", referindo-se a Nate, que está olhando para baixo e não percebe. Isso faz, porém, com que ela vá até ele e segure seu braço.

Essa é a primeira vez que ela o toca desde que eles tiveram aquela conversa no apartamento, desde a grande revelação, e é provavelmente por causa disso que Nate se vira para ela, um pouco esperançoso, ajusta sua mochila mais acima do ombro e pergunta:

— Você acha que vai chover?

— O quê?

Ele aponta para o céu azul e sem nuvens.

— Parece que vai chover, não parece?

— É sobre isso que você quer falar, Nate?

— Não, não é sobre isso que quero falar, mas achei que seria um bom começo.

Maggie não está certa sobre o que dizer. Sua cabeça dói, na verdade lateja, numa combinação de absoluta exaustão e incapacidade de digerir o que Nate lhe contara. Meio bilhão de dólares: O que isso significa? E por que ele disse meio bilhão e não quinhentos milhões? Será que ele acha que faz parecer menos por partir ao meio?

Ela não faz ideia. No entanto, o que realmente a irrita — o que ela não consegue aceitar — é que, se ela soubesse, teria arrumado a mala de outro jeito. Não que ela tivesse peças sofisticadas escondidas no fundo do seu armário ou das caixas ainda fechadas dos dois. Mas talvez ela tivesse encontrado algo. O anel de rubi de sua avó ou o seu suéter preto de casimira. Sim, é setembro e, *sim*, provavelmente muito cedo para casimira. Mas, se ela tivesse tido mais tempo para pensar, teria pegado o suéter, guardado na mala ou simplesmente colocado sobre os ombros. Algo assim. Quem sabe pelo menos teria se tornado o tipo de pessoa que sabe se é cedo demais para usar casimira.

— Então... — Nate passa os dedos pelos próprios cabelos, despenteando-os. — Tenho tentado respeitar o seu espaço, mas, se você não tomar cuidado, faremos todo o caminho até Montauk e ainda não teremos resolvido essa questão. Será pior assim.

— Para quem, Champ?

Ele se aproxima, envolve-a com os braços, curva-se o suficiente para mirá-la nos olhos.

— Eu gosto quando você fica passivo-agressiva e irritada — diz ele. — Fica parecida com a sua foto do primário.

— Ótimo — responde ela. — Fico feliz de que isso seja engraçado para você.

Ao dizer isso, contudo, ela começa a sorrir.

— O negócio do dinheiro não é uma grande questão — diz ele. — Você provavelmente nem teria notado se eu não tivesse contado. Ou você perceberia que eles têm algum dinheiro, mas não quanto. Acho que, quando admiti isso, consegui seguir em frente.

— Então, você admite?

— O quê?

— Que havia algo a ser admitido.

Ele balança a cabeça, respira fundo como se tentasse encontrar as palavras.

— Pessoas com muito dinheiro... são o oposto de quem tem algum. Fazem o contrário de ostentar. Minha mãe nem sequer tem um anel de noivado, apenas a aliança de casamento. Meus pais dirigem carros de quinze anos.

— E fazem festas de divórcio.

— A festa de divórcio não a incomodava quando você não sabia sobre o dinheiro.

— Porque eu pensei que fosse apenas algo que eu ainda não conhecia direito. Mas agora começa a parecer que eu não quero conhecer. Como bailes de debutante ou... Eu não sei... Internatos na Suíça para crianças de 6 anos superdotadas.

Ele a ignora, o que é a atitude mais sábia no momento.

— A razão por que eu lhe contei sobre a situação financeira dos meus pais é que eu não queria que você entrasse na casa deles e se sentisse passada para trás.

— Certo, porque descobrir tudo uma hora *antes* de encontrá-los não poderia realmente causar o mesmo efeito.

— A viagem de ônibus leva cerca de três horas, na verdade.

— Muito engraçado.

— Não, não é. Lá pela segunda hora, não é engraçado. Um pouco nauseante. Mas não exatamente engraçado.

Ela olha para Nate e sente algo dentro de si amolecer. Começa a sorrir, sorri porque ele sorri. Maggie sorri porque, como de costume, ele a encara até que ela olhe para ele. Ele a contempla como se fosse o único ser que realmente lhe interessasse ver.

— Nate, eu não estou tentando criar um problema. Mas você não estaria um pouco surtado também? Se a situação fosse invertida? Sabe, fala-se de *pessoas com dinheiro*. Mas não é qualquer pessoa. É a sua gente, a sua família. Apenas me parece sério não ter conhecimento disso sobre você durante todo esse tempo, principalmente com todas as conversas que temos tido sobre finanças, por causa do restaurante.

Nem sequer para si mesma ela sabe como explicar o que sente com exatidão; apenas acreditara que Nate lhe houvesse contado tudo sobre si próprio. Pensou que os dois houvessem contado tudo um para o outro. Não é tanto sobre o dinheiro, mas sobre *esse detalhe* que dera errado. Ele sabe tudo sobre ela. Cada detalhe terrível e enfadonho que não está no seu instinto revelar. Que ele, com o seu jeitinho, encorajara-a a compartilhar. Naquele momento, ela se pergunta o que mais não sabe sobre ele.

— Mas aí é que está. Não é sobre mim. É o dinheiro do meu avô ou do avô dele. Eu não uso esse dinheiro desde que saí de casa. Tomei essa decisão muito tempo atrás. Até paguei por meus estudos. Você sabe disso.

Ela realmente sabe. Ele mencionou aquilo quando eles se deram conta de que ambos estudaram na Universidade da Virgínia, no mesmo campus de cidade pequena, Nate dois anos à frente de Maggie, depois dos seus dois anos fora. E eles nunca se encontraram lá. Ela se lembra de seus empréstimos, dos mil e cem dólares que precisava pagar a uma mulher chamada Sallie Mae no quinto dia de cada mês, tirado do seu salário de crítica de gastronomia itinerante, os mesmos mil e cem dólares que ela ainda tem de pagar à Sallie Mae todos os meses.

— Bem, isso foi muito estúpido da sua parte — diz Maggie.

Ele encosta sua cabeça na dela como que para dizer *obrigado*. Obrigado por fazer uma piada, por achar graça. Por permitir que continuemos como antes. Ela pega a orelha dele e a puxa; imagina-o na universidade e pensa em quão incrível é o fato de que eles poderiam ter se encontrado quase uma década antes do que se encontraram. Ela tem umas poucas lembranças distintas de tê-lo visto por lá — do outro lado do centro estudantil, numa manhã chuvosa de domingo, usando o jornal do dia para secar os braços; num jogo de basquete, sentado na última fileira do lado do time visitante com uns amigos, usando uma camisa vermelho berrante com o nome da Universidade da Virgínia. As lembranças são tão vívidas, mas como ela pode saber se são reais ou imaginárias? Como pode saber o que é melhor?

Nate abaixa a cabeça e fala entre os cabelos dela:

— Posso lhe dizer algo que eu nunca disse antes? — E faz uma pausa. — Eu gosto de você mais que de qualquer outra pessoa.

Ela volta o olhar para ele. Isso é o que Nate sempre lhe diz, o que eles sempre dizem um para o outro, em vez de *eu amo você*, em vez de *eu nunca o deixarei*. Eu gosto de você acima de tudo, como uma promessa: é você quem eu quero e quererei para sempre.

— Eu gosto de você mais que de qualquer outra pessoa também — responde Maggie.

Então, antes que ela tenha que prestar atenção no camarada do BlackBerry ou em qualquer outro detalhe à sua volta, um ônibus com um grande painel verde lateral e o nome HAMPTON JITNEY gravado em letras brancas estaciona. Eles entram na fila e depois no ônibus, atrás de um casal mais velho que discute com o motorista sobre onde colocar uma prancha de surfe, se embaixo ou em cima do veículo.

As primeiras fileiras já estão ocupadas com passageiros de paradas anteriores. Ao passarem pela terceira fileira, Maggie percebe o olhar de uma mulher sentada ali — um tipo mais exótico que bonito, e assustadoramente magro — que se vira para Nate e realmente o encara, e mais de uma vez. Nate não parece notar, mas Maggie sim. Ela ainda não está acostumada com isso, com o modo como as mulheres olham para Nate. No início, até gostava. Já não se importa mais, contudo, se acham Nate atraente, sobretudo porque seus olhares parecem tão predatórios. Como se a aparência dele fosse tudo o que elas enxergam. Como se qualquer uma de suas qualidades mais humanas ou o fato de que ele não está encarando de volta pudessem ser superados, apagados da vista.

Assim que vê um espaço vazio, Maggie se espreme até o assento da janela. Nate empurra os pertences dos dois no bagageiro sobre as suas cabeças e depois se posiciona no assento que dá para o corredor, entregando a ela uma sacola marrom.

— O que tem aqui? — pergunta ela.

— Sua favorita.

— Minha favorita? — diz ela, espiando o interior da sacola.

Mas ela sabe do que se trata antes mesmo de ver. Nate fez sua famosa mistura de manteiga de amendoim com pipoca: pipoca, manteiga de amendoim caseira e uma variedade de ervas doces e salgadas. Pode soar repulsivo, especialmente para se comer de manhã, mas é a receita caseira favorita de Maggie. E, mesmo com todos os pratos sofisticados e maravilhosos que Nate sabe preparar tão bem, ela ainda prefere esse aos outros.

— Como você conseguiu tempo para preparar isso?

Ele se inclina e beija-lhe a bochecha.

— É impressionante o tanto que eu consigo fazer quando você se recusa a falar comigo.

Maggie sorri.

— Ha, ha! — diz ela e pega um punhado e depois outro, inalando o ingrediente secreto (coco) e começando a sentir-se melhor, imediata e completamente melhor.

Isso vai dar certo. Tudo vai dar certo. A razão por que ele não lhe contara até então sobre o dinheiro era que isso não lhe era importante. Não fazia parte dele, portanto não fazia parte do casal também. Não tinha nada a ver com eles. Nada está diferente. Eles irão visitar os pais de Nate, como planejado, estarão presentes na festa bizarra dos dois e voltarão para Nova York, para o seu restaurante no fim do Brooklyn. Daqui a vinte e quatro horas, tudo isso será passado.

— Está bom? — pergunta ele.

— Muito bom — diz ela. — Obrigada!

— De nada!

Ela penteia o cabelo, afastando-o do rosto, e aconchega-se perto de seu corpo, e é nesse momento que tem sua próxima surpresa. A mulher com corpo de modelo que ela vira sentada na terceira fileira do ônibus em pé ao lado deles. Ela usa um vestido verde curtíssimo e um par de óculos estilo besouro, e esse novo ângulo a favorece, pois o que parecera magro revela-se, então, esculpido, o que parecera espetacularmente delgado revela-se simplesmente espetacular, como se o novo ângulo de baixo para cima fosse aquele do qual ela realmente devesse ser apreciada.

— Nate Huntington — diz ela. — Eu achei que fosse você.

Nate parece desconcertado por um minuto e, conforme seus olhos registram a mulher, ele parece ainda *mais* desconcertado, como se fosse, então, flagrado fazendo algo errado. E por causa do modo com que ele olha de Maggie para quem-quer-que-ela-seja alternadamente, Maggie se pergunta em que ele pensa estar sendo flagrado.

— Murphy — diz Nate, levantando-se e abraçando-a. — Que mundo pequeno.

Quando Nate se afasta, Murphy (*Murphy?* Sério?) mantém seus braços em torno do pescoço dele de modo familiar.

— Nem tão pequeno, *mon ami*. Ou não faria tanto tempo desde a última vez em que eu o vi.

Maggie abaixa seu pacote de pipocas e endireita-se para parecer mais alta, mas isso faz com que derrube a pipoca por todo o colo e pelo assento. A boa e a má notícia é que Nate e Murphy estão tão entretidos numa conversa que sobra a Maggie tempo suficiente para limpar tudo antes de ser notada.

— Murphy Buckley, esta é Maggie Mackenzie. Maggie, esta é Murphy, uma amiga de infância.

— Pode me chamar de Murph — diz ela a Maggie, esticando a mão. — É um prazer conhecê-la. Vi quando entrou no ônibus. Notei seus sapatos.

Ela quer dizer que gostou dos meus sapatos? Maggie olha para baixo, para as desgastadas sapatilhas douradas, e sinceramente duvida que a resposta seja sim. Ela esconde as pernas debaixo de si e coloca os cabelos atrás das orelhas instintivamente. Quando se sente nervosa, faz isso, investe em seu melhor atributo ou o que ela acredita ser seu melhor atributo — seus longos cabelos negros —; e, de fato, diante da combinação com os olhos e a tez escura, alguém *poderia* sustentar o argumento de que ela, Maggie, é bonita. Mas alguém poderia também sustentar o argumento contrário, e Maggie sabia disso. Não era o caso de Murph. Há somente um argumento a ser sustentado sobre ela.

— Maggie e eu vamos nos casar — conta Nate.

— Sério? Não acredito! — diz Murph. — Estão noivos? Eu não pensei que esse dia chegaria. Sem julgamentos ou algo do tipo. Eu mesma vivo dizendo que ainda não desisti do casamento, e olha que já me casei duas vezes e meia, mas...

Nate a interrompe, num momento muito não característico, já que ele normalmente não interrompe pessoa alguma. Pode ser a primeira vez, ou pelo menos a primeira vez de que Maggie se recorda, que o escuta interromper alguém. Ela pode ver, contudo, algo nos olhos dele ao fazer isso, um instinto de defesa que o acomete tão raramente que o fato de impor-se naquele instante a surpreende e enerva.

— Murphy e eu crescemos juntos, na mesma rua — diz ele. — A uma porta de distância um do outro, na verdade. Ele desenha um triângulo com as mãos para mostrar a localidade de cada uma das casas (Murph, nos polegares, e Nate, nos dedos indicadores.) — E cursamos o ensino médio juntos.

— Se é que você pode chamar aquilo de ensino médio — diz ela. — Não era exatamente cheio de bailes dançantes ou festas pré-campeonato. Parecia mais onze de nós sentados na sala da casa dos meus pais todos os dias com um professor particular porque nossos pais consideravam o ensino do Colégio East Hampton indigno. — Ela abre seu sorriso brilhante para Maggie. — Não foi difícil ser eleita a mais popular quando a minha geladeira estava cheia de Coca diet.

Maggie tenta alcançar o olhar de Nate. É assim que meio-bilionários são educados?

— Maggie adora Coca diet — diz ele.

Maggie assente com a cabeça porque sabe que esse é o jeito de ele tentar incluí-la na conversa, o que acaba fazendo com que ela se sinta pior. Quer dizer, o fato de essa ter sido a melhor maneira que ele encontrou de incluí-la: um refrigerante.

— Quem não gosta? — diz Murphy.

— Provavelmente quem criou a Pepsi — diz Maggie.

Ela se surpreende com a raiva em sua própria voz, a entonação por trás da piada, mas Murphy não percebe. Ou, pelo menos, finge não perceber, gargalhando alto em vez disso, jogando a cabeça para trás.

As pessoas se apertam para passar por ela no corredor, o que faz com que Maggie deseje que Murphy simplesmente retorne ao *seu* assento. Mas ela não parece se dar conta das pessoas que precisam passar. Ou talvez apenas não se importe.

— A propósito, eu tenho umas contas para ajustar com você...

É, ela não vai embora.

— Como pôde fugir da nossa reunião e me deixar sozinha com todos aqueles lunáticos quando você sabe que isso *acaba comigo?*

— Desculpe-me. Nós ainda estávamos na Califórnia, tentando ajeitar tudo para nos mudarmos para cá.

— Desculpas, desculpas! Nós jantamos na Soho House. Grayson veio de Boston, e Lis e Marlo, de Dubai. E Bedlan Blumberg organizou tudo, porque, como você sabe, ele está sempre tentando impressionar alguém. Bom, tudo bem. Seja como for... Nós bebemos nove garrafas de um litro e meio de Veuve. Eu juro que quase desmaiei *sobre a mesa*. Às três da manhã, já estávamos completamente bêbados quando Buddy se levantou para fazer um brinde e nos contou que é gay. Nós ficamos todos, tipo, Buddy, *você está de brincadeira*. Soubemos disso nossas vidas inteiras. Mas valeu pela dica, otário. — Ela faz uma pausa, respira. — Foi uma loucura.

Nate começa a rir um pouco alto demais, e Maggie se pergunta se ela perdeu algo da conversa. É possível que sim. O que ela e Nate conversaram sobre seus tempos de ensino médio? Não consegue se lembrar naquele instante. Pode ter sido assim tão pouco que de algum modo supôs que a escola dele fora como a sua? Com um grande ginásio, uma comida de cafeteria ruim e um time de futebol ainda pior? Ela o observa mais cautelosamente. O que mais ela supôs que talvez devesse se lembrar de perguntar a partir dali? O que mais sobre o modo como ele cresceu será o foco das conversas nas próximas vinte e quatro horas?

Murph mantém uma das mãos sobre o peito de Nate, sobre seu coração.

— Então, eu escutei direito? Você está mesmo de volta de São Francisco em definitivo, e vai abrir esse *enorme* restaurante?

— Eu não ousaria dizer enorme, mas, sim, estamos abrindo um restaurante no Brooklyn, em Red Hook, para ser mais exato — diz Nate.

E, felizmente, ele se afasta, de modo que Murph não tem escolha senão soltar o peito dele.

Ela encolhe os ombros para Maggie, como quem diz *foi mal aí*.

Maggie encolhe os ombros de volta, como quem diz *está tudo bem*. Mas, na realidade, se lhe é permitido ser sincera consigo mesma, ela não se sente bem ou, pelo menos, não exatamente bem.

— Red Hook, é? — diz Murph. — Não sabia que alguém morava por lá. Uau! Você é mesmo um desbravador.

— Algo do gênero — responde Nate.

— Que dia é a inauguração?

— Nossa pré-inauguração é no fim de semana do Halloween. E, se tudo sair como o planejado, queremos estar abertos e funcionando a tempo das festas de fim de ano.

— Que empolgante!

A pessoa atrás de Murph no corredor pigarreia alto. Murph se afasta um tiquinho e o outro passageiro quase consegue se espremer pela brecha. Quando a pessoa espera que ela de fato saia do caminho, quando cautelosamente finge outra tosse para que dê espaço, Murphy lhe lança um olhar que parece dizer *vai ver se eu estou na esquina.*

— Bem, é melhor eu voltar lá para a frente. Se eu me sentar aqui atrás com vocês, posso ficar mareada, Capitão.

Capitão?

— Podemos nos encontrar esta semana. Quem sabe reunir todo mundo e ir ao bar Liar's Saloon. Beber um pouco. Divertir-nos um pouco. Como antigamente. Não seria o máximo?

Nate concorda com a cabeça.

— Se conseguirmos dar uma escapada. É um fim de semana meio maluco e estamos aqui na verdade por causa...

— Ah, é verdade! Como pude me esquecer? Eu ouvi que Gwyn e Thomas vão fazer uma festa de divórcio esta noite. Eu fiquei surpresa ao saber que eles estavam se separando, para falar a verdade. É temporário, tenho certeza, *tenho certeza*... Eu apostaria com você que sim. — Então, Murph volta-se para Maggie: — Você não simplesmente ama Gwyn e Thomas? Quer dizer, olhe para eles! Quem seria lindo o bastante para cada um deles senão um para o outro?

Maggie balança a cabeça.

— Eu ainda não os conheci, na verdade. Falei com eles pelo telefone muitas vezes, mas essa é a primeira vez que os encontrarei pessoalmente. — Aparentemente, ela não consegue mais parar de falar. — Cara a cara... Porque nós estávamos na Califórnia e eles, aqui, e estávamos organizando o restaurante... E eles têm passado...

Murph levanta as sobrancelhas, como se perguntasse: *você está falando comigo ou consigo mesma?* E Maggie gostaria de ter uma boa resposta, mas o fato é que ela vinha enumerando em voz alta para si mesma todas as razões por que Nate ainda não a apresentara à sua família. E agora ela se perguntava se conhecia ao menos uma razão verdadeira.

— Bem, seja como for, você vai adorá-los — diz Murph. — Eu lembro que toda vez que estava lá eles se sentavam bem próximos um do outro no sofá, enquanto dividiam uma taça de frutas ou uma dose de Bourbon. Eu acho que nunca vi meus pais se sentarem na mesma sala a não ser que houvesse outras pessoas lá também. Eles é que deveriam estar se divorciando, mas acho que minha mãe está muito cansada para procurar uma nova casa. — Ela faz uma pausa e balança a cabeça. — Mas Gwyn e Thomas foram sempre, ano após ano, muito ligados um ao outro. É muito chocante mesmo. Porque dizem que isso determina tudo, você sabe.

— Determina o quê? — indaga Nate.

— Quão bem-sucedido você será no seu próprio casamento. Não importa quão felizes seus pais foram no casamento deles, você tende a copiar o padrão, ou algo assim. Você tende a imitar o que quer que tenha visto dentro de casa.

— Isso é ridículo — diz Maggie.

Os dois se viram para ela, que sente o rosto corar. Não planejara dizer aquilo em voz alta, não planejara dizer coisa alguma em voz alta, mas quer apenas que Murph vá embora. Imediatamente.

Maggie pigarreia.

— Eu só quis dizer que muitas pessoas podem ter casamentos felizes, mesmo que tenham vivido um começo difícil. Mesmo que não estejam certos de haver tido o melhor modelo.

— Seus pais também estragaram tudo, então? — diz Murph.

— Como?

Em vez de responder, Murph se vira para Nate:

— Então, eu provavelmente darei uma passada. Você sabe como Louis e Marsha adoram uma festa... E eu não posso desapontar os meus pais.

— Que bom, vamos gostar.

Ela acena brevemente para os dois e retorna para a frente do ônibus ao mesmo tempo que o motorista dá partida e segue pela rua 41 em direção à rodovia. A cobradora caminha pelo corredor, distribuindo saquinhos de pretzels e recipientes com água para os passageiros. Ela cobra cinquenta e um dólares pela viagem de ida e volta dos dois.

Assim que a cobradora vai embora, Nate se inclina na direção de Maggie e passa o braço por trás dos ombros dela.

— Ela é legal, Maggie. Quando você a conhece um pouco melhor. Ela não é má pessoa.

— Eu acredito. Foi legal da parte dela dar dois saquinhos de pretzel para você. A maioria ganhou somente um.

— Maggie — diz Nate —, estou falando de Murph.

— Eu sei de quem está falando.

— Desculpe-me se ela a deixou desconfortável.

Maggie balança a cabeça.

— Ela não deixou — diz. *Você deixou.* — Mas o que ela quis insinuar com aquilo sobre o casamento?

— O que quer dizer?

— Bem, quando você contou para ela que estamos noivos, por que ela se disse surpresa em saber que você vai se casar? Não é como se você tivesse 20 anos ou algo assim. Você tem 33. Por que isso seria surpreendente?

— Eu não me lembro de escutá-la dizer isso — diz ele.

E um olhar que Maggie não reconhece toma conta do rosto dele.

— Nate...

— O quê?

— Você está mentindo para mim agora?

— Não, não estou.

Mas ela sabe que ele está. Lá no fundo, ela sabe. E, no entanto, está cansada demais para adivinhar o porquê. Ainda é de manhã. Eles ainda têm o dia inteiro pela frente. Ela prefere simplesmente acreditar nele.

— Quer saber? — diz ela. — Não vamos tocar no assunto agora. Vamos só escutar um pouco de música, tudo bem? Talvez eu consiga dormir um pouco.

Ele sorri, aliviado, o que produz o efeito contrário em Maggie.

— Tudo bem.

Ele pega o iPod. Como tem um cabo duplicador, os dois podem escutar a mesma música. E, quando ela adivinha que faixa ele escolherá, isso também parece significar algo. "Moving Pictures, Silent Films", dos Great Lake Swimmers. Ele a fez escutar aquela canção pela primeira vez um mês depois que eles começaram a sair, quando a levou para uma viagem para Wyoming em um fim de semana. Eles dirigiam pelas estradas do interior em direção a Cody — passando por aquele deslumbrante rochedo alaranjado que parecia mais com o espaço sideral do que tudo o que ela jamais encontrara na Terra — e Nate colocou essa música para tocar. *Acho que você vai gostar*, disse ele. E ela se apaixonou pela canção. E por ele.

— Pause por um segundo — pede ela naquele instante.

Maggie aperta o ombro de Nate e passa por ele em direção ao banheiro, para jogar uma água no rosto, esperando sentir-se melhor, querendo espantar o mal-estar que se apossara dela.

No entanto, como se estivesse esperando por ela e não apenas aguardando a liberação do banheiro, lá está Murph.

— Nós nos encontramos de novo.

Maggie tenta sorrir.

— Pois é.

— Você já usou um desses banheiros de ônibus antes? Se não, deixe-me alertá-la. É complicado.

— É mesmo?

Murph assente com a cabeça.

— Você precisa se posicionar lá dentro da maneira certa, ou a porta bate no seu traseiro gelado e descoberto enquanto a sua mão fica presa na privada. O que quer que faça, fique à esquerda.

— Boa dica — diz Maggie.

— Você já vai ver como é boa, especialmente se não a seguir. Pode confiar...

Maggie acha graça. Talvez Murph não seja a inimiga ali. Ou, então, quem se importa? Com Murph ou sem Murph. Isso não foge à questão? Maggie está apenas cansada, muito cansada para ser racional. Este será, porém, seu esforço: ela vai se acalmar e parar de pensar na confissão matinal de Nate, parar de se preocupar com os detalhes do passado que ele deixou de contar, parar de permitir que o futuro imediato dos dois — toda a bizarrice da festa de divórcio — tome proporções maiores do que merece.

— Nate é um grande homem. Você sabe disso, não é? Provavelmente melhor do que eu. Não precisa que eu lhe diga. Mas todos sempre acharam isso. Ele sempre foi o mais popular da escola.

— O mais popular dos onze?

— Exatamente. — Ela tira os cabelos de cima do rosto e sorri para Maggie. — Seja como for, estou realmente feliz por você. É um pesadelo tentar encontrar um cara bacana. A maioria dos homens de hoje em dia acha que, se comparecerem, já é o suficiente. Eles pensam que, se tocarem a parte mais baixa das suas costas, já merecem um prêmio. Sabe o que quero dizer?

Maggie sorri.

— Mais ou menos — diz ela.

— Nós costumávamos fazer sexo no banheiro dos meus pais. Nate e eu. Eles têm uma banheira enorme com um estofado bizarro. Meu Deus, nós não tínhamos ideia do que fazíamos. Pelas primeiras cinquenta vezes, não tínhamos *a menor ideia*.

Maggie desaba no silêncio.

Ela quase desaba mesmo.

— Mas que seja. A prática leva à perfeição, não é mesmo? Você pode me agradecer depois por ele beijar tão bem.

É nesse momento que a porta do banheiro é aberta e dela sai um homem velho que fecha o zíper das calças. Murph entra, posiciona-se do lado esquerdo.

Então, pisca o olho para Maggie e fecha a porta.

Gwyn

Vem do fato de ser filha de pastor, ela sabe. Não é boa com esse negócio de raiva. Não sabe guardar rancor. Desde quando tinha idade suficiente para lembrar, fora ensinada repetidamente que ter raiva — ou pelo menos entregar-se a esse sentimento — era errado. Toda vez que alguém lhe era cruel, era instruída a perdoar. Como se fosse fácil assim. Dentro de sua casa, esperava-se que fosse, de fato.

Houve aquela vez quando Gwyn tinha 8 anos que Mia Robinsky, uma colega de classe do terceiro ano, anunciou que para serem descoladas, as meninas deveriam usar cabelos cacheados e que o melhor modo de cacheá-los era passando manteiga de amendoim. Ela deu uma jarra de manteiga de amendoim para Gwyn, que fez uso do conteúdo inteiro, cobrindo suas mechas loiras da raiz às pontas, fazendo rolos de cabelo com aquela substância espessa e pegajosa. Como Mia havia instruído. Até que endureceu.

Foi o pai de Gwyn quem lavou seus cabelos na pia da cozinha, usando uma mistura de ketchup e vinagre, enquanto a menina gritava pela ardência e os puxões, mais fios saindo do que ficando na cabeça. Mesmo ali, diante da histeria da filha, seu pai mostrou-se inabalável.

— Gwyn, meu amor — disse ele —, Mia é um ser em evolução. Ela está apenas aprendendo a ser.

— A ser? A ser o quê? Uma cadela!

Seu pai lhe deu um tapa. Não com muita força, mas foi um tapa. No meio do rosto, de um lado a outro do queixo. Essa foi uma das duas únicas vezes em que ele a agrediu fisicamente durante a infância. A outra foi quando ela quis xeretar o estojo de maquiagem da mãe e quase arrancou a ponta do polegar com uma tesoura que encontrou por lá. Ele bateu na mão ferida. Para ensiná-la a não mais se ferir. Aparentemente, alimentar a raiva dos outros, não lhes ofertar constante compaixão, era igualmente injurioso.

Essa foi uma lição que ela reaprendia toda vez que algum membro da igreja aparecia em sua casa com algum padecimento ou queixa. As especificidades de cada caso pareciam irrelevantes. Elas misturam-se, então: o homem histérico porque sua esposa grávida o abandonou, a mulher cuja mãe moribunda recusava-se a falar com ela, o marido cuja ex-mulher perdeu as economias de uma vida num esquema fraudulento de golpe financeiro. As piores histórias que alguém poderia imaginar. E a voz do pai ressoava sempre o mesmo mantra suave: *Precisamos descobrir como nos desapegar e perdoar. Essa é a nossa missão.*

Ela se pergunta se seria por isso que seu pai jamais se concentrara em demasia naquilo em que ela era boa, naquilo em que tinha sucesso. Porque valorizá-la poderia levá-la a sentir-se no direito de ser tratada de uma certa forma e levá-la a sentir que *deveria* enraivecer-se caso alguém não a honrasse de acordo.

Desapegar-se. Era essa a missão.

Gwyn circunda o aeroporto, passa pela placa AERONAVES VOANDO BAIXO e encontra Thomas sobre o meio-fio, vestindo um suéter branco com gola redonda e calças cáqui, com as malas aos pés e os olhos fixos no relógio digital na entrada do aeroporto.

Ele parece enraivecido. Tem raiva dela, ela imagina, porque não estava lá quando ele chegara, um pouco irritado porque ela não atendera as suas chamadas no celular para lhe dizer como ele deveria proceder. Mas o rosto dele parece relaxar conforme ela se aproxima, ao perceber que ela não o abandonou. Ele desfaz-se em um sorriso, acena. Thomas é como seu pai nisso: inabalável. Ou quase inabalável. Como seu pai. Como Buda.

Ela não pode evitar retribuir o sorriso. Ama o rosto dele. Mesmo naquele momento. As pessoas dizem que você supera isso com o tempo. Se você fica casado com alguém por um longo período, consegue superar o seu rosto. Parar de notar. Mas Gwyn nunca parou. Mesmo que eles estejam separados por apenas uns dias, quando ela o revê, surpreende-se com o modo como o rosto dele a afeta e a faz pensar: *Ei, eu tenho essa pessoa. Ei, esse rosto é meu*. Há também rugas agora, é claro, mas, na opinião de Gwyn, elas apenas ajudaram a esculpir as feições que antes pareciam um pouco infantis demais nele. Naquele instante, seu aspecto inspira confiança. Como se mais dias bons que ruins o tivessem conduzido até ali. Até o seu presente momento na Terra. Em sua complacência, essa confiança é suficiente para retrair uma pessoa, e para fazer Gwyn, em seu presente momento na Terra, aproximar-se.

— Aí está você — diz ele. E coloca suas malas no assento traseiro. Não parece perceber a pasta de metal. Estica-se e toca a ponta do nariz dela com seu dedo indicador enquanto se acomoda no assento do carona. Essa é a estranha e singela maneira com que costumava cumprimentá-la. Já havia algum tempo que ele não fazia aquilo, o que leva Gwyn a concluir que tem algum significado. E talvez tenha. Mas provavelmente não o significado que Gwyn quer. — Estava prestes a desistir de você — diz ele.

— Então somos dois — diz ela.

Ela sai com o carro do aeroporto, afastando-se da potencialmente lotada avenida principal e optando por circundá-la em direção às ruas secundárias que os conduzem de volta a Montauk, que os conduzirão pelo longo caminho até a casa. Ela foca a atenção no para-brisa, nas próprias mãos sobre o volante, em evitar o olhar de Thomas.

Pelo canto do olho, ela o observa desatar as sandálias e pousar o pé esquerdo sobre o painel. Seu pé ruim, como ele diz. O pé em que falta o terceiro dedo, desde um acidente de surfe em que fora mutilado. Já faz quinze anos. Verdade seja dita, aquele pé ruim é uma das partes favoritas de Gwyn no corpo do marido. Quando tudo estava melhor entre eles, ela costumava observá-lo, observar aquela pequena lacuna, e a agradava saber que era a única pessoa na vida adulta de Thomas a estar lá nos dois momentos. No antes e no depois.

— Então — diz ele —, o que aconteceu por aqui?

Ela balança a cabeça.

— Não muito, na verdade. Tenho tido problemas para contatar a organizadora do bufê de hoje à noite, e isso tem me deixado um pouco tensa. E a sua filha...

Ele sorri.

— É a *minha* filha, hoje?

— Sua filha, sim — diz ela.

Quando Georgia se graduou no programa de fotografia da Universidade da Califórnia em Los Angeles ou quando cobriu a manchete para a *Rolling Stone* (Editora Assistente de Fotografia: Georgia G. Huntington), ela era a filha de Gwyn. Ou mesmo quando começou a tingir os cabelos de rosa no início daquele ano — não era para ela ter se interessado por algo assim dez anos atrás? Naquele instante, porém, ela pertence a Thomas.

— Ela está um pouco irritadiça porque Denis teve problemas com um saca-rolha. Quer que você ligue para falar com ela sobre isso. Ou que ligue para ele em Omaha.

Thomas abaixa o vidro da janela, e ela pode ver que ele está pensando.

— Então, Denis ainda não está aqui? — diz ele. — Mas eu pensei que ele fosse viajar ontem à noite. Pensei que ele tivesse prometido isso a ela.

Aquilo é novidade para Gwyn, mas ela não tem razão para duvidar. Georgia costuma discutir assuntos com o pai que ela não conta a Gwyn. Pode ser que ela se sinta julgada por Gwyn ou talvez apenas saiba que, mesmo que Thomas a esteja julgando, ela não terá de ouvir seu julgamento. É mais provável que seja isto do que aquilo. Thomas é muito passivo. Ele nunca desfere críticas, especialmente para os filhos. Assim, quando o casal sentiu negativamente as decisões que Nate fez por si mesmo depois do colégio ou quando Georgia largou a faculdade por uns tempos, coube a Gwyn fazer algo a respeito disso ou não. Falar com os filhos ou não. Fazer o papel do vilão ou não. Deveria estar furiosa com Thomas por isso? Ela soubera, então, que aquilo interferia no casamento dos dois; logo, parece irrelevante culpá-lo nesse momento. Tem uma infinidade de outras razões para culpá-lo.

— De todo modo, o que posso fazer daqui? — pergunta Thomas.

— Você pode dizer a ele para pegar o avião.

Ele concorda com a cabeça. E começa a dizer algo, mas se interrompe. Ambos evitam a tentação de entrar muito a fundo no assunto daquela noite. Mas Gwyn pode ver claramente, nos olhos de Thomas, que ele acaba de lembrar sobre o que deveria falar: informações sobre sua viagem e, mais especificamente, as coisas que fez lá que têm alguma relação com o budismo. Como se Gwyn pudesse ter se esquecido de que a recém-descoberta espiritualidade do marido é a razão pela qual eles estão nessa situação, como se ela precisasse de provas de que aquilo ainda importa para ele.

A parte dela que ainda é amiga de seu marido quer lembrá-lo de que ele não precisa se esforçar tanto, de que se esforçar daquele jeito é uma denúncia velada do que ele está pensando. Thomas, porém, começa a falar, e ninguém, muito menos Gwyn, tem energia para interrompê-lo.

— Então, eu tive um tempo livre na quinta-feira e fui até esse templo incrível lá no condado de Orange. É o segundo templo budista mais antigo nos Estados Unidos.

— Não me diga.

Ele confirma, sem se dar conta do sarcasmo dela ou do fato de que Gwyn não poderia se importar menos com tudo aquilo, com tudo o mais que ele ainda tinha para contar.

— Um dos detalhes mais interessantes é que todos os diretores espirituais de lá vêm da mesma linhagem sanguínea. — Ele se aquieta por um minuto, como se refletisse sobre o assunto. — Isso não é incrível? Eu me senti muito inspirado mesmo, só de estar lá. Foi, de longe, o templo mais bonito que já vi.

Ela balança a cabeça de maneira afirmativa, esperando que seu gesto seja suficiente para fazê-lo calar-se.

— Penso em voltar lá — continua ele.

Aparentemente, não foi.

— Eles vão patrocinar um retiro de meditação silenciosa em novembro, no vale de Santa Inez. Por duas semanas.

Ela decide que já fez a sua parte, não diz mais nada e se concentra na estrada. A manhã está sumindo e o dia se formando diante deles: luz solar e ar abafado, céu azul até onde os olhos podem alcançar. Foi por causa disso que ela se entusiasmara para mudar-se para lá, a princípio. Dias como aquele. Passeios como aquele. Em vez de passar as tardes de sábado dos modos detestáveis que as pessoas da cidade grande passam os sábados — fazendo compras, comendo além da conta, encontrando amigos que elas nem gostariam tanto assim de encontrar —, ela e Thomas costumavam passear por ali. Faziam longos passeios de carro, o rádio tocando alguma música esquecida, observando o mundo à sua volta. E paravam em algum restaurante tranquilo para saborear um peixe frito ou um bife bem-feito, acompanhados por vinho bom e barato.

Ela tinha um short jeans desfiado que gostava de usar nesses passeios. Era branco e curto, acabava logo no topo das coxas, modelando-as de modo que pareciam bronzeadas, arredondadas e intermináveis. Thomas costumava segurá-la bem naquele ponto, na barra do short, boa parte do dia, as mãos dele entre as suas coxas nuas.

A última vez que ela vestiu esse short deve ter sido oito anos atrás, e aquelas tardes de sábado são, então, algo do passado. Thomas viajou para muitas conferências naquele outono, Georgia acabara de partir para seu primeiro ano como caloura na faculdade, e Gwyn começou a passar seu recém-descoberto tempo livre com Moses Wilder, um dentista da cidade. (Um dentista divorciado! Poderia haver algo menos sexy? Talvez apenas alguém chamado Moses.)

Moses Wilder.

Foi tudo bastante inocente no início. Moses tinha dois grandes pastores ingleses, e ela o acompanhava enquanto ele levava os cães para passear pela manhã. Caminhava com ele e seus animais e deixava que prestasse atenção nela. Tornou-se menos inocente, ela imagina, quando começou a acompanhá-lo também nos passeios à tarde e a deixar que terminassem com uma taça de Bourbon na varanda de Moses, e um tipo diferente de atenção. Numa noite, porém, ela vestiu o short para encontrá-lo. E, depois que ele lhe entregou o Bourbon e sentou-se a seu lado, avançou sobre ela do mesmo modo que Thomas costumava fazer, e poderia ter sido a mão de Thomas sobre suas coxas, poderia ter sido Thomas, e aquilo passou dos limites.

Ela nunca mais viu Moses. Fez o que tinha que fazer. Voltou para casa, o seu lar, de volta para Thomas, da maneira que ainda podia. Jogou fora o short. Permitiu-se chorar por Moses apenas uma vez. Isso não faz dela uma heroína para ninguém. É apenas o que se faz quando se coloca um casamento em primeiro lugar. Quando se lembra do que se prometeu. Quando se quer lembrar e fazer valer a pena.

— A propósito, você viu o meu celular? — Thomas vira-se para ela, pousando a mão sobre as costas do seu assento. — Estava certo de que tinha colocado na mala, mas, quando cheguei à Califórnia, não consegui encontrá-lo em lugar algum.

Gwyn aperta o volante.

— Não, eu não vi.

— Tem certeza? Acho que não levei comigo.

— Você espera que eu mude de ideia se perguntar mais vezes? — pergunta ela em um tom mais duro do que pretendia.

Ela pensa num modo de voltar atrás, de reduzir o efeito agressivo. Mas é assim que ela se sente em relação a Thomas: agressiva. É isso o que ela está aprendendo: que tudo muda dentro de você quando esconde a verdade. Tudo muda irreconciliavelmente. Ela respira fundo, força-se a permanecer calma.

— Talvez ainda vá aparecer.

— Como?

Ela encolhe os ombros.

— Perca outra coisa, jogue suas chaves pela janela e procure por elas, em vez do celular. E, então, quando realmente começar a procurar pelas chaves, debaixo da cama ou no jardim... Tcharam.

— Tcharam?

— Lá estará o celular.

Thomas sorri para ela, sorri sinceramente, porque gosta quando pensa que está sendo excêntrica. Ele acha isso adorável, e ela sabe que faz com que o marido se lembre de quem acreditava que ela era, de quem acredita que não seja mais. De quando tudo era mais fácil entre eles. Antes que ela possa curtir o momento, o curto instante de afeto, porém, seu celular começa a tocar e a palavra PRIVADO aparece no identificador de chamada.

Ela gesticula para que ele lhe conceda um minuto e atende ao telefone.

— Gwyn falando.

— Sra. Lancaster?

Lancaster. Seu nome de solteira. Assim, ela sabe imediatamente de quem se trata. Eve. Eve, a organizadora do bufê. Finalmente. Ela a tem ao telefone. Era o que precisava para certificar-se de que tudo está sob controle para aquela noite.

Gwyn cobre o fone, espia o marido rapidamente. Ele olha para fora da janela, não presta nenhuma atenção à conversa.

— Acabei de receber sua mensagem dessa manhã — diz Eve. — Desculpas por isso. Eu estava surfando e não tinha cobertura de sinal de celular por lá, mas...

Mas. Gwyn para de escutar e quer ouvir o resto do que seu marido está dizendo em vez disso.

— Sabe — diz ela —, vou ter que retornar a ligação depois, tudo bem?

Ela fecha o celular e volta-se para o marido.

— Perdão, o que estava dizendo mesmo?

— Não sei — diz ele. — Estava apenas pensando... Deve ser algo sobre o que estávamos conversando... Mas eu estava lembrando aqueles passeios aos sábados que costumávamos fazer, aqueles longos passeios de carro. Deve ter algo a ver com essa estrada, talvez. Algo sobre o modo como você nos leva para casa faz com que me lembre disso.

Ela está em silêncio. *A mim também*, poderia ter dito. Porque também se lembrava. Lembrara-se antes dele. Ela não quer, contudo, lhe conceder aquilo. Não quer dizer coisa alguma.

— Você se lembra de quando lhe ensinei a dirigir um carro com câmbio manual? Fomos até o antigo vinhedo do McCully. Que será que houve com o McCully? Acha que ele ainda está por aí? Meu

Deus, você estava tão apavorada. Por que estava tão apavorada? Tinha um talento inato para aquilo. Bem, assim que conseguiu entender a diferença entre a primeira e a terceira marchas.

E ele ri. Ela tenta não fazê-lo. Morde o interior do lábio e tenta não rir também. Essa é a parte dolorosa. O amor não nos deixa. Não todo de uma vez. Ele volta furtivamente, faz com que se pense que pode haver um outro caminho, que ainda pode ser diferente, e nos obriga a lembrar as razões pelas quais provavelmente não haverá.

— Thomas — diz ela —, isso foi séculos atrás.

— Então, você não se lembra?

Terceira e quinta. As marchas com as quais ela tinha problemas eram a terceira e a quinta. Ele tentou ensiná-la a fazer um H, mas ela parecia incapaz disso. E eles tiveram de estacionar o carro, porque estavam rindo demais. Eles não pareciam comunicar-se direito um com o outro, mas isso foi engraçado naquele momento.

— Gwyn?

Ela o detesta agora. Pode detestá-lo de verdade.

— Eu não quero lembrar — responde.

Maggie

Eles estão na última parada.

Depois de quase três horas inteiras. Depois de cidades demais, paradas e partidas abruptas além da conta e de incontáveis quadras de tênis, piscinas olímpicas e haras com nomes como "Prados Felizes" e "Flores de Primavera". O lugar não está lotado nesse fim de setembro. Ainda assim, Maggie observa atentamente pela janela e consegue avaliar em breves relances a bizarrice dos Hamptons[5] que ultrapassa esses óbvios excessos: o duo mãe e filha em seus moletons de um amarelo suculento, uma caravana de conversíveis antigos conduzidos por adolescentes, uma sorveteria para cães.

Após East Hampton, porém, algo parece mudar, e o universo parece se autocorrigir. Subitamente, as estradas e cidades ficam mais parecidas com as cidades litorâneas de que Maggie se lembra dos

---

[5] Os Hamptons são um conjunto de pequenas cidades e vilas de Southampton e East Hampton que constituem a região chamada South Fork, de Long Island. Formam um balneário de luxo bastante conhecido e abrigam algumas das residências mais caras dos Estados Unidos. (N. T.)

tempos de infância: menos caminhonetes sofisticadas, mais árvores tremulantes e espaços vazios.

Casas de ripas que parecem habitadas.

Quando eles estacionam no centro da cidade de Montauk, na estação de ônibus, Maggie está ansiosa para conhecer a cidade natal de Nate, para sentir a brisa marítima, respirar a maresia. As janelas, contudo, não se abrem. Ela não tem essa opção. Então, fecha os olhos e aguarda.

Nate se reclina e a beija na maçã do rosto; depois, dá outro beijo logo abaixo do queixo.

— Chegamos — diz ele.

— Já é alguma coisa — responde ela.

Ele sorri e repete:

— Já é alguma coisa.

Maggie segura a mão dele e a aperta. Ela está tentando. Está realmente tentando permitir que o dia recomece, a partir dali, quando ela mais precisa.

E, quando os dois descem do ônibus, Murph já está fora de vista. Maggie decide tomar isso como o primeiro bom sinal. O segundo é que, assim que ela está em solo seguro e olha à sua volta, a cidade ao seu redor a intriga.

Montauk não é o que ela esperava e não parece que ela desembarcou numa cidade litorânea, mas numa cidade-fantasma: uma delegacia de polícia abandonada e um restaurante fechado, uma placa indicando para a pousada Memory diante deles e, a distância, somente um relance do oceano.

— Preparada? — pergunta Nate, enquanto ela olha à volta. — Porque, se não estiver, esse negócio volta em mais ou menos vinte minutos. Podemos voltar para Nova York. Estaremos em casa a tempo de assistir ao pôr do sol.

— A tempo de assistir ao meu seriado preferido? — pergunta ela.

— A tempo até de comprar uma televisão para assistir ao seriado — diz ele. — Só me avise quando quiser dar o fora daqui.

Ela sobe nas pontas dos pés dele e sussurra ao seu ouvido:

— Quero dar o fora daqui.

E ele a abraça, porque acha que ela está flertando um pouco.

E parte dela está — a que tenta dominar a outra parte, a que quer gritar: *Eu quero ir agora! Porque tudo começa a parecer controlável entre nós de novo, a parecer normal, e toda vez que isso aconteceu hoje eu levei uma rasteira ainda pior que a anterior. Ouvi sobre você fazendo sexo em mansões/escolas com banheiras acolchoadas.*

Mas ela respira fundo e atravessa a rua com ele até o pequeno estacionamento próximo ao restaurante John's Pancake House, onde devem encontrar a irmã dele. Há uma pequena doceria do lado de fora, e um grupo de adolescentes vestindo casacos esportivos verdes com o nome do clube climático local gravado nas costas passa o tempo tomando refrigerantes e comendo doces açucarados. Talvez estejam numa excursão de fim de curso. Maggie não percebe, mas sente um desejo de estar entre eles, de participar do dia que eles terão pela frente: doces grudentos, conversas sobre quedas d'água e uma carona de ônibus de volta para o lugar de onde eles vieram.

Antes que ela consiga pensar a fundo sobre o assunto, uma das garotas, que Maggie julga fazer parte do grupo, sai de detrás do capô de uma caminhonete Volvo cinza e suja, revelando uma protuberante barriga de grávida.

Sua barriga a denuncia, mesmo que a moça não fosse idêntica àquela que está na mais recente fotografia colada na geladeira do casal: as mesmas mechas cor-de-rosa aparecendo entre os cabelos loiros, ela usa uma regata muito larga da banda de punk rock NOFX, calça jeans desbotadas e tem os mesmos olhos de Nate.

Georgia. Na fotografia, suas mãos estavam envolvendo a própria barriga. Naquele momento, estão envolvendo um balde de plástico de um quilo e meio de doces. E, quando olha para cima, está sugando um dos canudos de açúcar verde e rosa como se fosse um cigarro, como se fosse o último cigarro da Terra.

— Nathaniel — diz ela —, você está aqui.

— Estou aqui — diz ele.

Nesse momento, ela se volta para Maggie.

— E você está aqui!

Maggie acena com a mão, meio curvada para o lado, encolhida, tímida, e Nate solta sua mala, larga a mão da noiva e vai até a irmã.

Ele se abaixa para abraçá-la, um abraço excessivamente afetuoso, como se fosse parti-la ao meio. Maggie acha graça porque sabe que é com isso que ele está preocupado e porque é muito prazeroso vê-lo com Georgia. Mesmo com aquela barriga imensa, mesmo se agarrando àquele imenso canudo de açúcar colorido, ela parece pequena ao lado de Nate. Parece pertencer a ele.

Quando Georgia se afasta, ela estica a mão para Maggie, que a cumprimenta.

— Prazer em conhecê-la — diz Maggie.

— Prazer em conhecê-la também — responde. — Você, por acaso, não fuma, fuma?

— Não, ela não fuma, Georgia — diz Nate.

— Eu estava falando com você? Eu perguntei para *Maggie*!

— E eu estou respondendo que Maggie não fuma.

Georgia se volta para a namorada do irmão:

— Ninguém está pedindo que me deem um cigarro. Mas alguém vai ter que fumar um por mim logo, logo. E eu pensei que talvez você estivesse à altura do desafio.

Maggie sorri para ela.

— Não tenho certeza se isso é um elogio, mas acho que posso fazê-lo.

— Excelente!

— Você acaba de conhecer minha namorada, pode não tentar matá-la? — pede Nate.

A irmã revira os olhos e o faz mais uma vez para o caso de ele não haver reparado. Então, ela entrega as chaves a Nate e abre a porta de trás do carro para si mesma.

— Você pode dirigir. Eu vou deitada no banco de trás com meu doce.

Ela faz uma pausa e aponta o dedo para o irmão.

— Mas eu devo alertá-lo de que, se você me disser que estou gigante ou que estou crescendo muito ou que pareço qualquer coisa que não a mais bela mulher grávida que você já viu, eu vou jogar esse doce em cima de você. Mesmo que a gente acabe saindo da estrada por isso.

Nate abre a porta do carona para Maggie e pisca para ela.

— Então, talvez este não seja o melhor momento para dizer que você está do tamanho de uma casa?

Georgia golpeia o braço de Nate com o canudo de açúcar e Maggie começa a rir.

— Tem algum irmão? — pergunta Georgia.

Maggie balança a cabeça negativamente.

— Bem que eu queria — diz.

Georgia resgata seu doce e atira um pedaço dele sobre o irmão, atingindo-o no braço.

— Sério? Mesmo depois disso?

— Um pouco menos — diz ela.

Todos entram no carro, Nate e Maggie na frente. Em vez de se deitar, como havia dito que faria, porém, Georgia segura as costas do assento do motorista e coloca a cabeça entre os dois bancos da frente.

— Então, precisamos conversar, Nate — diz ela.

— Você não perde tempo — responde o irmão.

Ele dirige para fora do estacionamento e entra na rua principal da cidade: restaurantes e lojas de surfe surgem à esquerda de Maggie, a praia e o oceano ampliam-se à sua direita, e ela passa a escutar o som das ondas, a sentir a brisa.

— Bem, se você retornasse ao menos uma vez as ligações da sua irmã *grávida*, eu não estaria tão tensa. Mas você precisa saber. Precisa estar preparado antes de chegarmos à casa. Está um clima meio de terror psicológico por lá.

Maggie se sente imediatamente desconfortável, como se não devesse estar presente naquele momento. Então, ela abaixa o vidro da janela e tenta prestar atenção ao que quer que seja do lado de fora.

Georgia, porém, cutuca seu ombro e diz:

— Pode fechar isso? Eu preciso que me escute. Porque eu vou precisar de você na retaguarda.

— Para quê? — pergunta Maggie.

— Para quando Nate começar a fingir que isso não é um caso sério e você tiver que me ajudar a convencê-lo de que é.

Nate olha para ela através do retrovisor.

— Do que está falando?

— Bem, só para começar, papai virou um superbudista.

— Um superbudista? — Nate acha graça. — Eu não acho que alguém possa ser um superbudista.

— Isso se tornou *tudo* na vida dele, Nate. Não há nada mais sobre o que ele queira falar. Como quando eu sinto falta do Denis ou algo assim e ele insiste para que eu viva o momento presente. Para que eu me deixe estar presente. Tudo o que eu consigo é me esforçar para não dizer: *No presente momento,* você está sendo um babaca completo.

— Georgia... — diz Nate.

— Mamãe não está no seu estado normal também — continua ela. — Eles dizem que esse divórcio é amigável, mas os dois parecem ter engolido um frasco de pílulas para aceitar isso.

O irmão fica quieto enquanto eles saem da cidade e começam a subir os penhascos. Ele aponta para uma estrutura que não é maior do que um pontinho, bem longe dali.

— Costumávamos pular daquela ponte quando éramos crianças. Não dá para ver direito daqui, mas tem um telhado grande no topo do...

— Nate! Acorde, cara! — diz Georgia. — Você nem está me escutando. Por favor, me escute.

— Estou escutando — diz ele —, mas isso é o que papai *e* mamãe querem, se lembra? Você não quer isso para eles? Não somos mais crianças. E eles definitivamente também não são. Talvez você devesse se concentrar na sua própria... situação.

— O que quer dizer com isso? Que, por não estar casada, Denis e eu podemos nos separar a qualquer instante?

Ela perfura Nate com um olhar fuzilante, como se ele não estivesse entendendo nada, e então se volta para Maggie:

— Você entende o que eu estou dizendo, certo, Maggie? Você entende que isso não pode ser bom?

— Qual parte? — pergunta Maggie.

— A parte de quão ferrado tudo está prestes a ficar — diz ela.

Maggie observa Nate ligar a seta e luta contra a vontade de lhe perguntar por que não entra na conversa, por que parece não ter qualquer opinião sobre aquilo tudo. Por que ele parece não apenas calmo, mas também inacreditavelmente... distante.

Antes que ela possa, contudo, dizer algo, Nate vira à direita para dentro de uma área chamada Ditch Plains: casas em estilo de cabana, um condomínio de prédios baixos, a praia e o oceano diante deles. Então, dirigem-se para lá e seguem por uma rua marcada como ÁREA PRIVATIVA, com uma ameaça de processo para os que a adentrarem. Nate entra mesmo assim, descendo a rua inteira, passando por várias entradas de garagem e altos portões, até chegar à residência mais distante de todas, a uma pequena pedra no meio do caminho com os seguintes dizeres em tinta branca: HUNTINGTON HALL.

Por que aquilo parece familiar a Maggie? Ela não sabe, pelo menos não até seguirem até o fim da rua e a casa da família dele projetar-se à vista. E, assim, algo a atinge como num intenso clarão, quase como uma sessão caseira de cinema: o zoom focaliza uma grande caixa de cartões-postais. O foco abre-se para um quarto infantil, o quarto de Maggie quando criança, e ela surge, sentada num canto, observando atentamente os cartões. Ela fazia isso por horas a fio. Na verdade, era isso que desejava fazer quando criança. Queria fazer cartões-postais. Ela pensava que, para fazê-los, a pessoa tinha de ir a todos os lugares em que as fotos eram tiradas.

Ela ama aqueles cartões-postais. Eles são a única lembrança material que ela manteve e estão seguros em seu quarto de menina. Centenas de postais e muitos deles ela ainda tem claros na memória. Foi por isso que o nome lhe chamou a atenção. Huntington Hall, Hunt Hall. No verso do postal, era assim que estava identificado: *Hunt Hall, Casa de Veraneio*. Uma fotografia da casa que naquele momento estava diante dela em tamanho real: uma construção em estilo vitoriano, com belas colunas brancas e uma enorme varanda coberta, um moinho de vento no topo do terceiro andar e colinas a perder de vista nos arredores.

— Existe um cartão-postal da sua casa? — pergunta ela, enquanto se volta para Nate. — Você cresceu em um cartão-postal?

— Você tem um exemplar dele? — diz Georgia. — Que legal!

E o telefone da irmã começa a tocar.

— É Denis! — diz ela. — Pare o carro.

E, assim que Nate o faz, ela se estica sobre os assentos da frente, retira as chaves da ignição e sai do carro, deixando a porta aberta e correndo para longe deles, para algum lugar em que possa ter privacidade com Denis. Maggie a observa parar próximo aos degraus que conduzem à varanda e abrir seu celular enquanto a mão livre instintivamente embala a barriga.

Ela mantém o olhar fixo em Georgia, concentra-se nela e não na casa logo atrás ou em Nate, até que ele desliza para o assento do carona, coloca-a em seu colo e envolve a perna dela com as mãos. Maggie não sabe ao certo por que se recorda disso, mas lá está a lembrança dos dois sentados quase daquele mesmo jeito na sala de emergência de um hospital próximo à casa de seu pai, depois que ela derrubou um alto-falante sobre o próprio pé. Ela carregava o objeto pelo bar, durante a primeira visita de Nate à sua casa, quando o derrubou, cortando o tornozelo. Nate ficou sentado com ela a noite toda naquela sala do hospital, passando gelo no ferimento e aguardando que ela chegasse à fila da triagem para que um médico costurasse seu tornozelo e a mandasse de volta para casa.

Talvez a memória volte com tanta força porque a única outra vez em que ela estivera naquele hospital fora sozinha, depois de quebrar o pulso durante um jogo na escola. Ela nem sequer conseguira contatar o pai, muito menos contar com suas habilidades para enfermagem.

— Não consigo acreditar que você cresceu aqui... — diz ela, enquanto balança a cabeça.

— Você está assustada?

— Por que estaria? — pergunta ela. — Eu nem preciso me preocupar com encontrar seus pais. Posso montar uma barraca no penhasco e me esconder deles por todo o fim de semana se quiser.

— Muito engraçado — diz ele e sorri alegremente para ela. — Mas você gosta daqui?

— Quem não gostaria? — E aponta para uma clareira próxima a um balanço, ou o que se parece com um balanço, bem ao pé da encosta. — Podíamos construir uma tenda circular para nós dois ali.

— Bem, isso significaria voltar aqui com alguma frequência.

— E por que isso seria ruim?

Ele aperta o joelho da namorada e, por um momento, parece lembrar-se de algo que precisa contar a ela. Maggie não compreende o porquê: ele já lhe contou tudo, afinal, não contou? A questão financeira já foi revelada, além do mistério do nome Champ e do pesadelo de namorada que teve no ensino médio. Com o que mais ele poderia se preocupar?

Antes que possa perguntar, ela escuta um ruído de pneus cantando e se vira para olhar pelo para-brisa traseiro a tempo de ver apenas uma enorme van branca com duas pranchas de surfe atreladas ao topo surgir na rua, de ré, em alta velocidade. A van está a centímetros de distância antes de o motorista pisar o freio, mas isso não é o suficiente, pois ela guina para trás em dois últimos solavancos e colide violentamente com a traseira da caminhonete deles.

Maggie é sacudida para a frente, sua mão encontra o painel e sua cabeça se choca contra o antebraço. Nate é atirado contra o ombro dela. Duplo impacto.

— Jesus... — diz Nate. — Tudo bem com você?

Ela avalia tudo ao seu redor, sente sua cabeça. Nada dói particularmente; pelo menos, não muito. Ela está, porém, sobressaltada, pois perdera o equilíbrio por instantes. Balança a cabeça, abre e fecha os olhos com força, tenta reabri-los. Vira tudo acontecer e não pudera evitar, e agora via tudo novamente.

— Estou bem — responde. — Você está bem?

Ele acena positivamente. Os dois saem e se dirigem para trás do carro, a fim de avaliar o prejuízo e verificar quem foi o responsável.

A motorista manobra a van de modo que a frente se volta para eles, e então sai do veículo também. É uma mulher da idade deles, com cabelos vermelhos presos em tranças baixas e uma jaqueta de *chef* larga demais. Ela observa o para-choque do carro deles e leva as mãos à cabeça, os dedos agitados sobre as tranças.

— Mas que droga! — lamenta. — Droga. Droga. Droga. Droga. DROGA.

Maggie acompanha o olhar da outra até o estrago que fizera, até a profunda rachadura na lanterna traseira. Se fosse um carro novo, e não essa caminhonete antiga, talvez o mal parecesse pior. Considerando-se outras fendas e arranhões somente no para-choque, contudo, o acidente não parecia um problema tão sério. Não era um problema sério a menos que alguém estivesse disposto a transformá-lo em um.

— Não acredito que fiz isso — diz a mulher. — Queria só dar uma ré para poder voltar... — E ela aponta para o fim da rua, para a direção de onde viera. — E eu acho que não estava prestando lá muita atenção ou estava prestando atenção à coisa errada, porque eu virei aqui e vi o carro de vocês pelo retrovisor, tentei parar, mas devia ter pisado de leve o freio. Como pisei muito forte, a van quicou para trás, como costuma fazer, e vocês sabem o resto...

Maggie observa o rosto dela. De perto, parece mais velha do que teria suposto, se a observasse a distância. Maggie supõe que não é mais velha, que sua primeira impressão fora acertada e que a mulher ainda estava nos seus vinte e muitos, provavelmente mais jovem do que ela, Maggie. Seu corpo ainda é jovem e robusto, mas o rosto é desgastado e enrugado em razão dos muitos dias passados na praia, no oceano. Seu semblante retém ainda uma boa dose de tristeza.

— Eu lamento muito — diz ela. — Não arruinei o carro de vocês, arruinei? Não parece que destruí tanto assim, mas nunca se sabe. Provavelmente deveríamos levá-lo a algum lugar.

Nate encolhe os ombros.

— Não se preocupe. É um carro muito antigo. Já sofreu batidas piores que esta. Provavelmente hoje mesmo.

— Sério? — E a mulher parece inteiramente aliviada e gesticula além da conta. — Porque eu estou organizando o bufê de uma festa aqui perto hoje à noite e é um grande evento. Passei as últimas trinta e seis horas me preparando.

Maggie olha para as pranchas de surfe sobre o veículo, que estão levemente úmidas e lustrosas, usadas havia pouco. Então, ela volta o olhar para o interior da van e nota um rapaz dormindo no assento do carona.

— Ou a maior parte das últimas trinta e seis horas — acrescenta a mulher.

Maggie enrubesce, sentindo-se flagrada em suas verificações.

— Eu não quis insinuar nada.

— Não, não... Quer dizer, cá entre nós, eu nem deveria estar organizando essa festa tão grande, mas não soube como recusar. Esse bico de hoje à noite vai garantir o pagamento do meu aluguel por um ano. Talvez até dois. Quem poderia recusar algo assim?

Maggie dá de ombros e responde:

— Ninguém.

— Seja como for, a governanta da casa ao lado, dos Buckley?, ficou toda confusa e me mandou para cá. Ela disse que a festa que eu vou organizar é aqui. Parece improvável. Eu posso estar perdida, mas nem tanto.

Maggie volta o olhar para Nate e tenta perguntar-lhe com os olhos: *Os Buckley? De Murphy Buckley?*

Ele, contudo, não responde e estica a mão para apertar a da fornecedora.

— Você é Eve?

— Como sabe?

Ele aponta para o carro, onde está escrito Cozinha da Eve em grandes letras cursivas azuis na lateral direita. Há tomates pintados por toda a superfície do veículo, amarelos, verdes e vermelhos. Trepadeiras crescendo entre os tomates, da frente até o para-choque.

Ela relaxa o rosto e diz:

— Sim, sou a Eve. E aquele no banco do carona é o Tyler.

Ela dá uma batida na janela e Tyler desperta, ainda que brevemente, e lhes faz um sinal da paz.

Maggie responde com o mesmo sinal.

— Eu sou Nate. Esta é Maggie. E aquela ali... — Ele aponta para Georgia, que está remexendo um arbusto e ainda falando com Denis ao telefone. — Aquela é minha irmã. Aparentemente, nem um acidente de carro consegue distraí-la do telefone.

Eve concorda e diz:

— Entendi. Não perturbar a irmã grávida quando ela está ao telefone.

Nate acha graça.

— Então, estou um pouco desatualizado aqui. Haverá uma festa na casa dos Buckley também ou não?

— Não. Na casa dos Lancaster.

— Dos Lancaster? — Ele lança para ela um olhar confuso. — Gwyn Lancaster, você quer dizer? É a minha mãe. É o nome de solteira dela. Esta é a casa certa, é aqui mesmo. — E ele aponta para Hunt Hall.

Eve retira um caderninho vermelho de dentro do bolso, com uma foto de Karl Marx estampada na frente. Ela olha do caderno para a casa, como se um dos dois pudesse lhe dar alguma dica para esclarecer o que ela não está entendendo.

— Estranho — diz ela. — Eu anotei que deveria parar na outra casa.

— Talvez ela quisesse que você se organizasse lá. Os Buckley são grandes amigos nossos; então, é possível.

Grandes amigos nossos? Maggie lança um olhar para Nate, que ele ou não percebe ou escolhe ignorar. *São mesmo?*

Nate ainda olha para Eve.

— Minha mãe tem sido difícil? Minha irmã acha que essa festa a está deixando tensa.

— Sua mãe? Oh, não, ela tem sido adorável. Eu acho que a última fornecedora teve de cancelar no último minuto. Ela me ligou há dois dias, totalmente desesperada. — Eve faz uma pausa. — Mas uma graça, mesmo desesperada. E me ofereceu muito dinheiro. Dinheiro até demais. Se bem que, se você vai receber duzentas pessoas na sua casa...

— Duzentas? — pergunta Maggie, voltando-se para Nate. *Eu achei que o evento de hoje à noite fosse pequeno...*

Nate dá de ombros e, por um segundo, ela acredita que é para dizer *Eu também achei*. Ela vê, contudo, a consciência do fato tomar conta do rosto dele, como se o namorado sempre tivesse sabido que era um grande evento e tivesse apenas se esquecido de contar a ela, ou mesmo de registrar a informação para si mesmo.

— Bem, deixe-me pegar as chaves com a minha irmã para podermos sair do seu caminho e você poder entrar para começar seu trabalho.

Ele chama Georgia, mas ela não responde nem para pedir que ele aguarde um segundo. Então, Nate grita mais alto e começa a caminhar na direção dela.

— Ei, srta. Huntington! Será que posso pegar essas chaves um segundo?

Eve estica o braço e toca o ombro de Maggie.

— Espere, do que ele acabou de chamar a irmã?

Maggie vira e olha para a mulher, que parece mais do que apenas pálida e desconfortável. Maggie está confusa a princípio e tenta seguir a conversa com naturalidade.

— Você quer dizer quando ele a chamou de srta. Huntington? Esse é o nome dela: Georgia Huntington.

— E ele é Nate Huntington? Então... eles são os filhos de Gwyn e Thomas Huntington? Os pais deles são Thomas e Gwyn Huntington.

Como a última parte não parece ser uma pergunta, Maggie não responde e somente observa Eve se recompor, enquanto se pergunta se seus futuros sogros seriam assim *tão* conhecidos e assim tão intimidantes. Assustadores a ponto de uma jovem surfista e socialista, que parece a Maggie o tipo de pessoa que não se deixa abater facilmente, demonstrar que preferiria qualquer outro compromisso a ter de lidar com eles?

Os olhos de Maggie voltam-se inadvertidamente para a casa. O pequeno terraço sobre o telhado figurava luminoso. Ela pode compreender agora: Gwyn usou seu nome de solteira exatamente para evitar esse momento de histeria de Eve. E por que não deveria estar histérica? Maggie imagina que uma festa dessas proporções deve ser um evento gigantesco para uma organizadora de bufê inexperiente. Muitas pessoas com muito dinheiro esperando pelas novidades mais sofisticadas para usar em seu próximo evento. Em seu próximo jantar de sexta-feira ou em sua próxima refeição exótica típica.

Eve está além da histeria diante dessas perspectivas, o que faz com que Maggie se sinta compelida a fazer uma brincadeira, a equilibrar os ânimos.

— Olha, você está me assustando um pouco — diz Maggie. — Vou conhecê-los hoje.

Eve balança a cabeça e, como se voltasse a si, pigarreia.

— Não se assuste, me desculpe — diz ela. — Eles são gente boa. *Eu ouvi dizer* que são gente boa, pelo menos. Acontece que a sra. Huntington tem uma reputação por essas bandas.

— Uma reputação de quê?

— De ser a sra. Huntington.

Naquele exato momento, antes que Eve possa se explicar, porém, Nate volta para o carro com as chaves de Georgia nas mãos.

— Vou tirar esse carro daqui para você — diz ele, enquanto caminha na direção delas. — E vou ajudá-la a levar parte do carregamento para dentro. Você não vai conseguir dar conta de tudo sozinha.

Maggie olha para a parte de trás e percebe, travessa sobre travessa de petiscos, que, sob sua cobertura de plástico, o que parecem diferentes variações de cogumelos gigantes.

— Está tudo bem. Tyler e eu temos tudo sob controle. Não é, T.?

Ela cutuca a janela do carona, e o sujeito lá de dentro acorda de um salto, olha à sua volta e, dessa vez, permanece acordado.

— Bem, considere isso uma oferta de nossa parte para ajudá-los hoje, a qualquer momento que precisarem — diz Nate. — Podemos fazer compras para vocês, localizar vegetais difíceis de encontrar. Mesmo que isso signifique dirigir por uma hora. Até duas, se for preciso.

Maggie volta para Nate um olhar que pretende dizer *muito engraçado*.

Eve sorri.

— Eu me lembrarei disso — diz ela. — Obrigada pela oferta.

Maggie pousa a mão sobre a rachadura no Volvo.

— E nós vamos cuidar do estrago — diz ela. — Se é que vai precisar de cuidados. Os pais do Nate não precisam saber.

Talvez não seja função dela dizer isso, mas ela decide que pagará pelo conserto, se for preciso; qualquer solução que possa evitar aquele olhar de Eve que faz parecer que ela está à beira de um ataque de nervos bem ali, diante deles.

— Tem certeza? — pergunta Eve.

— Claro — diz Nate. — Poderia ter sido bem pior. Você não faz ideia do que nos aguarda lá dentro.

Eve ri alto desse comentário, um pouco alto demais, como se ela soubesse de algo que eles não sabem. Ou algo que eles estão prestes a descobrir.

— Bem — diz Eve —, acho que os verei mais tarde.

— Ótimo — responde Nate.

Maggie volta para dentro do carro, e Nate dirige para a margem da rua, para fora do caminho.

Eve acena para eles e anda até seu veículo também. No entanto, em vez de dirigir em direção à casa, ela dá a volta e dirige para fora de Ditch Plains. O mais rápido que a van decorada com ramagens poderia se mover.

Nate olha para a rua vazia como se não conseguisse acreditar no que vê.

— Ela não vai entrar? E os cogumelos?

— Acho que terão de esperar.

Ele dá de ombros.

— Talvez ela apenas não esteja pronta.

Maggie volta o olhar para a casa-parque-nacional diante dela, para suas colunas que parecem postes de sinalização direcionando para um mundo que ela não deseja verdadeiramente visitar. A imensa varanda coberta soa como uma promessa de algo, mas algo que ela ainda não está preparada para conhecer.

— Sei como ela se sente — diz Maggie, conforme eles entram.

Gwyn

É disto que ela se lembra.

Na primeira vez que esteve em Montauk com Thomas para conhecer o lugar onde ele vivia, era inverno e lá fora estava congelando. Ela caminhou até ali, até o fim da propriedade, até aquele profundo penhasco que dá para a praia, e lá ficou, sozinha, observando o lento pôr do sol. Ela ainda não havia completado 22 anos e estava tremendo, mas, sobre aquele penhasco, naquele dia, viu sua vida inteira passar diante de seus olhos. Ou talvez isso seja muito simplório. Talvez o que mais se aproxime da verdade é que, pela primeira vez, enxergou algo de promissor em sua vida, algo que não queria deixar passar. Mesmo no instante atual, depois de todos esses anos, ela se recorda de como se sentiu ao observar aquelas águas. Recorda-se de que aquele foi o momento em que o lugar passou a ser dela.

Então, Gwyn se senta no balanço, o pequeno balanço de madeira que os pais de Thomas lhes deram de presente de casamento. Que, na verdade, Champ fizera para eles. É um balanço bonito, e ela se senta nele todos os dias. Para ler ou costurar, para simplesmente tomar seu café da manhã e ler o jornal. Ou, como naquele momento, para se preparar para algo que ela não deseja fazer.

No primeiro fim de semana, contudo, o balanço ainda não existia, e Gwyn fora até ali se preparar para tudo o que desejava fazer.

Thomas estivera tão nervoso por lhe mostrar onde crescera. Ele já havia começado a trabalhar na clínica gratuita de Montauk; então, não lhe estava apresentando apenas seu passado, mas também o futuro dos dois. Se ela decidisse fazer parte daquele futuro. Eles viveriam ali, no fim do mundo, o que, naquela época, em teoria, soaria romântico. Conhecer o lugar pela primeira vez durante um inverno muito, muito frio, porém, tornava tudo mais complexo, mais próximo a algo que ele já havia explicado: *Ou você amará a quietude ou não conseguirá suportá-la. E isso vai fazer toda a diferença. Isso também vai determinar, em grande parte, se você consegue tornar esta a sua vida.*

Foi lá que ela começou a entender que não seriam apenas ela e Thomas, mas ainda aquele terceiro componente, a própria casa, que ditaria as regras para os dois. Essa casa, em seu isolamento, que demandaria que seu casamento fosse mais resistente e mais flexível do que se eles vivessem em outro lugar. Do que se vivessem numa área urbana ou residencial, em algum lugar menos próximo do precipício do mundo, um lugar que demandasse menos parceria para fazer com que tudo funcionasse. Que, simplesmente, exigisse menos.

Thomas não sabe desta parte: Gwyn foi à cidade naquela primeira tarde para comprar suco e ligou para a irmã de um orelhão na margem da antiga estrada de Montauk, enquanto se perguntava por que levara tanto tempo para compreender que estava sendo convidada a adentrar a vida já resolvida de outra pessoa. Ou a retirar-se dela.

— O que você quer que eu faça? — perguntou-lhe Jillian.

— Quero que me diga que gosta dele — disse ela. — Quero que me diga que vai dar tudo certo.

— Eu gosto dele, Gwyn — respondeu Jillian. — E provavelmente não vai dar tudo certo.

— Como pode saber?

— Porque você só me faz perguntas quando precisa escutar algo que não consegue dizer a si mesma.

Então Jillian parou de dar opinião. Em vez disso, ela lembrou a irmã de algo que o pai delas fizera quando a família se mudara para uma casa colonial em Macon, quando Gwyn tinha quase 4 anos. A casa em que os pais delas viveriam até a morte. Ele disse às meninas que, quando elas crescessem e encontrassem um lugar onde gostariam de estabelecer seu lar, deveriam escolher um recanto dentro dele e fazer três pedidos. Elas podiam contar que três se realizariam, mas somente três, por isso deveriam escolhê-los cautelosamente.

Aquilo provavelmente marcara Jillian e também deve ter marcado Gwyn, porque o pai nunca dizia coisas assim. Coisas supersticiosas assim. No entanto, ele acreditava que uma pessoa tinha direito a três pedidos apenas por ter sido suficientemente corajosa para ao menos conseguir imaginar que um lugar pode se tornar seu lar.

Então, naquela primeira noite, depois que Gwyn decidiu que faria de Montauk o seu lugar, ela parou diante daquele mesmo precipício e fez o que ele dissera. Fez seus pedidos. Selou seu destino.

Ela nunca contou a ninguém o que pedira, nem mesmo a Jillian. E nunca contou a ninguém que guardara o terceiro pedido. Guardara-o para um dia em que fosse preciso pedir para superar algum problema maior, algo que ela não poderia imaginar ou antecipar naquele momento do passado: pedir que um de seus filhos melhorasse, que um acidente de carro não tivesse sido irreversível, que a morte não levasse Thomas antes dela.

Mas ela está usando seu último pedido agora, na beira do precipício, seu precipício, admirando-o enquanto ainda é seu.

Naquele momento, aquele pedido.

Thomas estivera diretamente envolvido nos dois primeiros: quando pediu que eles se casassem e que tivessem filhos saudáveis e felizes. Pedidos comuns, pouco específicos. Ele pode muito bem fazer parte do terceiro.

Ela se levanta do balanço e se estica, esguia. Inspira o céu, o azul do céu, o ar rareando, tornando-se escasso ao seu redor. Ela ainda não sente ou não pode perceber a tempestade que se aproxima, mas sente algo.

Deseja que ele se arrependa.

Então, ela abre a mão e encontra o celular de Thomas em sua palma. É pequeno e preto. A luz vermelha pisca intensamente. Há mensagens esperando por respostas. Contatos telefônicos que ele pode pensar que precisa, mas não terá por enquanto.

Ela está vinte e cinco metros acima do nível do mar. Dá uns passos para trás, mira e faz com que o celular voe para longe.

Maggie

Há uma estátua do Buda na sala de estar.

Folheado a ouro e de estatura considerável, ele está sentado contra a parede, entre duas janelas. Sorrindo.

Curvada na altura dele, Maggie o olha nos olhos. Observa seu sorriso, suas grandes bochechas. Ela quer esticar a mão e tocá-lo no ponto exato que miram seus olhos: naquele sorriso, naquelas bochechas.

Thomas surge por detrás dela e lhe oferece um copo de chá gelado.

— Já tem mais de cem anos — comenta ele. — Foi enviado para cá.

— O Buda — diz ela — ou o chá?

Thomas ri, o que é muito bom, já que, assim que as palavras saem da boca de Maggie, ela percebe como poderiam ter sido mal-interpretadas. A graciosidade demonstrada parece confirmar o palpite de Maggie de que ele se assemelhava a Nate naquele aspecto importante: tinha a mente aberta, sem julgamentos prévios. Ela relutantemente vai até o sofá e se senta de frente para ele. Não quer encará-lo, não diretamente nos olhos. Ele se assemelha tanto a Nate fisicamente, tem o nariz idêntico, os cabelos e os olhos são iguais. Ao observá-lo, Maggie sente um pouco como se espiasse seu próprio futuro. Aquele será Nate dali a trinta anos. Assim será seu futuro marido quando o filho dos dois trouxer sua noiva para casa pela primeira vez.

Em vez de olhar para Thomas, Maggie observa o restante do cômodo ao seu redor. É tudo inspirado em temas asiáticos, com paredes de um amarelo intenso, janelas de dois metros e meio, grandes estantes de mogno dispostas por toda uma parede e a pintura de um personagem chinês decorando a outra. As linhas retas ao fundo produzem a sensação de que se está dentro de um navio. Pensando bem, aquele cômodo e o que há dentro dele valem provavelmente mais que a casa de seu pai inteira. Ela tenta pensar em outro assunto.

O Buda ainda parece rir dela. Maggie cobre o canto dos olhos, morde os lábios e tenta escutar o pai de Nate falar sobre a conferência médica e sobre o templo que ele visitou no condado de Orange na sua viagem.

Todos estão acomodados naquele instante: Nate e ela sentados no sofá, Thomas na grande poltrona de frente para eles e Georgia deitada com as costas no chão, logo abaixo dele. Gwyn ainda não apareceu.

— Eu penso em voltar lá por uns tempos e assistir a algumas aulas — diz ele. — Depois que tudo for resolvido.

— Você quer dizer depois que o divórcio for resolvido? — pergunta Georgia. — Você pode dizer essa palavra, pai. Não é isso que vamos comemorar hoje à noite?

— Vamos comemorar tudo que veio antes disso, George — explica Thomas.

— E qual é a diferença? — insiste a filha.

— Porque — diz ele — é o nosso modo de lembrar a todos que não há a quem culpar.

Isso é uma resposta? Maggie olha para Nate, que está balançando a cabeça como se compreendesse o que o pai quer dizer, e talvez até compreenda. Talvez ele consiga entender algo que ela não entende, como de que maneira aquilo pode ser uma resposta para a pergunta de Georgia. Parece significar mais do que isso para Maggie, algo como uma resposta que Thomas quer dar independentemente do que lhe for perguntado. Para convencer a si mesmo.

Antes que ela possa descobrir por que aquilo a incomoda, porém, escuta passos macios vindos do corredor e logo vê Gwyn como que planar pela sala adentro. Gwyn, com seus longos cabelos loiros e um pálido vestido tubinho que desce até seus pés descalços. Ela parece saída de um comercial, e Maggie é forçada a reconhecer que *não* será como ela quando seu filho trouxer a noiva para casa: uma bela mulher cuja beleza ainda é nítida, graciosa e elegante, muito próxima do que sempre fora. Há mulheres assim, e Maggie conclui que, se você presta atenção, você descobre ainda cedo se irá se tornar uma delas. Provavelmente, se você não estiver prestando atenção, é porque não se tornará.

Gwyn vai direto até Nate e até ela, Maggie, ajoelhando-se para dar um grande abraço no filho, antes mesmo que ele possa se levantar.

— Parece que vamos provavelmente sair um pouco molhados dessa nossa festa — diz Gwyn. — Acho que uma tempestade se aproxima do horizonte para cá. Talvez devêssemos transferir tudo para dentro de casa... O que vocês acham? Eu não *quero* transferir tudo para dentro, mas aquele celeiro está caindo aos pedaços...

Tudo isso antes de dizer "oi".

Tudo isso antes de qualquer outra coisa.

— Olá, Champ — diz ela, conforme se afasta.

Por um segundo, Maggie arregala os olhos, pois ela pensa que Gwyn o chama pelo seu nome *verdadeiro*, seu nome de batismo, mas então percebe que não, que a mãe apenas usa o nome como um apelido.[6] Como se o chamasse de campeão. Como Maggie às vezes o chama de *Sport*.

A mãe pousa a mão sobre o rosto do filho.

— É bom rever seu rosto — diz ela. E, assim, ainda de joelhos, volta-se para Maggie: — E você deve ser Celine.

Todos ficam em silêncio.

— Estou brincando! — E Gwyn belisca o joelho dela, reclinando-se para dar-lhe um forte abraço. — É um prazer conhecê-la, Maggie — diz ao seu ouvido, de modo que somente ela consegue escutar.

— O prazer é meu — responde Maggie, enquanto sorri.

Maggie forma suas opiniões sobre as pessoas rápido demais, ela sabe disso, mas a verdade é que gosta de Gwyn imediatamente, em parte porque ela enxerga algo que teria passado despercebido se a sogra não tivesse se ajoelhado para cumprimentá-la: uma doçura em seu olhar. Uma verdadeira doçura. Por um segundo, isso a faz refletir sobre tudo o que Nate tivera durante sua infância. Esses pais

---

[6] Em inglês, o nome Champ é usado como apelido em geral, e é uma abreviação da palavra *champion*, que significa campeão. (N. T.)

amorosos, esse lar. Mesmo que seus pais estejam para se separar agora, isso não explica por que durante o último ano e meio ele sempre parecera pouco ansioso por retornar àquele lugar e reencontrar os dois.

Ela tenta afastar aqueles questionamentos enquanto Gwyn se levanta e vai se sentar no chão, perto de Georgia. Ela pega a taça de vinho de Thomas e sorve um rápido gole enquanto se deixa cair sobre o chão, com o vestido lhe cobrindo as pernas. Refugia-se o mais próximo que pode ao lado da filha.

— Então, o que foi que eu perdi? — pergunta Gwyn. — A viagem de vocês até aqui foi tranquila?

— Bem tranquila — responde Nate —, até chegarmos à estradinha da propriedade.

— O que houve lá?

— Nada — diz ele, e balança a cabeça como se recordasse que eles haviam combinado não contar. — Minha irmã quis sair do carro enquanto eu dirigia para fazer uma ligação.

— Você está me delatando para a mamãe? — diz Georgia. — Quantos anos você tem? Nove?

Nate sorri, orgulhoso de si mesmo.

— Acabei de completar dez — brinca ele.

Mas, então, Thomas os interrompe.

— Você, por acaso, não estava usando o meu celular, estava, Georgia? Para a ligação? Não consigo encontrá-lo.

— Por que eu estaria usando o seu celular?

— Você não estaria — diz Gwyn, enquanto pousa a mão sobre o ombro de Georgia, acariciando-o. E ela vira para olhar o pai de seus filhos nos olhos: — Desapegue-se, Thomas. Ele sumiu.

E Maggie surpreende-se — mais ainda por achá-los tão adoráveis, mesmo em meio a tudo aquilo — com o que percebe na voz de Gwyn: raiva. Latente, talvez, mas perceptível, ainda assim.

Ela vira para olhar Nate, que parece não haver notado, e decide que somente imaginara aquilo.

— Ei, a organizadora do bufê esteve aqui, a propósito — diz Georgia, apontando para a frente da casa, em direção à estradinha. — E ela disse ao Nate e à Maggie que duzentas pessoas virão esta noite. Ela se enganou, não foi?

— Vocês conheceram a moça do bufê? — pergunta Gwyn, retirando a mão do ombro da filha. — Thomas, você a conheceu também?

— Mãe, isso é meio além da conta, você não acha? Por que convidar duzentas pessoas? Deveriam ser apenas... sete — diz Georgia.

— Nunca dissemos que seriam sete — fala a mãe.

— Você disse *uma pequena cerimônia de despedida*.

— E isso quer dizer sete? — pergunta Gwyn. — Desde quando?

A filha a encara.

— Por que você não nos avisou sobre isso? Porque achou que o Nate não viria?

— Nós contamos ao Nate — responde Thomas.

Contaram? Maggie olha para Nate. *Você sabia?*

Todavia, Nate não lhe retribui o olhar. Seus olhos estão baixos, concentrados nas próprias mãos, como se aquela fosse uma conversa em voz alta entre estranhos no consultório do dentista, como se quisesse apenas que tudo terminasse logo. Ele ergue os olhos na direção da irmã.

—Temos estado tão sobrecarregados com a mudança e o restaurante — diz ele. — Eu acho que não prestei muita atenção.

— Isso é chocante! Eu nunca vi *você* evitando pensar em algo com que não quer lidar — diz Georgia.

Maggie quase pergunta em voz alta o que aquilo quer dizer. Mas Georgia já se volta para a mãe:

— Por que não me contou as proporções desse evento?

— Nós não quisemos assustá-la, por causa da gravidez — responde Thomas.

— Eu ainda estou grávida.

— Bem, não quisemos impressioná-la enquanto estava menos grávida — diz Gwyn. — Mas, de qualquer modo, não há razão para ficar chateada. Hoje à noite, tudo será adorável. Apenas um pouco mais *completo* do que você imaginava.

— Defina "completo" — diz Georgia, com a voz levemente alterada.

— Bastante comida, uma grande banda e o meu delicioso bolo Veludo Vermelho. É como uma festa de aniversário. Mas, em vez de celebrar apenas este aniversário,... celebraremos também o fato de ser o último de todos.

— Fantástico — diz Georgia.

— Olhe, o que sua mãe está tentando dizer é que ninguém é o vilão aqui — diz Thomas. — Nós planejamos continuar próximos um do outro. E comemorar nosso casamento, o parto da Georgia. Queremos apenas fazer tudo isso de um modo honesto.

— Com quem você está falando, pai? — pergunta Georgia. — Conosco ou consigo mesmo? Você já disse isso cinco minutos atrás.

Gwyn levanta-se e começa a deixar a sala.

— Bem, então vamos evitar repetições e respirar um pouco, está bem? Só precisamos nos dar um tempo para nos acostumarmos com isso. Não é como se nós surpreendêssemos vocês com o divórcio. O resto são apenas... detalhes. Logo, logo, não parecerá tão grave. Dentro de algumas horas, na verdade. Teremos alguns drinques, boa comida. Celebraremos nossa família.

Georgia, então, diz:

— Numa festa de divórcio?

— Sim, na festa de divórcio.

— Eu estava brincando.

Gwyn aperta levemente o ombro da filha, como se isso resolvesse tudo, e anda para fora do cômodo. Thomas, porém, tenta interrompê-la.

— Talvez você devesse se sentar até que tudo esteja resolvido — diz ele.

— Tudo, Thomas?

E então Maggie sente novamente uma reminiscência da raiva que ela detectara antes: Gwyn lança para Thomas um olhar tão ligeiro e brutal que poderia passar despercebido a qualquer um. E passa a todos, de fato, exceto a Maggie, que sente, naquele momento, a certeza de que algo está acontecendo ali. Algo além de tudo aquilo que Thomas e Gwyn estão tentando fingir que não existe. Mas o quê? Todos sabem que eles estão se separando. Uma separação amigável; ainda assim, porém, uma separação. O que poderia ser pior do que isso? Talvez algo um pouco menos amigável.

Gwyn está parada na soleira da porta naquele momento, sorrindo de maneira um pouco forçada.

— O evento de hoje à noite é o que é — diz Gwyn. — E, a essa mesma hora de amanhã, tudo terá acabado. Se não quiserem comparecer, não compareçam.

— Eu não quero comparecer — fala Georgia.

— Você vai — encerra a mãe.

E, depois disso, ela sai. Maggie a observa sair do mesmo modo como entrou, num redemoinho de tecido branco, cabelos e vento. Maggie olha para Nate, que está olhando de volta para ela.

Você está bem?, pergunta ele, com os olhos.

Se você está, responde ela.

— Pessoal, eu compreendo que isso não é exatamente fácil — diz Thomas —, mas tudo há de se ajeitar para o melhor, eu juro. Dentro de um ano, nós dois estaremos melhores por estarmos separados. Teremos seguido em frente. Poderemos ser amigos de verdade, que é algo que não conseguimos ser já faz um bom tempo.

— Por causa do negócio do budismo? — pergunta Georgia.

— Por causa de um monte de razões — responde Thomas. — Maggie observa seu futuro sogro e percebe que há algo diferente em seu tom, algo que soa como a verdade. — Eu estarei fora em muitos retiros e conferências — continua ele. — É melhor assim. É melhor que sua mãe não fique sempre sentada aqui, esperando que eu volte ou que vá de novo.

— Então, não vá de novo — pede a filha.

Ele a envolve com os braços.

— Sua mãe e eu estamos lidando bem com tudo o que está acontecendo. É o que desejamos para nós. Isso não deveria ser o mais importante?

— Não. — Mas ela suspira ao dizer isso e abre um meio sorriso, como se desistisse da discussão. Por ora.

Thomas olha para ela com gratidão pela concessão e depois se volta para Nate.

— Você está bem, rapaz? — pergunta-lhe.

— Não, ele não está bem — diz Georgia. — Mas ele não se conhece o suficiente para saber que não está.

Nate sorri para a irmã.

— Estou bem, pai. Só acho que eu e Maggie deveríamos desfazer as malas — diz ele.

Maggie olha para Nate. *Onde você esteve?*

— Então, faça isso — diz Thomas. — Eu não vou a lugar algum.

Maggie encara o futuro sogro e luta contra o desejo de dizer: *Se estou começando a compreender alguma coisa, é que isso que você disse pode não ser verdade.* Ao levantar, volta o olhar para a estátua do Buda uma última vez e se pergunta o que ele diria se pudesse falar. Talvez: "Bem-vinda à família!"

Ou mais provavelmente: "Prepare-se!"

Gwyn

Há uma palavra no budismo que significa "clemência". *Maitri*. Significa tentar sempre agir benignamente para consigo mesmo e para com os outros. Encarar qualquer situação que se lhe apresente com curiosidade, não deixá-la dominar tudo na sua vida nem fazê-la significar mais do que deveria.

Maitri: perdão.

Qual é a expressão no budismo para "traição"?

E que tal para mentiroso maldito?

Gwyn encara a si mesma através do espelho do banheiro, enquanto o coração pulsa quase para fora do peito, retumbando em seus ouvidos. Ela traga mais um pouco de seu baseado, respira fundo, tenta se acalmar e manter o equilíbrio.

Já passou. O mais difícil já passou. Protegê-los, proteger seus filhos. E ela julga que conseguiu, que eles acreditaram na versão mais leve da história. Pensa que eles acreditaram em tudo. E por que não acreditariam? Por que eles não aceitariam que o que está havendo é o que ela diz estar havendo?

Ela mesma aceitou. Por um longo tempo. Ali mesmo, naquele banheiro, ela própria acreditou. Estava diante da pia e Thomas, sentado na borda da banheira, quando ele contou pela primeira vez quão séria se tornava a sua relação com o budismo. Suas mãos crispadas sobre o panfleto, como se o papel fosse uma testemunha. Ele mirava os olhos dela pelo espelho, os olhos dos dois encontravam-se ali. Mesmo naquele instante, ela compreendeu que aquele era o primeiro indício de que os olhos de ambos não voltariam a se encontrar na vida real.

— Eu estou perdendo o meu marido — disse ela a Jillian mais tarde, pelo telefone, naquela semana.

Sua irmã vivia no Oregon, com um jornalista subempregado, que plantava maconha no quintal de casa. E, mesmo nos domingos mais lindos, o jornalista dormia até as duas da tarde e queria passar o resto do dia na cama. Em pensar! Em pensar que houve um tempo em que Gwyn lamentara pela irmã.

— Você não está perdendo o seu marido — disse Jillian. — É uma fase.

— Uma fase? Acho que não. Decidir ir a um safári na África é uma fase. Ou entrar para um clube do livro! Isto é uma religião. Uma que ele diz que poderá mantê-lo fora em retiros de semanas. De meses.

— Vocês já passaram por maus bocados antes — disse Jillian.

E aquilo era verdade. Eles passaram mesmo. E quem não passou? Como quando as crianças eram pequenas e Thomas encontrara dificuldades em descobrir qual era o seu lugar, afinal, ou quando ele aceitou aquela bolsa de estudos de um ano de duração em Nevada, e Gwyn sentiu-se negligenciada. Ainda assim. Dessa vez, fora diferente desde o início. Pela primeira vez, ela sentiu como se eles não estivessem naquilo juntos. Pela primeira vez, ela sentiu como se

Thomas estivesse determinado a fazê-la sentir que eles não estavam naquilo juntos.

Gwyn traga o baseado mais uma vez e sente o mundo começar a nublar e a desacelerar-se, de um modo prazeroso. Ela nunca fumara até aquele momento; nem na escola; apenas uma vez, na faculdade. Quando toda aquela história de budismo começou, porém, sua irmã, Jillian, enviou-lhe um pequeno estoque de maconha pelos correios, escondido em minúsculos dedais, enterrados sob um prato de brownies. *Para o caso de essa fase não ter passado até o aniversário dele,* ela escreveu num bilhete. *Para o caso de, no aniversário dele, você precisar celebrar outra coisa.*

Aquela havia sido a promessa de Jillian. De que tudo teria terminado até o aniversário dele. Seu sexagésimo terceiro aniversário. A promessa era baseada na teoria de Jillian de que Thomas estava agindo do modo como um homem às vezes age aos 63 anos. (*As pessoas dizem que isso acontece aos* 65, *mas é aos* 63, disse ela. *Essa é a idade em que eles pensam que ainda têm tempo de mudar tudo.*) Eles entram em pânico, buscam soluções, voltam a entrar em pânico. E, porque Gwyn queria acreditar que era aquilo que estava acontecendo, ela sugeriu que os dois fizessem terapia de casal. Para ela tentar compreender. Mas Thomas era contra isso. Terapia. Compreensão.

Isso não é uma simples infidelidade. Era o que ele dizia. Foi a resposta dele ao pedido dela. *Este é quem eu sou agora. É o rumo que eu quero que a minha vida tome.*

Ele não estava interessado em ajudá-la a compreender. Tratava-se de uma mudança completa de estilo de vida, e ela poderia aceitar ou, se julgasse que ele estava se tornando alguém que ela não podia mais reconhecer, poderia escolher outro caminho para si. Fosse como fosse, aquele era o caminho que ele escolhera.

Sem chances de um encontro no meio desse caminho. Caso encerrado. Ou ela estaria dentro ou estaria fora.

Diante de tal convite pouco animador, ele certamente não contava que ela escolhesse acompanhá-lo. Ele não contava que Gwyn fosse investigar o interior de si mesma, a parte de si que não estava certa sobre como se sentia a respeito de qualquer religião, especialmente a respeito de uma sobre a qual ela sabia tão pouco, e que, ao fim disso tudo, concluiria que era em seu marido que ela acreditava. Aquele com quem ela se casara havia trinta e cinco anos, naquela mesma casa que eles ainda dividiam. Ele não contava que Gwyn concentrasse tudo o que ela sentira naquele momento e que dirigisse até Oyster Bay, até o Centro Budista, para acompanhar seu marido na aula de meditação da quinta-feira. Assim, Gwyn caminhou pelos corredores tranquilos em seu vestido vermelho, com uma echarpe preta em torno do pescoço. Como se aquilo fosse algo que ela soubesse fazer: rezar, aprender, mudar. Como se fosse algo que ela pudesse descobrir como fazer.

Uma mulher numa longa túnica escura apresentou-se como uma das professoras líderes do centro, *por favor, me chame de Donna*, e perguntou a Gwyn como poderia ajudá-la.

— Estou aqui para a aula de meditação de hoje à noite — disse. — Devo encontrar meu marido, Thomas Huntington.

— A aula de meditação é na terceira sala à direita, mas você disse que o seu marido se chama Thomas? Perdoe-me, mas não há ninguém com esse nome nessa aula.

— Você tem certeza? Quantas pessoas há? Talvez você o tenha esquecido.

— Cinco.

Gwyn balançou a cabeça e piscou os olhos, confusa.

— Mas ele está no meio da sua décima sexta semana de aulas de meditação.

— É possível que ele tenha se registrado com um nome diferente?

Talvez. Talvez ele tenha pensado que saberiam de sua situação financeira se usasse seu nome verdadeiro. Talvez isso não fosse ser bem-visto. Então, Gwyn caminhou até o final do corredor para espiar dentro da sala por si mesma. Eles estavam sentados no chão — os cinco. Três homens e duas mulheres. Três pessoas morenas, uma pessoa loira e a outra grisalha. Todos vestidos em túnicas marrons e ajoelhados em silêncio sobre almofadas marrons.

Thomas não estava lá. Ela voltou para o carro e encarou a si mesma no retrovisor por uma hora, talvez mais. Como se seu rosto fosse revelar o segredo de Thomas ou o que fazer a seguir. Não revelou. Ela não sabia onde mais procurar. Não naquela noite. Ela sabia, porém, o princípio da verdade. Ela sabia o que estava realmente acontecendo com seu marido.

Era outra mulher.

Com os olhos azuis, os quadris largos, uma tatuagem do símbolo chinês para "paz" na nuca e outra do símbolo da "alegria" em um dos quadris. Seu trigésimo aniversário ainda demoraria alguns anos.

Ainda é a outra mulher. E, porque Gwyn se recusou a contar a Thomas que sabia disso, foi deixada na complicada posição de tentar compreender o restante da história, de dolorosamente tentar compreender o que ela menos queria saber, isto é, por que Thomas mentira para ela, por que havia elaborado uma mentira tão complexa.

Porque a verdade era muito simples. Um caso com uma mulher mais jovem? Tão absurdo! Tão clichê! Ainda assim, tão familiar também. Se Thomas tivesse confessado que havia outra pessoa, em vez de inventar aquela história de budismo, Gwyn teria ficado furiosa, mas será que tão furiosa a ponto de querer acabar com o casamento? Difícil dizer. Muitas amigas haviam enfrentado infidelidades e sobrevivido. Ela poderia ter escolhido fazer o que as outras fizeram: ficar e lutar. Pelos seus casamentos. Pelos seus maridos. Pela única vida que conheciam.

Mas conversão religiosa? Uma fé recém-descoberta?

Thomas acreditava que essa história o tornaria um estranho para Gwyn. E quem desejaria lutar para continuar com um estranho? Quem desejaria ficar?

Foi por isso que ele mentiu, Gwyn sabe. Ela sabe agora. Sabe de tudo: Thomas não queria que ela lutasse. Não queria que ela o culpasse ou que se magoasse. Não queria ser o vilão da história. Só queria escapar dela.

Isso não é uma simples infidelidade, havia dito ele. Quão certo ele estivera! E quão errado!

Gwyn dá uma última tragada e joga fora as cinzas do baseado com um leve bater dos dedos polegar e indicador. Coloca o restante de volta na caixa castanha e a deposita embaixo da pia. Então, lambe os dedos e os desliza pelo nariz. Recompõe-se.

Ele ainda não sabe que ela conhece a verdade. Porque ele subestimou Gwyn da pior maneira. Subestimou todo o sacrifício que ela seria capaz de fazer para compreendê-lo, para acompanhá-lo aonde quer que ele precisasse ir.

Ele subestimou o quanto ela o amava.

Então, naquele instante, às vésperas de seu trigésimo quinto aniversário de casamento, ele não é o único que tem algo a esconder. E Gwyn não será a única a se perguntar se é possível realmente conhecer uma pessoa.

Maitri.

Perdão.

Não.

Não naquela noite.

parte dois *Visitas inesperadas*

Maggie

Eles terão uma festa de divórcio.

Eles terão uma festa de divórcio. Maggie já esperava por esse momento. Já esperava por grande parte daquilo. Ainda assim, ouvi-los falar sobre o evento em si, senti-lo assim tão próximo, faz com que tudo pareça mais imediato. E, certamente, mais bizarro. Tudo ali soa bizarro. Por trás daquele chão de madeira, daquelas cortinas delicadas. Por trás das enormes janelas que dão para o mar e para as nuvens e para o resto de tudo.

Ainda assim. Uma voz possivelmente razoável adentra sua mente e lhe faz uma pergunta que ela não está certa se quer responder: *Quem é você para julgar? E por que você iria querer julgar?*

Maggie tinha apenas 9 anos quando sua mãe os deixou. Não houve nada parecido com uma festa, nem mesmo com um aviso. Talvez Maggie tivesse reagido melhor se tivesse havido algum tipo de cerimônia assim. Mas sua mãe simplesmente saiu porta afora numa terça-feira, a princípio comum, e ninguém sequer contou a Maggie o que tinha acontecido. Pelas primeiras poucas semanas, seu pai fingiu que Jen Lyons Mackenzie — uma mulher de 29 anos, arquiteta paisagista, ariana — tinha ingressado numa longa viagem de férias prolongadas para Eugene, para visitar os pais. Talvez Eli esperasse que aquilo se tornasse realidade, pelo menos em parte. Talvez esperasse que, na idade desesperadora de 29 anos, Jen tivesse tomado a decisão de partir precipitadamente, e que acabasse voltando ao seu juízo perfeito e à família no fim das contas. Mas que tipo de lógica usou para esconder a verdade? Seu pai tentava preservar Maggie escolhendo quais fragmentos da verdade ela poderia conhecer. O que é o modo mais indicado para não se preservar coisa alguma.

Ela ajeita a alça da mala mais acima do ombro, segue Nate escada acima, em direção ao quarto dele na infância e tenta se concentrar em não pensar no quanto aquele dia começa a se parecer com o seu passado infantil. Um dia de verdades ocultas: contas bancárias incríveis, amigos de infância, festas bizarras para duzentas pessoas.

Em vez de pensar nisso, ela se concentra nas várias fotos em preto e branco alinhadas sobre as paredes da escada. Há fotos maravilhosas de família e enormes fotos de paisagens, a maioria de Montauk; sem surpresa, porém, aquelas que mais atraem sua atenção são as em que Nate aparece. Mas então seus olhos se desviam para uma foto bem grande no topo da escada, em que Gwyn e Thomas posam no assento da frente de uma picape velha, com a estrada atrás deles, o braço esticado de Thomas sugerindo que era ele quem tirava a foto. Gwyn, enquanto isso, beijava o pescoço dele, que ria. Estava rindo de verdade.

Maggie para diante da fotografia e desliza os dedos sobre a moldura preta. É uma bela foto, mas, quando ela olha para cima para perguntar a Nate mais a respeito, ele não está mais ali. Subira na frente, sem ela, o que é o primeiro grande indício de que pode realmente ter se incomodado com o que escutou na sala de estar.

Ele deixou aberta para ela a porta do quarto, que fica numa das extremidades da casa. É pequeno, tem umas tábuas de madeira alinhadas sobre as paredes e uma janela quadrada próxima ao teto que é a única fonte de luz. Ao seu modo, parece uma cabine de navio, todo coberto de azul: edredom e carpete azuis, bicicleta azul ao canto. Maggie vai direto até ela — a bicicleta — e passa as mãos sobre o assento.

— Este era o seu quarto? — pergunta.

— Este era o meu quarto — confirma ele.

Nate está sentado na beira da cama, e ela se senta ao lado dele, cuja camisa está levantada sobre a cintura, permitindo que Maggie entreveja os pelos que crescem a partir do umbigo. Ela se inclina na direção dele para tocá-lo ali.

Seus olhos focalizam o quadro de cortiça sobre a escrivaninha: recortes de jornais e fitas de pano, muitas tachinhas que costumavam pregar objetos há muito removidos. Ela quer dizer que gosta do quarto, mas Nate está tenso, mesmo ao seu toque, e ela pode sentir que está incomodado ou envergonhado, ou talvez ambos. Não é algo exatamente relacionado a ela; apesar disso, Maggie nada diz e afasta sua mão do corpo dele.

— Não precisamos falar sobre isso, Nate — diz ela.

— Você obviamente quer falar.

Ela respira fundo.

— Quero apenas ter certeza de que você está bem — diz ela.

Nate está quieto.

— Estou bem — diz ele.

— Posso ver.

— Mag, eu compreendo que você esteja espantada. Entendo isso. Se esta fosse a casa dos seus pais e eu entrasse no meio disso tudo, acho que surtaria um pouco também.

Quando eles visitaram a casa do pai dela, Maggie se preocupara muito com a possibilidade de seu pai beber demais ou dizer algo inapropriado. O pior que ele fez foi descrever com um *leve* excesso de detalhes sua mais recente namorada, Melinda. E, ainda assim, foi algo discreto em comparação com os receios de Maggie, não foi? Talvez porque Maggie tivesse contado a Nate tudo sobre seu pai muito antes de eles irem a Asheville. Ele conhecia sua história inteira, tudo de potencialmente conflitante, por isso, quando deu tudo certo, a sensação foi de alívio.

— Se esta fosse a casa dos meus pais, você conseguiria lidar com isso — diz ela.

— Então, você está conseguindo? — pergunta ele.

Maggie encolhe os ombros.

— Você é uma pessoa melhor do que eu.

Ela tenta fazer uma piada, tenta trazê-lo de volta para ela, e funciona por um segundo. Nate sorri. Mas então seu sorriso se desfaz.

— Por favor, não se sinta esquisita. Está tudo bem. Isso é o que eles querem. Eu aceito. Às vezes, simplesmente não dá certo. Às vezes, é mais fácil se separar...

Ela olha para o namorado, preocupada por ele não compreender a situação como um todo, e pergunta a si mesma se ele se recusa a enxergar por causa dos pais ou se também seria capaz de fazê-lo por causa deles dois.

— Algo parece errado — comenta Maggie. — Sobre a festa de divórcio. Eu acho que há algo mais por trás disso tudo.

— Sobre o que você está falando? — pergunta ele.

— Ainda não tenho certeza — responde. — Não tenho certeza se consigo explicar. Só tenho um mau pressentimento.

— Um mau pressentimento?

— Sim. Sinto que não é tão simples assim, que não se resume aos dois desejarem isso tudo.

Ele olha para baixo, para a mão dela, e a vira. Não há anel de noivado ali. Ela não quisera um. Naquele momento, ela quase deseja ter um. Ela deseja ter algo para o que olhar, como uma prova de que eles prometeram passar por tudo aquilo juntos. Porque, naquele instante, ela se sente de fora.

— Desculpe-me — diz ele.

— Pelo quê?

— Por nos colocar nessa situação.

Maggie balança a cabeça e tenta desassociar aquilo da esfera deles dois. *Essa é a esquisitice da família do Nate, não dele.* O namorado sempre se esforçou tanto para ser bom para ela, para estar presente para ela. É injusto considerar, mesmo em sua mente, naquele instante, envolver os dois naquele caso. Por causa dos pais dele? Por qualquer comentário que faça sobre por que decidiram terminar tudo?

— Sou eu quem deveria pedir desculpas — retruca ela. — É a sua família. Você os conhece melhor do que eu, e eu não deveria precipitar meus julgamentos. — E volta o olhar para ele: — Estou apenas um pouco impressionada com tudo...

De repente, entretanto, ela não quer dizer nem mesmo para si o que é aquele "tudo". A parte dele que ela também começa a enxergar agora. Foi necessário que Georgia apontasse que Nate se esquiva dos problemas, que não quer encará-los. Como Maggie pode não ter notado isso antes? Ela não percebeu? Ou teve medo de assumir que já havia percebido e o que isso poderia significar?

— Sabe — diz ele —, vamos só deitar um pouco... Tirar essas roupas por enquanto. — E ele sorri para ela. — Se dormirmos, tudo parecerá menos esquisito. Além disso, quando acordarmos, estaremos mais perto da hora de ir embora. Parece um bom plano?

— Parece, sim — confirma ela.

Assim que eles se deitam, porém, há uma batida na porta.

— Nate!

É Georgia. Ela continua batendo enquanto fala.

— Você pode vir aqui embaixo comigo um minuto? Preciso falar com você. E não finja que não está me escutando. Eu derrubo esta porta e faço você me escutar.

— Preciso de um minuto, Georgia.

— Não. — E ela bate novamente. — *Agora*.

Maggie toca o joelho dele e dá de ombros.

— Vá. Está tudo bem. Eu vou dormir um pouco. Vai ser bom. Você pode conversar com a sua família sem se preocupar comigo.

Ele vira para Maggie, encosta sua testa na dela e fecha os olhos.

— Já volto.

— Não vou sair daqui.

Ele concorda, afasta-se e beija o topo da cabeça dela. Ela supõe que aquilo deveria acalmá-la, mas tem o efeito contrário. Porque não parece nada com ele.

Maggie escuta a porta se fechar e olha novamente para o quadro de cortiça, para as fitas vermelhas no centro, para os recortes de jornais e as tachinhas. Não há mais fotos lá. Ela se recorda, porém, da última fotografia sobre a escada: aquela de Gwyn e Thomas na picape. Eles parecem apaixonados naquela foto. Muito apaixonados. Como aquilo chega ao ponto de se tornar o que eles estão vivendo hoje? Começa com uma mentira, uma pequena omissão? Com uma conversa que você precisa ter, mas não consegue?

Então a porta se abre de novo. É Nate.

— Posso lhe dizer algo que eu nunca disse antes? — pergunta. E olha para Maggie, realmente a olha, até que ela o encare por um instante, que o veja. — Eu gosto de você mais que de qualquer outra pessoa — declara ele.

Ela sorri para Nate.

— Eu gosto de você mais que de qualquer outra pessoa — repete ela para ele.

Mas então, quando mais precisa que ele fique e menos é capaz de pedir isso, ele se vai mais uma vez.

Gwyn

Ela se entregou bem cedo a isso: às indústrias de bilhões de dólares. Aquelas que se sustentam graças à ideia equivocada que mulheres como ela cultivam: a ideia de que, se você se mantém bela, se você mantém a aparência de um determinado modo, você está salva. Salva em sua vida, em seu casamento, em si mesma. Quantas vezes ela escutou as amigas falarem sobre alguém que deixou a esposa e comentarem, *bem, ela relaxou mesmo?* Isso significa que é menos culpa do marido que da mulher, que não se pode esperar que ele fique com alguém que é menos do que perfeita.

Mas, e se você continua perfeita? E ele a deixa de qualquer jeito? Quem você poderá culpar, então? Principalmente quando a outra pessoa por quem ele a está trocando não é bonita? Quando ela está longe de ser a pessoa que você deveria se esforçar tanto, com todas as suas forças, para continuar sendo?

Essa é a pior situação de todas, reflete Gwyn. Ela continuou linda e isso não a salvou de coisa alguma. Na verdade, talvez a tenha deixado mais vulnerável, porque permitiu que se acomodasse. Thomas ainda a admirava quando ela entrava em um cômodo, ainda tocava a parte inferior de suas costas e dizia que ela tinha os quadris, os ombros e os seios mais perfeitos que ele já vira. Ela permitia que aqueles elogios significassem algo. Ela permitia que substituíssem o que ele raramente dizia, como, por exemplo: *Eu adoro você, sempre adorei.*

Ela endireita o vestido, sai do banheiro e se dirige para a escada, para a cozinha. Se conseguir passar algum tempo na cozinha sem ser atormentada, sem ver qualquer pessoa, será um verdadeiro milagre. Ela quer começar a preparar o bolo. Ela quer conseguir ficar sozinha.

Quando acende a luz da cozinha, porém, lá estão seus dois filhos, no escuro, exatamente onde ela adivinhou que os encontraria: Nate, sentado num banco próximo ao balcão, e Georgia, recostada no próprio balcão. Os ingredientes do bolo foram empurrados para longe dos dois. Gordura vegetal, chocolate em pó e açúcar. Açúcar de beterraba, leite desnatado fresco e muitos ovos. Gwyn fecha os olhos e os abre novamente, esperando ver algo diferente. Eles poderiam ser duas crianças de 10 ou 15 anos em vez dos adultos que estão sentados diante dos seus olhos naquele momento: Nate, com os ombros encurvados, e Georgia, recostada no balcão e apoiada nos pequenos cotovelos. Qualquer um que diz que as pessoas *mudam* deveria consultar uma mãe. Ela pode dizer que seus filhos, nos detalhes que mais importam, continuam exatamente como sempre foram.

— Vocês vão ter que sair — diz ela, dando um tapinha de leve no rosto de Georgia.

Georgia permanece onde está.

— Nós conversamos sobre tudo, mãe — diz ela —, e, se essa festa de divórcio é alguma tentativa distorcida de fazer nós nos sentirmos melhor, saiba que nós estamos bem, certo? Vamos nos sentir bem melhor sem isso.

Gwyn dá a volta em torno de Georgia para alcançar os ovos e a manteiga. Ela circunda a filha e começa a se organizar.

— É muito tarde para cancelar. Todos foram convidados.

— *Todos foram convidados?* Você parece britânica — diz Georgia.

Ela lança um olhar reprovador para a filha.

— Essas pessoas ao menos sabem para que foram convidadas? — pergunta Georgia. — Sabem realmente do que se trata o evento de hoje à noite?

Como Gwyn pode responder àquilo? Ela concorda, porque *sim* é o que há de mais próximo de uma resposta correta. Seus amigos sabem que foram convidados para uma festa de divórcio e sabem o que isso significa: que ela e Thomas estão se separando. Eles não sabem, porém, que há outra mulher. Provavelmente não acreditariam se Gwyn contasse, não iriam querer acreditar, e isso, na verdade, nem é relevante. Porque, de qualquer forma, ela não pode contar. Não conseguiria suportar escutar o que eles inevitavelmente diriam, *Thomas voltará correndo para você*. Ela não conseguiria escutar dizerem isso e depois ter de descobrir quão errados estavam ao dizê-lo.

— Então, só para ficar claro — diz Georgia, cruzando os braços —, fingir alegria no enterro da nossa família na frente de todo mundo que conhecemos é o que há de mais saudável a se fazer. Que espécie de pais são esses? Você sabe o que o meu terapeuta vai dizer?

Ela belisca o cotovelo de Georgia.

— Você pode dizer ao seu terapeuta que seu pai e eu decidimos juntos, com o *nosso terapeuta*, que celebrar a nossa família uma última vez é a forma mais saudável de fazer tudo isso.

— Vocês têm um terapeuta?

— Não. Mas você pode dizer ao seu terapeuta que temos? Vamos parecer pais melhores, assim.

— Mãe, isso não é engraçado.

— Bem, é um pouco engraçado, sim.

Ela olha para Georgia e percebe que a filha está chateada, embora, Gwyn assim deduz, não pelas razões que alega. Sim, deve ser difícil pensar no divórcio dos pais. Gwyn imagina que seja particularmente difícil naquele momento, quando Georgia não quer pensar de forma alguma em separação. Quando precisa lidar com o fato de sua família estar constantemente preocupada que seu relacionamento seja o próximo em risco.

— Quer saber? Por favor, não seja tão transparente, mãe. Eu percebo o que há nesse seu olhar. Isso não tem nada a ver comigo e com o Denis, ou com estar preocupada com a nossa relação, ou com qualquer coisa que você pense que eu estou descontando em você e no papai. Nós estamos bem. *Estamos ótimos.*

Gwyn ergue as mãos em sinal de rendição.

— Estou apenas tentando explicar que o evento de hoje à noite será algo *bom*. Há uma razão para festas de divórcio terem se tornado populares por aqui. Já fomos a três somente neste ano. Houve mais uma no fim do mês, de Syril e Maureen Livingston. Você sabe, o casal de roteiristas lá do alto do quarteirão? — Ela direciona essa pergunta a Nate. — Eles escreveram aquele filme horrível de assalto e de história de amor em um avião alguns anos atrás. Seja como for, eles tiveram uma bela festa de divórcio e disseram que isso tornou muito mais fácil para os gêmeos aceitarem a decisão deles e se sentirem bem com a situação.

— Os gêmeos não têm 6 anos? — pergunta Georgia.

— E? — diz Gwyn.

A filha se afasta do balcão.

— Eu vou me deitar — diz ela. — Antes que eu diga algo de que vá me arrepender. — Ela acaricia o ombro do irmão. — Tente você.

— Pode deixar — diz Nate, embora pareça distraído.

— Espere — diz Gwyn.

Georgia começa a se dirigir para fora do cômodo, mas Gwyn lhe entrega a pilha de livros sobre divórcio que estava na cozinha. Ela coloca *Adorável divórcio* no topo, o melhor livro que encontrou sobre o assunto.

Marcara com uma orelha o capítulo sobre festas de divórcio, sobre por que são uma boa ideia e como ajudam na recuperação da família. Sobre como, se feitas da maneira certa, elas ajudam a família a perceber que há *muitas formas de amor, muitas formas de se estar junto, mesmo quando separados.*

— Excelente! — diz Georgia. — Acabamos por aqui?

Gwyn concorda com a cabeça.

— Se você quer assim — responde ela.

E observa a filha sair dali; a filha que, de costas, não parece nem um pouco grávida, não parece de modo algum diferente do que sempre foi.

— Então — diz ela, voltando-se para Nate —, você também me odeia?

Nate retribui o olhar e responde:

— Não.

Ela veste o avental e procura embaixo da pia pela sua maior batedeira e a enorme colher do conjunto.

— Bem, já é alguma coisa — diz ela.

— Embora eu não consiga deixar de pensar que você não deveria ter me deixado trazer Maggie aqui pela primeira vez nessa situação, mãe. É muito para uma pessoa enfrentar de uma só vez.

Ela abaixa a colher e diz:

— Você sabia que teríamos essa festa. Até sabia quão grande seria.

— Eu não atentei para o que isso significava.

— E de quem é a culpa?

Nate aquieta-se.

— Talvez minha.

Gwyn arruma os ingredientes em volta da batedeira, pega a receita amarelada e rasgada onde se lê VEL. VER. no topo, escrito em caneta hidrocor, como se ela precisasse da receita, como se não a soubesse de cabeça. Ela volta o olhar para o filho e diz:

— Eu não queria isso.

— Isso o quê?

— Deixá-lo desconfortável. Eu não quero isso. Você sabe que não.

Ele passa as mãos nos cabelos do mesmo modo que sempre faz quando está tentando compreender algo — exatamente como o Nate de 7 anos de idade ou o de 33 —, e então, com um breve sorriso, ele se levanta do banco, vai até a pia e começa a lavar as mãos. Depois as seca na própria calça jeans, volta para o balcão e começa a abrir o saco de gordura vegetal. Despeja três xícaras dentro da vasilha da batedeira, julga com seu olhar de *chef* que a quantidade é suficiente e começa a procurar pelo extrato de coco para preparar o recheio do bolo.

— O que está fazendo? — pergunta a mãe.

— O que você acha?

Ele a está ajudando. É o que ela acha. Ele a está ajudando naquele momento e sempre a ajudará — exatamente como o Nate de 7 anos de idade ou o de 33 —, se ela lhe der a chance. Isso a comove e a faz sentir algo mais também. Algo como orgulho. Mas quem quer saber disso? Ele não quer. Ele não quer ouvi-la dizer algo assim naquele instante.

Em vez disso, então, ela acaricia as costas dele e lhe entrega o frasco escuro sem tampa de extrato de coco, retirado da prateleira dos temperos.

— Obrigada, querido — diz ela, conforme ele pega o frasco.

— Não conte a ninguém.

Gwyn se inclina na direção do filho, que adiciona o tempero de limão, o ingrediente secreto que ela lhe revelou há muito tempo, e do qual ele se lembrou.

— E vocês dois ficarão bem — diz ela.

— Eu e Georgia?

— Você e Maggie. As pessoas não se separam só porque a família de um é um pouco... *confusa*. Se fosse esse o caso, ninguém jamais se casaria. — E ela toca o queixo dele. — Mas eu lamento muito. Eu já disse isso? Perdoe-me se eu a peguei desprevenida. Perdoe-me se eu gerei qualquer conflito.

Ele balança a cabeça e quebra um dos ovos.

— A verdade é que eu consegui assustá-la sozinho sessenta minutos antes de virmos para cá. Esperei até esta manhã para contar a ela detalhes que deveria ter contado bem antes.

— Como o quê?

Nate não responde imediatamente: antes disso, estica o braço e liga a batedeira na tomada, segura a vasilha e lentamente despeja a mistura dentro dela.

— Eu não contei muito a Maggie sobre como eu cresci — diz ele. — Ou, melhor dizendo, não contei nada. Não contei sobre a nossa situação financeira, para começar.

Gwyn desliga a batedeira.

— Mais uma vez?

— Nunca parecia ser o momento adequado para contar.

Ele vira para Gwyn, e os olhos dos dois se encontram.

— Sinto como se fosse algo muito distante da minha vida. Da *nossa* vida.

— Nate, a *sua vida* é o restaurante que vocês estão para abrir juntos. E ela tinha o direito de saber... Não que vocês fossem depender do nosso dinheiro para isso, depois da última vez. Você deixou isso bem claro. Mas você deveria ter explicado isso a ela. Meu Deus, ela deve estar tão confusa.

— Eu percebo isso agora.

Ele volta a bater a mistura, mas a mãe coloca suas mãos sobre as dele e tenta fazer com que o filho a escute.

— Você não tem nada do que se envergonhar.

— Eu sei disso.

— Eu acho que não sabe.

Ele olha para ela. E fica em silêncio, como se refletisse por um minuto se deve dizer aquilo que ela já pode ler no rosto dele. A pior parte da história.

— A questão é que Maggie não sabe sobre a última vez.

Gwyn pode sentir seu queixo cair de estupefação e pode sentir a descrença tomar conta de si junto com algo como raiva. Porque Nate se parece, naquele momento — assim ela o enxerga —, com o pai.

Gwyn normalmente detecta nele traços de Champ, o avô. Naquele instante, porém, é Thomas quem ela vê. Aqueles olhos meigos de vítima, aquele relutante cenho franzido. Naquele instante, tudo isso a assusta.

— Você não contou a ela, Nate?

— Eu queria — ele pigarreia —, mas ela já estava tão histérica porque eu não havia contado sobre a situação financeira e depois ainda quando encontramos a Murph no ônibus. Eu acho que descobrir outro segredo dessa magnitude agora seria demais para suportar.

— Como assim? Quer dizer que esta manhã foi a primeira vez que vocês dois tiveram uma conversa de verdade?

— Aparentemente.

Ele retira o corante da caixa e despeja várias gotas da substância na vasilha, misturando-o à massa. E recusa-se a olhar para a mãe, o que diz mais do que ela gostaria de saber.

Ela balança a cabeça. Como pode explicar de modo que ele a escute? Ele precisa contar a Maggie *imediatamente*. Porque, se ela descobrir sobre Ryan de outra maneira, isso fará com que todo o restante, do que quer que ele ainda não tenha lhe contado, pareça bem maior e mais sério em comparação.

— Vou contar a ela, mãe. De verdade. Vou contar assim que estivermos de volta ao Brooklyn, assim que esse fim de semana tiver acabado... Vou contar o resto da história.

Não é uma história, ela quer dizer ao filho. *É a sua vida.*

— Você precisa me prometer isso. Não que eu seja a pessoa a quem você deva prometer, mas eu terei de...

— Eu vou contar, já estou planejando. Assim que ela estiver em condições de saber — diz ele, enquanto seca as mãos numa toalha de louça, como se o gesto resolvesse toda a questão. — Mas, já que estamos sendo totalmente honestos aqui, então me deixe fazer uma pergunta.

Ela liga o forno para preaquecer.

— Manda bala — consente.

— Você tem certeza de que é isso o que você quer?

Ela sente o corpo contrair-se.

— A festa ou o divórcio?

— Qualquer um, os dois. Eu sei que provavelmente deveria manifestar minha própria reação a tudo isso, mas, para ser honesto, por mim está tudo bem. Se é o que vocês dois realmente desejam.

Gwyn encontra os olhos do filho e se fixa neles, tentando convencer a si mesma do que vai dizer:

— Sim, é isso o que eu quero de verdade.

— Então por que você ainda está preparando o bolo favorito do meu pai?

Ela olha para baixo, para o balcão bagunçado, para as louças, vasilhas e colheres sujas dentro da pia da cozinha. Seca as mãos no avental; primeiro, as costas dos dedos, depois, as palmas das mãos.

— Eu não sei — responde.

Ele balança a cabeça afirmativamente.

— Porque, sinceramente, mãe, Maggie acha que há algo por trás disso tudo. E normalmente eu discordaria, mas não sei... — Ele faz uma pausa. — Você não se parece nem um pouco consigo mesma.

E, então, como se a conversa tivesse terminado — e ela julga que terminou, por ora —, ele se afasta para buscar os ingredientes do glacê. E ela começa a derramar a massa do bolo dentro da forma em que ele será assado. Em que se completará.

— Isso foi a coisa mais gentil que alguém me disse hoje — diz ela.

Maggie

Não é que ela esteja convencida de que poderia pegar no sono, mas estava perto disso, mais perto disso do que tem estado nos últimos dias: deitada sobre a cama de Nate, os olhos cerrados, sua mente naquele canto silencioso imediatamente anterior ao sono. Ela gostaria de ter chegado lá e conseguido relaxar, mas seu caso era quase o oposto. Tudo se deve mais à sua recusa em aceitar o incômodo no seu estômago e a preocupação com tudo o que está acontecendo ao seu redor.

Nesse instante, Georgia bate à porta. A primeira batida sacode Maggie. A segunda a deixa sem alternativa a não ser responder.

— Maggie! Posso entrar? — diz Georgia enquanto abre a porta e responde afirmativamente à própria pergunta. — Estava dormindo?

— Não exatamente — responde ela.

Georgia entra: traz um livro embaixo do braço além de uma garrafa de absinto e um copinho para doses de bebida. Ela chega à cama e deita-se. Depois, entrega a Maggie o absinto e o copo.

— Eu lhe trouxe um lanchinho — brinca.

Maggie olha para ela e depois para a garrafa; desatarraxa a tampa. O odor pungente que sai do recipiente é o de uma mistura de maçãs e cerejas, alcaçuz e madeira. Maggie se lembra de quando tentou comprar uma garrafa daquilo para Nate em São Francisco no dia em que ele pediu demissão do restaurante e eles finalmente decidiram abrir seu próprio estabelecimento em Nova York. Ele tinha dito que adorava absinto, mas ela foi a cada loja de bebidas de que conseguiu se recordar e encontrou apenas imitações, pois a versão original é ilegal e indisponível em qualquer território continental dos Estados Unidos.

— É absinto de verdade? — pergunta ela.

Georgia balança a cabeça afirmativamente.

— Denis contrabandeou do Canadá.

— Absinto é legal no Canadá?

— Ah, como vou saber?

Ela abre o livro, e Maggie o reconhece da pilha que vira no andar de baixo. *Um gracioso divórcio* é o que está escrito na capa, logo acima de uma fotografia propositadamente embaçada de duas mãos que se separam uma da outra. Georgia vira as páginas até parar numa específica e passar os dedos sobre um fragmento do texto.

— Escute isso — diz ela e começa a ler:

O propósito do ritual de separação é substituir animosidade por harmonia. É uma mensagem que mostra que fechar a porta do casamento não significa fechar a porta do amor que sentem um pelo outro. Mostra que não importa para onde suas vidas levarão cada um de vocês dois a partir daqui, vocês sempre permanecerão conectados em seus corações...

— Tosco — diz Maggie. — O que é isso?

— O que aparentemente nos aguarda no evento de hoje à noite. — Ela faz uma pausa. — Ao som de música instrumental.

Maggie despeja uma dose do líquido grosso dentro do copinho, bebe, despeja mais um pouco e bebe novamente.

— Lá vamos nós! — fala Georgia e começa a aplaudir.

A garganta de Maggie começa a arder e seus olhos a lacrimejar.

— Isto é forte!

— Pare de me causar inveja!

Maggie olha para seu copinho vazio. Quando tentou comprar absinto para Nate, o atendente de uma das lojas disse que a bebida estava banida porque podia enlouquecer quem a consumisse. Quanto tempo levaria para aquilo acontecer? Ela vinha sentindo como se estivesse enlouquecendo discretamente, mas seria interessante poder culpar o álcool por isso. Ainda não comera até aquele momento do dia; nada além da pipoca. Está faminta, especificamente faminta, deseja panquecas de gengibre. Ela tenta se concentrar em outras coisas, pois sabe que aquele desejo significa problemas. Quando era pequena, toda vez que estava para adoecer ou quando pressentia uma catástrofe se aproximar, seu desejo pelas panquecas se intensificava como a luz vermelha de um alarme. Ela acredita que tudo isso tem alguma relação com uma das lembranças mais nítidas que guarda da sua mãe: as duas sentadas sobre a cama de Maggie, numa manhã de sábado, comendo panquecas de gengibre e bebendo chá gelado sem açúcar. E escutando o rádio. Toda vez que come as panquecas, ela consegue resgatar não apenas a lembrança em si, mas o sentimento daquele momento, como se estivesse acontecendo no presente.

— Posso fazer uma pergunta pessoal? — diz Georgia.

Maggie vira o corpo para enxergar Georgia frente a frente.

— É claro.

Ela olha para Maggie, depois de volta para o teto.

— Eu vou ter uma menina — revela. — Descobri ontem.

— Meu Deus, Georgia! — E Maggie toca o braço dela. — Isso é incrível!

Georgia concorda.

— Você é a única que sabe. — Ela faz uma pausa, acariciando a barriga. — Você é a única que sabe, incluindo o Denis.

E então, Maggie se recorda de como a conversa começou.

— E qual é a pergunta?

— Eu tenho que contar a ele?

— Por que você não contaria?

— Denis queria muito um menino. Eu não me importo, contanto que o bebê seja saudável, mas Denis se importa, e eu descobri o sexo porque queria surpreendê-lo, se fosse um menino. Agora que não é, estou preocupada.

— Preocupada com o quê?

— Que ele não fique satisfeito. Que se decepcione e não consiga esconder.

Maggie observa Georgia e tenta pensar num modo de acalmar seus nervos, de acalmá-la por completo.

— Tenho certeza de que ele ficará radiante. Quando este bebê nascer, será o único bebê que ele sempre quis.

— Como você sabe?

— Eu acho que é assim que funciona.

Georgia sorri sem muita certeza.

— Nos filmes? — pergunta ela.

— E na televisão — completa Maggie.

O sorriso de Georgia se alarga e começa a iluminar o rosto dela, até que Maggie escuta um som alto vibrar, e Georgia retira seu celular do bolso da calça jeans. Ela mostra o telefone a Maggie para que possa ver o nome DENIS no identificador de chamadas. Então, move os pés para fora da cama e senta-se para poder atender.

— Oi, querido. Onde você está? Por favor, diga que está no aeroporto, entrando no avião.

Pela expressão no rosto de Georgia, que muda imediatamente de feliz para muito menos feliz, fica evidente que, onde quer que Denis esteja, não está no aeroporto, prestes a embarcar.

Georgia se levanta e Maggie acha que ela vai sair do quarto, mas, em vez disso, ela entra no closet e fecha a porta atrás de si. Maggie olha para o copinho em sua mão e se esforça para não escutar a voz da outra, que se torna progressivamente mais alta.

E, repentinamente, a porta do closet se abre, e Georgia está ali sem nenhum celular nas mãos.

— Eu não quero falar sobre isso — diz ela.

— Tudo bem — concorda Maggie.

Georgia parece furiosa e, por segundos, Maggie acha que ela vai pegar a garrafa de absinto e sorvê-la num só gole. Mas não pega. Apenas chega bem perto de Maggie.

— Vamos sair daqui — diz ela.

— Para onde?

— Você vai amar.

O último desejo de Maggie naquele instante é ir a qualquer lugar, mesmo a um que ela vá amar. Ela quer deixar o álcool fazer sua mágica. Quer que a deixe cansada. Quer dormir. A ideia de sair dali, porém, reanima Georgia, e Maggie não consegue interromper esse efeito. Então, ela respira fundo.

— Posso levar o absinto?

— Acho que conseguimos espaço para ele.

Maggie ignora a tontura dentro de sua cabeça e começa a se levantar.

— Então vamos — diz ela.

Gwyn

Ela está lavando louça quando Thomas entra na cozinha com seu traje de banho molhado e sua prancha de surfe na mão. Isso não é incomum. É característico dele: na maioria das tardes, quando volta do trabalho, ele sai para uma corrida à beira da praia e, dependendo da maré, surfa. Às vezes, ainda sai para uma volta de bicicleta depois, mesmo que esteja chovendo ou nevando: qualquer desculpa para sair um pouco de casa e se sentir ativo. Somente após anos de casamento Gwyn aceitou que era impossível tratar de assuntos importantes com o marido — de qualquer assunto, na verdade — antes que ele tivesse aproveitado aquele momento sozinho lá fora para relaxar. Seu humor estava sempre melhor depois que retornava, seu semblante mais aberto, receptivo. Entre o trabalho e o tempo passado ao ar livre, mesmo que ela tivesse as melhores notícias do mundo para dar, ele não conseguia se envolver ou escutar.

Thomas abre o forno, espia o bolo e sente o cheiro forte de manteiga dominar o ar.

— Isso é o bolo Veludo Vermelho?

Gwyn respinga água sobre ele.

— Feche isso. Dá azar.

— Como assim?

— Você sabe que dá azar ver o vestido da noiva antes do casamento?

— Dá azar ver o bolo Veludo Vermelho antes da festa de divórcio?

— Exatamente.

Ele sorri e faz o que ela manda: fecha a porta do forno.

— Vou confiar em você.

Gwyn abre mais a torneira enquanto Thomas encosta a prancha na parede e abre a porta da geladeira para procurar uma garrafa de chá-verde. Ela sabe que é o que ele procura e diz:

— Segunda prateleira.

Ele se reclina para pegá-la.

— Acho que as crianças estão bem com os nossos planos — diz ele. — Nós sabíamos que ficariam desconfortáveis em relação ao tamanho da festa, mas eles parecem ter aceitado.

— Sério? Acha mesmo?

Talvez ela espere que o marido esteja irado com seu comportamento passivo-agressivo durante a conversa com os filhos, com o fato de ela não haver superado a situação como dissera que faria e de não ter agido com tanta brandura quanto poderia. Thomas, porém, não parece nem um pouco irado, o que soa ainda pior. Soa como mais um lembrete de que ele já nem a enxerga mais.

Ele fecha a porta da geladeira e agita a garrafa de chá na mão esquerda.

— Georgia ficou chateada — comenta ele. — Mas ela vai se acalmar.

— Esperamos que sim.

— Gwyn — continua ele —, acho que é difícil para eles nos verem juntos. Tudo vai melhorar depois de um tempo.

Ela ergue o olhar de sua louça.

— Melhorar como, Thomas?

— Eles vão perceber que não devemos ficar como estamos.

Ela concorda e tenta ignorar a contração em seu peito conforme ele anda até o outro lado da pia e estica-se sobre o parapeito para ligar o pequeno rádio que eles deixam lá.

— Quero apenas checar a previsão do tempo antes de sair — diz o marido, enquanto muda para a estação 1010 bem na hora do fim do informe:

> *... São esperadas tempestades no início da tarde, que aumentarão em intensidade durante a noite. Certamente não será uma reprise do furacão que nos visitou em 1938, no mesmo dia do ano, mas sem dúvida este não é o momento para sair e dar um passeio na praia.*

— Isso não é uma boa notícia para o evento de hoje à noite — diz Thomas. Ele tira a tampa da garrafa e beberica o chá. — Mas acho que vai dar tudo certo. O celeiro consegue dar conta, não? Acho que não precisamos nos preocupar.

Por ela, tudo bem. Com tudo o mais que vai ter que enfrentar naquela noite, o clima é o último detalhe com que ela vai se preocupar.

— Você sabe quantas vezes meu pai me contou sobre o que aconteceu com ele durante o furacão?

Você sabe quantas vezes você me contou isso?, Gwyn quer dizer. Ela poderia repetir a história toda, incluindo o que aconteceu logo depois: Champ recordava afetuosamente como a cidade de Montauk se reergueu após a catástrofe, como ele e Anna se envolveram na restauração do território que tanto havia sofrido.

— Foi por causa do furacão que eles decidiram fixar residência aqui — diz Thomas. — A maioria das pessoas não fazia isso naquela época, nem sequer considerava essa opção. É estranho pensar nisso, em como a vida deles teria sido inteiramente diferente se não fosse por isso.

Ela sorri, mas não está com vontade de falar sobre Champ e Anna. Lembrar-se de ambos faz com que ela sinta falta deles e deseje que pudessem estar ali. Se estivessem — Gwyn não pode evitar concluir —, Thomas não estaria fazendo o que está fazendo. Ela sabe, pelo menos, que ele estaria fazendo tudo de maneira diferente.

Gwyn gesticula para fora da janela, na direção de Nate, que está parado à beira do precipício, próximo ao balanço, jogando pedras no mar.

— Por que você não vai chamá-lo para ir com você? — diz ela, ainda gesticulando em direção ao filho deles. — Maggie está lá em cima, no quarto dele, dormindo. E seria bom vocês conversarem enquanto têm algum tempo a sós. Será bom se você conseguir fazê-lo falar.

— Sobre o quê? — Thomas parece confuso. — Sobre eu e você?

Gwyn lhe dirige um olhar.

— Sobre ele e Maggie. Sobre por que ele escolheu não contar a ela alguns detalhes muito importantes sobre si mesmo.

— Como o quê?

— Como, por exemplo, sobre o primeiro restaurante dele.

— Do que está falando? Como ela pode não saber sobre isso? Isso é loucura.

É mesmo?, ela quer questionar. *E sobre tudo aquilo que você acha que eu não sei? É tudo loucura também?*

— O que ele contou exatamente?

Gwyn respira fundo; não está disposta a repetir as palavras do filho ou a encarar aquele assunto novamente, explicar o pouco que Nate contou a ela e o restante que ela não conseguiu bisbilhotar durante a preparação do bolo.

— Apenas pergunte a ele, Thomas — diz ela, e sua raiva se avoluma. — Pergunte a ele o que está acontecendo.

— Tudo bem — responde o marido, enquanto levanta a prancha da parede. — A propósito, Maggie não está lá em cima. Ela saiu com Georgia algum tempo atrás. Eu escutei darem partida no carro. Elas não vieram aqui para lhe avisar?

— Não, eu nem as escutei sair. — Ela solta a esponja. — Isso é estranho. Bem, eu posso explicar a ela. Posso explicar e mantê-la ocupada.

Ele toca o nariz dela de forma suave e faz um movimento circular sobre ele.

— Você está bem? — pergunta.

Ela sente o corpo se encolher em resposta ao toque e depois ao afastamento dele.

— É claro — responde ela. — Estou *ótima*.

— Gwyn...

— Vá logo. Ande. Antes que comece a chover.

Ele aponta para o rádio.

— Parece que ainda temos algumas horas antes que aquilo nos atinja.

— Tudo o que nós *não* temos antes que qualquer coisa nos atinja, Thomas, são horas — diz ela, enquanto o marido a olha; logo depois, porém, pega a prancha e sai.

Gwyn não se apressa. Ela acaba de lavar a louça, coloca tudo de volta no armário e depois sai tranquilamente, mas na direção oposta à de onde estão Nate e Thomas. Ela desce a estradinha em direção à casa de seus vizinhos mais próximos. Está calmo lá fora, quase silencioso, mas eles logo estarão lá para organizar tudo: o celeiro será transformado como num passe de mágica, velas cobrirão as mesas que no momento estão apenas amontoadas nos cantos. Um bufê de petiscos circundará o centro do espaço. O teto de vigas estará coberto de balões brancos e globos de vidro.

Mesmo assim, Gwyn ainda tem tempo para resolver aquele último detalhe. Ela chegou até ali, mas não está nervosa naquele instante. Não está. Está apenas internalizando o que já sabe, como num mantra que vem repetindo desde que as mentiras de Thomas começaram: *Duas opções nunca são verdadeiras*. As pessoas adoram dizer o contrário, adoram falar sobre conflitos internos, nuanças, níveis de complexidade. Mas, se aquele último ano ensinou-lhe algo, foi que as pessoas são mais óbvias em relação àquilo que desejam do que admitem para si mesmas. Ou elas desejam algo, ou não. Ou elas decidem continuar lutando por um relacionamento ou desistem. Amam uma pessoa ou outra. E, se amam outra pessoa, é geralmente a ideia do amor que elas amam mais, sobretudo quando não aprenderam o suficiente sobre si mesmas para saber que essa nova pessoa provavelmente também não vai ser a sua salvação.

Thomas ainda não aprendeu, e é por isso que ele pode mentir e se apegar à garota como a uma religião. E é por isso também que Gwyn pode se apegar, como se essa fosse sua nova religião, à garota. Pode segui-la. Aprender sobre ela. Aprender sobre quem o seu marido decidiu que quer ser. Aprender sobre aquilo que logo, logo fará parte de sua família.

E lá está. Quem vai entrar para a sua família.

Lá está ela.

Sentada sobre os degraus dos fundos da casa dos Buckley.

A amante do seu marido. Vestindo uma jaqueta enorme e uma calça jeans esfiapada, com duas tranças baixas, uma de cada lado da cabeça. Os olhos movendo-se para cima e para baixo, nervosamente, e as mãos segurando uma grande bandeja prateada coberta de cogumelos gigantes.

— Eve — diz Gwyn, conforme caminha até ela. — Bem-vinda.

Maggie

Isto era o que Maggie sabia do farol de Montauk Point antes de realmente ir até lá: que era o mais antigo dos Estados Unidos, construído havia duzentos anos e ainda usado para guiar navios para dentro e para fora da ponta de Long Island, esse importante porto no fim do mundo. O que ela não sabia até então era que muitos casais se casam lá, que as cerimônias são marcadas com anos de antecedência para que, num dado fim de semana, uma noiva e um noivo possam dizer seus votos diante de cinquenta amigos, tendo o oceano como cenário e o farol sobre o morro à direita, como um ponto de luz brilhando eternamente. Algo para o que o pastor pudesse apontar como símbolo da união e do que o casal deve se tornar.

Quando ela e Georgia estacionaram o carro, um casamento estava em progresso. Elas deram a volta para um "canto" que Georgia conhecia — parecia mais uma estrada de terra não usada —, e Maggie seguiu-a floresta adentro até que chegaram aos rochedos e a uma pequena área litorânea logo à frente — diante da qual se lia PROPRIEDADE DO GOVERNO: NÃO ULTRAPASSE — onde podiam assistir à cerimônia sem serem flagradas.

— Tem certeza de que deveríamos estar aqui? — pergunta Maggie.

— Shh! — diz Georgia, apontando para o casal a trinta e cinco metros de distância. — Estou me concentrando.

Do ponto onde Maggie está sentada com Georgia sobre aquelas pedras, ela pode ver tudo e escutar nada e pode, portanto, inventar a história que quiser. Àquela distância, o casal no altar pode ser qualquer um.

Parecem ser mais velhos, parecem estar em seus 70 anos — se Maggie está supondo corretamente —, e essa é provavelmente a razão por que incluíram tantas leituras e textos religiosos e mais leituras na cerimônia. É provável que queiram incluir as pessoas de suas vidas pregressas — todos os filhos e os filhos dos seus filhos — e fazê-los se sentirem parte daquilo. Parece haver também uma grande quantidade de músicos que se alternam, entoando canções ao longo da cerimônia. Um dos dois provavelmente é musicista, ou ambos, e foi assim que se conheceram. Ou, pelo menos, é nisso que Maggie decide que vai acreditar.

— Eu costumava sonhar que me casaria aqui — diz Georgia. — Estava namorando um investidor, assim que saí da faculdade, que gostava de mim exatamente porque eu havia acabado de sair da faculdade, quando fiz uma reserva para casar aqui em junho. Eu quase me esqueci de cancelar a tempo. Quase me esqueci de que não conseguia suportá-lo e de que provavelmente era mais seguro pedir o estorno do depósito.

Maggie volta o olhar para Georgia e tenta se concentrar no que ela diz. *Aquilo tudo fazia sentido?* Olha para a garrafa de absinto e para o vácuo grande demais que ela havia produzido ali. E talvez seja por estar sentada que ela não consegue perceber exatamente quão grande é o vácuo. Em algum lugar dentro de si, porém, ela sabe o que está acontecendo. Ela sabe e não está fazendo nada para impedir.

— Quando eu ainda era criança, minha mãe e eu vínhamos aqui às vezes aos sábados e assistíamos aos casamentos. Eu sempre ficava impressionada quando o casal realmente levava tudo até o fim. Quando ninguém se levantava e ia embora, mudava de ideia no último minuto. Eu acho que sempre esperava por isso. E não é horrível? Uma vida inteira arruinada para a minha diversão.

— Soa bastante humano — diz Maggie.

— Talvez.

Ela observa Georgia com mais calma e pergunta:

— Você e Denis não falam sobre casamento?

Aquilo é definitivamente obra do absinto. Soa como algo que ela normalmente teria muito receio de perguntar, se ela estivesse raciocinando antes de falar.

Georgia balança a cabeça lentamente.

— Não. Denis quer esperar até o bebê nascer.

— Para se casar?

— Para conversar sobre o assunto.

Georgia estica o braço e pega a garrafa de absinto de Maggie. Ela sorve longamente o odor da bebida e depois devolve o recipiente.

— Você já escutou aquele ditado do Oscar Wilde, "Toda mulher se torna igual à sua mãe"? Acho que é do Oscar Wilde. Já escutou a frase, não escutou? "Toda mulher se torna igual à sua mãe. Essa é a sua tragédia..." — Maggie sente uma pontada familiar dentro do peito. À mera menção da palavra *mãe*, à mera menção de algo que ela jamais tivera de fato. Deveria ser assim ainda, mesmo depois de vinte anos após a partida dela? O *deveria* ao menos importa? É assim que é e não há como negar. A mãe de Maggie foi embora e nunca voltou, e Maggie nunca moveu um dedo para encontrá-la. Ou para deixá-la ir. E talvez isso tenha feito alguma diferença que ela teme confrontar. — Tenho pensado sobre isso recentemente — continua Georgia. — Eu amo minha mãe, mas ultimamente tenho receado que isso seja verdade. — Ela olha para Maggie. — Você acha que é?

Maggie balança a cabeça. Se estamos fadadas a nos tornarmos iguais às nossas mães, então ela sabe que está fadada a abandonar as pessoas que mais a amam. Em algum momento, decidirá que a vida está muito difícil ou muito desconfortável ou muito envolvente, e irá embora. E não é isso o que ela sempre tem feito? É isso. Ela sempre é a pessoa a partir, a descobrir motivos para não ficar — como a carreira que escolheu e suas razões inventadas —, mesmo quando os homens com quem ela esteve lhe deram várias chances de não procurar por tais razões.

— Meu Deus, espero que não — diz ela.

— Eu também, mas acho que foi sempre difícil para ele se conectar. Nós meio que sempre aceitamos isso. Era o jeito dele. Precisava de um tempo sozinho, para sentir que não estava sendo aprisionado por nós. E minha mãe sempre o protegia, sabe? Ela sempre fazia isso por ele. — Maggie leva um minuto para compreender que Georgia está falando de Thomas. Que está falando sobre como a mãe e o pai eram quando estavam juntos e sobre como tudo parecia aos olhos dela. — O que me incomoda é que minha mãe fazia isso sem sequer se dar conta. Ela nunca foi boa em preservar seu próprio espaço, priorizar as próprias necessidades, mas nunca teve problemas em dizer "seu pai precisa de um tempo". Como se fosse função dela fazer com que nós o compreendêssemos.

Não dele. — Ela faz uma pausa. — Eu simplesmente não quero ser essa pessoa.

— Que pessoa?

— A que está sempre se esforçando mais.

Maggie observa Georgia e sua imagem embaçada. Ela está embaçada em virtude das insistentes tentativas frustradas de Maggie de manter foco em sua mente afogada em absinto. Ela respira fundo, pisca os olhos com força e volta o olhar para o céu, para o azul que começa a dar lugar a uma cor mais escura.

— Você tem medo de que já seja essa pessoa? — pergunta Maggie. — A que se esforça mais?

— Não — responde a outra. — Só tenho medo que minha família pense que eu sou.

Maggie volta o olhar confuso para ela.

— Que diferença faz o que eles pensam?

— Tenho medo de que me convençam.

Maggie segura a garrafa, enche o copinho para Georgia com um quarto de dose — nem mesmo um quarto, de fato; mais para uma colher de sopa. E o segura no alto, como uma resposta. E então o entrega.

Georgia bebe.

— Nossa, eu sabia que você me ajudaria, já me sinto melhor — diz ela, enquanto limpa a boca. — Você tem aquele tipo de olhar, um olhar de alma antiga. Aquele toque de meu-coração-é-grande-demais-para-o-meu-próprio-bem que eu gosto nas pessoas.

— Uau — diz Maggie. — Posso imaginar o que teria acontecido se eu tivesse enchido o copo.

Maggie sorri pelo que lhe parece ser a primeira vez naquele dia todo. Tudo dará certo, ela reflete, tudo mesmo. Ela vai voltar para casa e dormir graças ao absinto. Depois, vai se preparar para a festa daquela noite. E, por volta daquele horário no dia seguinte, eles estarão a caminho de Red Hook.

Então, Georgia volta a falar:

— Eu tive um pressentimento assim que a vi descer do ônibus. Um bom pressentimento, o que é um alívio. E estava preocupada com isso. Tinha várias conversas planejadas para o caso de tudo ficar esquisito. Por exemplo, Nate me disse que você adora música. Poderíamos falar sobre isso. Porque, na primeira vez que Nate se casou, não foi assim. Nenhuma das conversas planejadas do mundo teria ajudado. Eu tentei ser gentil, queria ser, mas ela tornou tudo tão difícil. Ela tornou tudo impossível. — Por um segundo, Maggie está certa de que entendeu errado. Até ter certeza de que não. — Ryan nunca sequer tentou ser agradável comigo. Ela não era desse tipo. Era de outro tipo. Sabe, a garota que você odeia porque você meio que deseja ser ela? Fria, mas ocasionalmente doce de um modo que mantém os homens correndo atrás dela porque acreditam que ela vai voltar a ser doce. Um dia. Se eles descobrirem de que jeito especial ela precisa ser tratada para que dê tudo certo.

A cabeça de Maggie dá voltas. Poderia girar até rolar para fora de seu corpo. Ela se agarra à ponta de uma das pedras, literalmente se agarra e tenta se concentrar na sua respiração, sem voltar o olhar para Georgia.

— Ryan? — diz ela, finalmente.

— É, Ryan.

— Ryan?

— Nome estranho para uma garota, não é? E ela honra o nome, pode acreditar em mim — responde Georgia, balançando a cabeça num imaginado desprezo mútuo; mas, então, como se pela primeira vez começasse a perceber que Maggie não faz ideia do que ela está falando, diminui o ritmo do balanço da cabeça, até quase parar. — Espere, por que você está me olhando dessa maneira?

Maggie não responde.

— Ele não lhe contou que já foi casado... Eu não posso acreditar nisso. Ele não contou sobre a Ryan?

— Você realmente precisa parar de pronunciar o nome dela — pede Maggie.

— Como ele pode não ter contado? — Ela segura a cabeça nas mãos. — Isso é ruim. Isso é péssimo. Ele vai me matar...

Maggie já não está mais escutando. Ela já está de pé, começando a mover-se em direção ao carro. Mas escorrega numa das pedras; escorrega, corta o tornozelo e quase não consegue segurar a garrafa de absinto. Mas continua caminhando.

— Espere aí! — Georgia pula por cima das pedras, seguindo-a. — Aonde você vai?

Ele foi casado. Nate foi casado. Com uma mulher de quem Maggie jamais ouviu falar. Nunca sequer soube até aquele exato instante. Não há como lidar racionalmente com algo assim. Não há desculpas para ele não ter mencionado isso.

— Eu não sei.

Ela caminha na direção oposta à do carro. Apenas continua caminhando.

— Você precisa se acalmar, Maggie. Precisa se acalmar para que eu possa explicar um pouco melhor.

Ela não consegue se acalmar. As lágrimas brotam dos olhos. Ela pode senti-las. E seu tornozelo arde. Como ela está de pé, não há mais como ignorar as fisgadas. O absinto embaça sua visão e, ao mesmo tempo, a clareia, e então a embaça de um modo novo. Ela não tem certeza se sabe mais do que saberia se estivesse sóbria ou se sabe menos. Tudo leva a crer que provavelmente sabe menos. Tudo leva a crer que ela está prestes a tomar uma decisão no mínimo grandiosa.

— Nate já foi casado? — indaga Maggie.

— Sim.

— Então, o que há para explicar?

E dessa vez ela começa a caminhar em direção ao carro; as chaves na mão, pronta para partir.

— Por favor, espere.

Elas chegam ao carro de novo, e Maggie puxa inutilmente a porta trancada. Então, tenta destrancar a porta do motorista, mas mal consegue encaixar a chave na fechadura. Ela sente Georgia espiá-la por trás e, num rápido movimento, arranca as chaves das suas mãos.

— Maggie, você está bêbada.

— Não estou bêbada.

— Você não está sóbria.

Maggie lança um olhar para Georgia que a faz estender a mão com as chaves. Quando Maggie está prestes a pegá-las, porém, Georgia recolhe a mão de volta.

— O que você vai fazer? Você precisa me dizer. Vai simplesmente sair da cidade? Eu não posso deixar que faça isso. Não pode simplesmente ir embora e deixar meu irmão. E a mim. Esqueça o meu irmão. Você não pode deixar uma mulher grávida sozinha no farol.

— Você tem razão.

— Acho que sim.

Maggie olha alternadamente de Georgia para o carro.

— Bem, se você quiser vir comigo, terá que me levar até ela.

— Ela quem?

Maggie nada diz: apenas olha fixamente para Georgia.

— Ryan?

Georgia olha para Maggie como se fosse louca, e talvez seja. Talvez depois de tanto absinto e de tanta informação, ela realmente esteja louca. Mas é para lá que ela vai.

— O que lhe garante que ela mora aqui perto? — pergunta Georgia.

Maggie não tem nenhuma garantia daquilo. Mas faria sentido, não é? Mais uma razão para Nate temer voltar para casa. A verdadeira razão. E, ao perceber o olhar amedrontado de Georgia naquele instante, ela tem a confirmação. Ryan mora suficientemente perto para que possam ir até ela.

— Está bem — diz Georgia, empurrando Maggie da sua frente e entrando no lado do motorista. — Só para deixar registrado: eu acho que isso vai terminar mal. Muito mal.

Maggie dá a volta até o lado do carona antes que Georgia ou o seu próprio bom senso possam demovê-la da ideia.

— Bem — diz ela —, acho que estamos prestes a descobrir.

Gwyn

Não é que ela seja totalmente alheia à internet, mas nunca tivera a oportunidade de aprender detalhadamente seus mecanismos ou de usar a rede com regularidade. Assim sendo, quando teve certeza sobre Thomas e Eve, foi a sua irmã, Jillian, quem buscou no Google por informações sobre Eve e mandou a ela os resultados. (E quem deseja receber esse tipo de resultado?) Não é muito bom ter informação demais. Ninguém mais pensa assim hoje em dia, mas Gwyn ainda acredita que pode ser melhor ter menos informação. Sobretudo porque, quando você começa a procurar, é porque espera não encontrar.

E, então, você encontra.

A busca no Google sobre Eve Stone revelou detalhes que apenas serviram para torná-la mais humana, mais real. Eve Stone. Nome completo: Natalie Eve Stone. Formada pelo Colégio Pacific Valley, em 1997. (Nenhum registro de ensino superior.) Mudou-se para Santa Bárbara, Califórnia, onde viveu numa rua chamada Foothill e trabalhou para uma companhia de bufês, para um serviço de passeadores de cães e para um restaurante chamado Firestone's. Ela teve outro endereço depois desse, em Oxnard, sob o nome Natalie Eve Stone, onde talvez tenha vivido com um homem que a sustentava, pois não há registro de emprego. Nenhum registro de emprego em qualquer lugar, novamente, até que ela se mudou para o ponto mais a leste de Long Island e abriu o Cozinha da Eve.

Parece que ela tem adotado o nome Eve por algum tempo desde então, talvez por mais do que algum tempo. Gwyn não sabe o que a fez decidir mudar o nome. A internet não lhe informou nenhum detalhe a respeito disso.

Ou disto: Eve foi aluna de Thomas. Foi aluna dele num curso de educação continuada; a terceira da lista e a última que ele admitiu na classe. Se Stephanie Golding não tivesse abandonado o curso depois da primeira aula, Gwyn não teria esse problema. Ela teria outros problemas, certamente, mas não esse. E o fato é que, se não estivesse realmente acontecendo com ela, o problema poderia estar em um filme ruim daquela semana. Um filme em que um homem deve ter apenas uma característica. Por exemplo: mau. Então, todos podem assistir a um homem mau que sai com uma aluna para que a audiência sinta-se justa. *Odeio esse sujeito. Ele é um babaca.* Como se fosse assim tão simples para as pessoas que realmente deveriam odiá-lo.

Tudo isso voltou à mente dela. Aquela noite depois de ter ido ao centro de meditação e descoberto que seu marido não estava presente, quando decidiu que precisava descobrir a verdade. Vasculhou em suas memórias o momento em que tudo aquilo havia começado, aquela primeira conversa com Thomas no banheiro, que se deu logo após uma aula dele de segunda-feira à noite. E na segunda seguinte, à noite, ela foi até a faculdade e viu Thomas e Eve do lado de fora da biblioteca.

Quando vistos de costas, eles nem pareciam tão ridículos. De costas, ela conseguiu entender como foi que ele se iludiu de que eles haviam sido feitos um para o outro.

Ele a ajudava a carregar caixas para a van, e sua mão pousava logo acima do traseiro dela, esforçando-se por ela. Como se fosse ele quem precisasse provar, como se tivesse de conquistá-la. Como se, caso ele não se esforçasse para tê-la, Eve pudesse facilmente deixá-lo.

Ele queria ser aquele que se esforça. Gwyn sabia disso, o que a ajudou a compreender o restante da história, o que seu marido vê em Eve: Thomas é atraído por mulheres que aparentam destemor, que parecem conseguir se virar muito bem sem ele, como se o relacionamento só tivesse futuro se ele puder ser igualmente destemido, sortudo e desafiador. Se lhe perguntassem o que ele viu nela, Thomas provavelmente diria que Eve é muito doce e despretensiosa, alguém com quem é fácil conversar. Mas ele estaria errado ao pensar que seu desejo por ela procedia de qualquer um desses detalhes. Embora ele aprecie tais qualidades, isso é algo ainda distante. Não são elas que o penetram de fato.

Muito tempo atrás, ele teve de conquistar Gwyn. Lutou para convencê-la de que poderia ser quem ela precisava que ele fosse, de que poderia ficar ao lado dela e ser um bom pai e construir uma família. Naquele momento, porém, ele quer o contrário. Para conquistar Eve — e com seu espírito impulsivo, seu desejo de permanecer livre, impetuosa e ousada —, Thomas precisa convencê-la de que ele pode ser tão livre quanto ela. Ele precisa convencer a si mesmo.

— Temos um problema — fala Eve naquele instante, ainda sentada sobre os degraus.

Gwyn finge não escutá-la ou, pelo menos, não percebe que a escutou e escolhe, em vez disso, retirar a bandeja pesada do colo da outra e passar por ela em direção à cozinha dos Buckley, com o vento batendo por trás dela, deixando que seja Eve a segui-la. Dessa vez.

— Então — diz Gwyn, assim que as duas estão lá dentro —, parece que enfrentaremos um pouco de chuva, mas só vamos nos preocupar com isso se acontecer. Já temos uma pessoa responsável por providenciar todas as bebidas, o champanhe e o caviar. Um bar de vodca completo. Eu pedirei que ele providencie os uniformes de uma equipe de garçons para você, de modo que sua única responsabilidade será preparar a comida e ter um ou dois assistentes para ajudá-la na cozinha. — Ela faz uma pausa. — Você sabe de tudo isso. Já combinamos isso, não combinamos? Por que está me olhando desse jeito?

Eve olha para baixo, para longe. Ela parece jovem, jovem e amedrontada, diante de Gwyn. Isso faz com que Gwyn sinta-se mal por ela, por um segundo, quase maternalmente. Trata-se de uma jovem que está enfrentando algo além de sua compreensão. Que provavelmente tem problemas em relação ao pai, ou inseguranças, e que encontra um homem que lhe promete várias coisas. E daí que esse homem é casado? E daí que está quebrando sua promessa mais importante a outra pessoa?

— Sra. Lancaster...

— Gwyn, por favor. Considerando tudo.

— Tudo o quê?

Ela deposita a bandeja sobre o balcão.

— Você sabe — diz. — Quão próximas nós duas estaremos em razão do trabalho de hoje.

— Bem, é sobre isso que quero conversar.

Gwyn se afasta do balcão e tenta aparentar casualidade, coloca os cabelos atrás das orelhas.

— Diga.

— Lamento muito, mas acontece que eu não poderei trabalhar na festa de hoje à noite. Sei que isso não é uma atitude profissional, desistir na última hora, mas houve um imprevisto. Um problema pessoal.

— Que problema?

— Prefiro não comentar.

— Mas você vai precisar. Vai precisar se esforçar um pouco mais do que isso, Eve. Cento e setenta convidados vão chegar para a festa daqui a algumas horas.

— Pensei que fossem duzentos.

Gwyn cruza os braços sobre o peito.

— Eu gosto de pedir mais do que o necessário.

Eve a ignora e vai até a bandeja.

— Eu já preparei a maior parte; então, a comida pertence a você. E a minha amiga Lola Cunningham, da Van do Bobby, diz que ficará feliz de preparar o que resta e de se encarregar da organização do bufê.

Eve pende a cabeça e Gwyn pode ver que ela procura pelas palavras, mas não está certa de quais deve usar.

— Eve, se você está preocupada porque isso está além da sua capacidade, se é esse o problema, por favor, não se aborreça. Eu estou consciente das suas limitações e da sua inexperiência em eventos dessas proporções, mas você me foi muito bem-recomendada.

— Por quem?

— Pelo meu marido.

Eve está em silêncio, claramente confusa, perguntando-se o que Gwyn sabe, e isso faz com que Gwyn se pergunte como foi que Eve percebeu quem ela era.

— Por que você me disse que a festa seria aqui, na casa dos Buckley? — pergunta Eve.

— Do que está falando? Eu falei que nos prepararíamos aqui.

— Não, quando nos falamos pelo telefone, você me disse que a festa seria aqui.

— Você não deve estar lembrando bem.

— Estou, sim.

Gwyn observa os olhos irritados de Eve.

— Bem, que diferença isso faz agora, Eve? Aqui ou ali. Aqui é mais fácil, em termos de espaço, para a organização. E o que isso tem a ver com o fato de você estar cancelando?

— Acho que nada.

Gwyn coloca a bandeja sobre a mesa e se vira para encará-la.

— Isso mesmo, não tem. Então, comecemos pelo menu. Obviamente você alternará entre os diferentes petiscos, mas eu pensei que podíamos começar investindo bastante nos bolinhos de caranguejo. Acho que serão bem-recebidos. Todos aqui já estão antevendo com desgosto o fim da estação de frutos do mar...

— Gwyn, deixe-me ser clara. — Ela pigarreia. — Eu me sinto desconfortável organizando a festa de hoje à noite.

Gwyn pigarreia também, quase em tom de deboche, e se aproxima dela.

— Então, deixe-me ser clara: você se sente confortável dormindo com o meu marido e o ajudando a dar fim a um casamento de trinta e cinco anos, mas não pode organizar a minha festa?

Eve permanece em silêncio, e Gwyn pode ver que os piores temores dela se confirmam. Essa não é somente uma coincidência bizarra, o universo não desferiu um golpe cármico: Gwyn sabe. Ou, pelo menos, sabe o suficiente para que isso não termine bem.

Eve a perfura com um olhar.

— Então, você sabe? — diz ela, enquanto sua aparência se torna desafiadora e, ao mesmo tempo, aborrecida, como se tivesse sido ela a enganada. Como se tivesse sido ela a injustiçada. E talvez, naquele momento, essa fosse a verdade.

— É claro que eu sei, Eve — diz Gwyn. — Por que você acha que está aqui?

Eve parece descontrolada, e Gwyn pode vê-la olhar desejosamente para a porta, como se refletisse se poderia correr até lá. Gwyn dá alguns passos à frente, para bloquear a passagem. Aquela passagem, pelo menos.

— Isso é loucura — diz ela. — *Você* é louca.

— É possível e, provavelmente, é uma boa notícia para você se for verdade.

— Por quê?

— Porque tornará mais fácil o dia em que você se sentir mal a respeito disso tudo, quando for um pouco mais segura de si mesma, quando sonhar jamais ter se envolvido assim no casamento de uma pessoa. Isso fará com que se sinta melhor pelo que fez. Ou talvez eu esteja lhe dando muito crédito. Pelo que ajudou a fazer.

— Quaisquer assuntos pendentes que você tenha, deveria tratá-los com o Thomas. É com ele que você deveria estar falando.

— Pode ter certeza, eu falarei. Mas você ainda precisa ficar por um minuto e me escutar. Eu ainda preciso de você para isso. Pode fazer isso por mim?

Eve não lhe responde, mas se afasta da porta, anda e senta à mesa enquanto Gwyn retorna ao balcão e começa a desembalar as bandejas de cogumelos. Deve haver muitas outras para serem retiradas da van, mas ainda não é o momento.

— Obrigada, Eve — diz Gwyn.

— De nada.

Gwyn termina de retirar o papel-alumínio da travessa.

— Nossa, como eles cheiram bem! — E ela se aproxima mais. — Você usou aneto? Que escolha interessante.

— Sim, é uma marinada de aneto e abacaxi.

— Abacaxi também? — Ela balança a cabeça. — Eu não teria adivinhado.

— É uma receita da minha mãe.

— Sara Stone. Estrada Old Coast. Big Sur, Califórnia.

Eve lança um olhar significativo para Gwyn, mas ela prefere ignorá-lo e olha de volta para a moça, para dentro de seus olhos, que são azuis e tristes. Perto assim, não há como negar que são tristes.

— Eve, isso não é questão de culpa, certo? Ou, pelo menos, não se trata de culpar você. Foi meu marido quem me traiu. Foi ele quem decidiu romper nosso casamento. Isso está claro para mim. Você não me prometeu estar ao meu lado trinta e cinco anos atrás. E você não deve ser a responsabilizada pelo que ele causou aqui. Bem... não inteiramente.

— Então, eu não compreendo.

— Há muitas razões por que eu preciso que você organize a festa de hoje à noite. Acredite ou não, não é apenas para o meu bem.

— Então, é para o meu bem?

— Parcialmente.

— Como você imagina que seja?

— Você não me convence no papel de salvadora. E, quando meu marido deixá-la, e ele vai fazer isso, você vai ficar transtornada. Vai desejar ir para bem longe daqui, e dele, e de qualquer lembrança desse período da sua vida. Talvez queira voltar para Big Sur. Quem sabe? O dinheiro que você ganhar hoje à noite vai tornar a sua volta possível.

Eve balança a cabeça.

— Isso é esquisito demais.

— Muitas coisas são, é verdade.

Eve cruza os braços sobre o peito e pensa sobre o assunto, pensa realmente sobre o assunto. E diz:

— Para ser bastante sincera, eu devo dizer que acredito que Thomas escolherá continuar honrando o nosso amor.

— É claro que você acredita. Por que não acreditaria? Até meu marido acredita. Ele está tão certo disso, na verdade, que está disposto a mentir para a família inteira para garantir isso.

Eve não parece confusa, o que sugere a Gwyn que ele contou à amante o que fez, que transferiu a culpa para algo inculpável. Para a conversão, a transformação espiritual. E, mais tarde, quando as feridas tiverem cicatrizado, quando o tempo tiver passado e a receptividade for maior, ele trará Eve para conhecer seus filhos, até a própria Gwyn. Quando Eve puder ser honesta, não alguém digno de desprezo. *Esta é a minha nova namorada*, dirá ele. *Esta é Eve Stone.*

— Mas aqui está o outro lado — diz Gwyn. — Quando você ama alguém, quando passou várias décadas amando essa pessoa, começa a compreender suas questões internas mesmo antes que ela possa percebê-las. Você sabe, então, o que ela vai fazer, antes que o faça.

— E o que ele vai fazer? Ficar com você?

— Não é isso o que estou dizendo.

— O que está dizendo?

Gwyn tira o cheque do bolso, um cheque de vinte mil dólares (seis mil a mais do que elas haviam combinado para aquela noite), somente para o caso de o dinheiro excedente ser útil, somente para o caso de se chegar a esse ponto.

Ela anda até a mesa e estende o cheque.

— Estou dizendo que acho que você deve aceitar isso — conclui.

Eve está quieta, balançando a cabeça. Ela não quer aceitar. Gwyn compreende. Aceitá-lo significa que tudo pode terminar mal. Significa aceitar algo que não é possível sequer imaginar durante o ápice de uma paixão por alguém. Aceitar que a outra pessoa pode abandonar você do mesmo modo que abandonou alguém antes. Que você pode não vir a ser diferente. Que você pode ser alguém que o outro julgue merecer ser abandonado também.

— Mas por quê? — pergunta Eve.

— Por que o quê?

— Por que é isso que você quer?

Gwyn decide ser sincera pela primeira vez naquele dia, decide que já não há mais perigo agora. Ela se senta diante da outra.

— Não é o que eu quero, Eve — diz Gwyn. — Nada disso é o que eu quero. É só o que me resta fazer agora.

— Isso tudo é porque você queria me encontrar? Bem, você já me encontrou.

— Não, não é por isso. É por outra razão.

Elas se encaram, e Gwyn se lembra de ter sentado ali com os Buckley muitas vezes quando Nate era um garotinho, quando Georgia tinha acabado de nascer. Lembra-se da vez em que ela e Thomas estavam sentados naqueles mesmos lugares uma noite quando Marsha preparou um fondue de queijo horrível e todos riram de quão intragável estava.

Como isso acontece? Como alguém que estava lá ao seu lado, em todos aqueles momentos, consegue se afastar tanto a ponto de obrigá-la a se submeter a momentos como esse?

Ela estende mais uma vez o cheque.

— Se ele a ama do jeito que você acredita que ama, se você está certa, nada do que aconteça ou deixe de acontecer nessa festa colocará isso em risco — diz ela.

Eve encara o cheque. E, então, endireita a jaqueta e a calça jeans. Gwyn pode ver que ela tenta imaginar o quanto aquilo tudo pode terminar mal e tenta decidir se pesa mais na balança do que a grande quantia de dinheiro.

— Você nem precisa aparecer na festa, a não ser para trazer o bolo. E isso é só porque fui eu quem o preparou. Durante o restante do tempo, os garçons se encarregarão de tudo. Você provavelmente nem sequer vai vê-lo a noite toda.

Ela fica em silêncio.

— Eu preciso compreender o porquê — decide.

Porque, Gwyn deseja falar, *talvez eu consiga orquestrar tudo de modo que ele a veja no exato momento em que quero que isso aconteça.*

— Eu sei que você não me deve coisa alguma, mas também não *deixa de* dever. Essa era a minha família. Essa foi toda a minha vida. E não é culpa sua. Mas, mais uma vez, é tudo questão de semântica. Porque, se você não existisse, eu não estaria aqui agora. Se você não quisesse estar ao lado dele, nada disso estaria acontecendo.

— Ele poderia ter feito isso por outra pessoa.

— Mas não fez, fez? Ele fez por você. Estamos aqui agora porque ele escolheu fazer isso. Por você.

Eve volta o olhar para ela e, por um segundo, Gwyn não sabe como a outra vai agir. É assim que funciona, não é mesmo? E então ela age.

Pega o cheque da mão de Gwyn.

— Onde você quer que fiquem as bandejas? — pergunta Eve.

— As bandejas?

— Por onde quer que eu comece?

— Ali seria bom — diz Gwyn, apontando para o balcão. — Ali seria ótimo.

Maggie

Elas dirigiram até Amagansett, passaram pela estrada River Ranch e pelo centro da cidade de Montauk, pelas dunas às margens da rodovia, pelos portões de entrada de pequenos vinhedos que produziam um único tipo de vinho, pela placa EXCURSÕES A PÉ DISPONÍVEIS. Georgia dirigia a cento e quinze ou cento e trinta quilômetros por hora quando se aproximaram de um restaurante e ela pisou no freio, fazendo uma curva brusca para a direita em uma estradinha circular. É um restaurante adorável em uma casa branca em ripas de madeira e a única coisa que a distingue das outras casas ao redor, que indica aos visitantes se tratar de um restaurante, não de mais uma residência, é uma placa retangular em preto e branco:

Maggie permanece quieta, alternando o olhar entre a placa e o restaurante. Ela teme fazer a primeira pergunta para a qual já imagina a resposta.

Antes de escutar a resposta ser confirmada em voz alta, Maggie ainda pode fingir que há outra explicação: que Georgia está com fome e quer comprar algo para comer, ou que precisa usar o banheiro e aquele é o primeiro estabelecimento público que encontrou para parar. É um belo banheiro, Maggie pode imaginar só de espiar pela porta da frente o bar de mogno, as luzes de velas e uma lareira já acesa.

— Diga-me que você precisa fazer xixi — fala Maggie.

— Eu preciso.

— Ah, graças a Deus. Por um segundo, pensei que fosse dizer que esse é o restaurante da Ryan.

— Esse é o restaurante da Ryan.

Maggie encolhe o peito. É o seu medo, a possibilidade que ela mais temia, confirmado.

— Ryan é *chef*?

— Ryan é *chef* — afirma Georgia.

Por que ela sente aquilo como a pior notícia que poderia ter, a mais ameaçadora? Maggie ainda não tem certeza, mas sabe que a certeza virá e que será ainda pior. Seus olhos se concentram na placa. A data de 1993 chama sua atenção. Nate contou que vivera ali por alguns anos depois da escola. Quando lhe perguntara o porquê, ele dissera algo sobre ainda não estar pronto para deixar o lugar. Não estar pronto para deixar o lugar: desde quando isso serve de resumo para *porque em vez de ir direto para a faculdade, eu me casei e abri um restaurante com a minha primeira esposa, aquela que veio antes de você?*

— E Nate abriu esse restaurante com ela? O lugar é dele também?

Georgia passa os dedos sobre o volante, depois sobre o relógio do painel.

— Georgia?

— Sabe, você é muito boa em adivinhar tudo isso. Talvez não haja necessidade de entrar e falar com ela.

— Há necessidade, sim — diz ela.

Maggie se pergunta qual seria a idade de Ryan quando o estabelecimento foi aberto. Se ela já podia abrir um restaurante, então era mais velha do que Nate, talvez bem mais velha. Isso a faz lembrar uma conversa que teve com ele no início do relacionamento, uma conversa inocente em que ela lhe perguntou como decidira tornar-se um *chef*, e a pergunta provocou nele um olhar. Um olhar terrível que Nate imediatamente tentou esconder com uma história que não soou verdadeira — algo sobre ter observado sua mãe cozinhar para a família quando ele era pequeno — e que gerou em Maggie uma sensação que ela tentou ignorar de que ele não estava sendo sincero. Devia ser *ela* quem estava surtando e exagerando sua sensibilidade. Porque, afinal, que razão ele poderia ter tido para não lhe contar a verdade sobre aquilo? Lá estava sua resposta.

— Eu vou ter que ligar para Nate quando você entrar — diz Georgia. — Pelo menos para dizer que estamos aqui. Perdoe-me, mas eu não sei mais o que fazer. Eu não sei como consertar isso e talvez ele consiga.

Maggie pensa no assunto, sobre como ela sempre deixa Nate consertar tudo, sobre como tudo sempre a levou a crer que ele é capaz de fazê-lo.

— Fique à vontade — diz ela. — A última coisa de que precisamos é mais um segredo.

Ela olha para baixo e percebe que sua mão está na maçaneta. Percebe que está congelada naquela posição. Ela não abre a porta porque sabe que, quando abrir, começará a obter as respostas para todas as suas perguntas, e talvez para a única que realmente importa: ele não contou aquilo tudo a Maggie porque significava muito ou muito pouco?

— O restaurante não é mais dele. Eu não acho que ela tenha comprado a parte dele oficialmente, mas o meu irmão não tem qualquer vínculo com o lugar. Não é como se ele escapasse para cá de vez em quando para cozinhar com ela, ou algo assim.

— Isso, sim, é um alívio — diz Maggie.

Ela sai do carro e sorri para Georgia. Então, caminha até a porta do restaurante e entra, antes que possa pensar muito no assunto.

Ainda está fechado, e a maioria das luzes está apagada. Há plantas por todos os cantos e um aroma que Maggie não consegue ao certo distinguir, algo amadeirado, como frutas secas, pinheiros ou uma esquisita combinação de ambos.

Ela observa o lugar inteiro e sente algum alívio com o fato de que não se parece em nada com o restaurante deles em Red Hook. Nate não tentou recriar o que deixou para trás exatamente da mesma forma. Isso tem que ser um bom sinal, reflete ela. Não pode deixar de perceber, porém, que A Casa parece um pouco incomodamente com o exato oposto do restaurante em Red Hook. É cheia de detalhes que Nate inflexivelmente não permitiu haver no restaurante deles, como a parede de tijolos, a lareira, o bar de granito e as paredes escuras. *Isso não é igualmente um mau sinal?*

— Posso ajudá-la?

Maggie olha para cima e depara com uma mulher atrás do balcão do bar, que esfrega um copo de uísque com um pano de prato. A mulher usa uma bandana na cabeça e uma camiseta azul sem mangas; seus braços são cobertos por tatuagens. Belos golfinhos e pássaros, nuvens ao fundo. Magra, braços finos. Barriga reta. Ela aparenta tanto força quanto fragilidade enquanto se apoia sobre os cotovelos, como se estivesse habituada a isso, a nunca se mover na direção de alguém, a sempre deixar que se movam na direção dela.

— Abrimos somente às seis — diz a mulher.

— Ah, não estou aqui para comer.

— Então, definitivamente não estamos abertos — diz ela.

E sorri ao dizer isso, embora esteja mais para um meio sorriso afetado, e Maggie aproveita para observar o resto do rosto: a tez morena, os olhos esverdeados, os lábios carnudos, um panorama geral que faz com que ela pare por um segundo e observe com maior atenção, como se fosse sua função desvendar aquilo. O que quer que imagina não estar percebendo.

— Sei que você está arrumando tudo, mas eu queria só poder falar com Ryan... — E ela se dá conta de que não sabe o sobrenome de Ryan; se dá conta, então, de que poderia ser Huntington. Quem quer que seja essa Ryan, o sobrenome dela poderia ser Huntington. Ela poderia muito bem ainda partilhar aquilo com Nate. Maggie espia o cardápio com o canto do olho. No centro, lê-se *Chef*. E, fortuitamente, informa que o sobrenome dela não é Huntington. É Engle. Ryan Engle. — Engle — completa. — Estou procurando por Ryan Engle.

A mulher abaixa o copo, pega outro e enche dois copos de gim da marca Hendrick's.

— Você está aqui para pedir a ela alguma doação ou objetos para caridade?

— Não.

— É uma testemunha de Jeová pedindo dinheiro?

— Não da última vez que chequei.

— Você conhece a minha mãe? Porque ela está definitivamente pedindo dinheiro.

— Nenhuma das alternativas acima.

A mulher entrega um dos copos a Maggie. *Por que todo mundo está tentando me embebedar hoje?*

— Então, eu sou Ryan.

— Eu sou Maggie.

— Maggie, todos que entram por essa porta entre o almoço e o jantar ganham uma dose de gim para melhorar o dia. Essa é a regra.

— Sério?

— Não, mas eu estou tendo um dia péssimo e tenho essa regra autoimposta de não beber sozinha. Especialmente gim, que é o meu ponto fraco. Então, vai ter que ser com você mesmo.

— Obrigada.

Ela estende o copo na direção de Maggie, abre a boca e engole tudo de uma vez, bem rápido.

Esta é a Ryan. Bebendo gim. Comigo. Eu estou bebendo gim com ela. Ryan, com seus belos braços e tatuagens bonitas. Nate já viu todas elas. Onde estão as outras? Deve haver outras. Nate conhecia essas também. Ele conhecia aquilo tudo.

— Então, você é a Ryan? — pergunta Maggie.

A outra deposita o copo sobre o balcão.

— Já não passamos por isso?

— Se pudermos repetir só mais uma vez...

Ryan gesticula para que Maggie tome seu drinque, e ela o faz, comprimindo os olhos no processo. Assim sendo, Ryan se serve mais uma vez.

— Então, por que você está aqui mesmo?

O que raios ela poderia dizer agora? *Eu tenho algumas perguntas sobre o meu futuro marido, que calhou de ser o mesmo com quem você foi casada... Eu queria que você me explicasse o que aconteceu entre vocês, já que ele é aparentemente incapaz de me contar qualquer coisa que remotamente se aproxime da verdade.*

— Espere, você disse que seu nome era... Maggie? — pergunta Ryan.

— Eu disse — confirma Maggie.

— Ah, *Maggie*, eu lhe disse que estou tendo um dia péssimo! — diz Ryan, mas sorrindo, um sorriso verdadeiro. E Maggie pode ver, pode sentir aquilo: quão inebriante pode ser receber a aprovação dessa mulher.

— Estou perdida — dispara Maggie.

— Você está adiantada. Eu não preciso de você pela próxima hora. Lev disse para você chegar aqui tão cedo assim? — Ela olha para o relógio, revira-o. — Eu pensei que Lev tinha dito que seu nome era Molly. Eu sou péssima com nomes; então, provavelmente é culpa minha. Nossa, agradeço muito por você substituir a Lev hoje à noite. Sei que ela se sente mal por estar doente de novo. Mas, quando se está grávida, a comida se torna uma complicação. Todas sabemos disso, não é mesmo?

Maggie sente os olhos se arregalarem.

— Você já esteve grávida?

— Perdão?

Ryan direciona a ela um olhar confuso, e Maggie tenta pensar num modo de consertar a situação. Antes que precise fazê-lo, porém, Ryan começa a caminhar na direção da cozinha, esperando que Maggie a siga, e ela o faz.

— Então, o restante da equipe estará aqui por volta das quatro e meia, mas, já que você já chegou, podemos começar a preparar o primeiro prato. Temos uma reserva só para as oito horas; então, eu vou tentar uma nova destilação de figo no pato. Lev encaminhou o menu de hoje à noite para você?

— Provavelmente, mas meu e-mail está fora do ar — responde ela. — Então talvez você possa me colocar a par de tudo enquanto trabalhamos.

Isso a assusta. É assustadora a facilidade que encontra para mentir.

Ryan abre a porta de vidro que dá para a cozinha, onde os alimentos para aquela noite estão enfileirados sobre o balcão. Folhas de salsinha frescas e muçarela defumada, folhas soltas de hortelã e fatias de pão de grãos.

Ela passa uma vasilha com tomates frescos para Maggie, com uma postura profissional.

— Faremos uma salada de espaguete com abobrinha. Então, eu preciso que você ferva os tomates por um minuto, que tire as sementes e depois corte em pedaços, misturando azeite de oliva e manjericão fresco para o molho.

Maggie perdeu o fio da meada a partir da fervura dos tomates.

— É bem fácil... — diz Maggie, enquanto se encaminha para o fogão, pega uma pequena panela e se prepara para enchê-la de água.

Enquanto isso, Ryan está diante do balcão, reunindo alguns figos ou fazendo com eles algo que Maggie não consegue decifrar.

— Então — diz Ryan, levantando a cabeça para olhar Maggie —, há quanto tempo está no Maidstone?

— No Maidstone? — E Maggie se dá conta de que esse deve ser o restaurante onde a outra pessoa trabalha. A pessoa que deveria estar ali, realmente ajudando. Maggie sente a garganta apertar. Isso não é um jogo. É uma pessoa parada diante dela. Uma pessoa que foi casada com Nate. Quão incrivelmente insano é ela estar ali, conversando com Ryan. Ainda assim, porém, ela não consegue ir embora. Pelo menos, não ainda. — Seis meses? — diz, como se fosse uma pergunta. E tenta mudar de assunto, enveredar para algo que as conduzirá ao que importa, à razão para ela estar ali. — Se eu reparei bem, a placa lá fora informa que o restaurante existe desde o início dos anos 1990? É uma grande façanha. Deve ter sido difícil conseguir juntar o dinheiro, principalmente começando tão jovem. — Ela pigarreia. — Como fez isso?

— Eu tive um sócio no início. A família dele tinha muito dinheiro. E eles nos ajudaram muito. — Ela levanta o olhar para Maggie. — Muito mesmo, para falar a verdade. Você pode me passar o azeite?

Maggie passa a garrafa, tentando ocupar as mãos ou meramente fazer com que pareçam ocupadas. Seu coração ameaça rebentar do peito. *Ela teve um sócio. A família dele ajudou muito.* Ajudar no sentido de bancar tudo?

Isso explicaria por que, a essa altura, Nate não quer aceitar um centavo deles. Para o restaurante. Explicaria algo como ele estar com medo de repetir o erro.

— Quem era ele? — pergunta Maggie. — O seu sócio?

Ryan olha na direção dela; seus olhos parecem comunicar um alerta.

— Você faz muitas perguntas, não é mesmo? — comenta ela.

— Perdoe-me. Às vezes, sou enxerida. Mais nos últimos tempos. Eu tenho feito isso. Eu não... — Maggie olha para Ryan e quase conta a verdade ou, pelo menos, algo remotamente parecido com a verdade. — Estou decidindo se devo abrir um restaurante com o meu marido, mas acho que é algo que poderia gerar muitos problemas.

— Sem dúvida, pode.

— Foi assim com você? Quer dizer, seu sócio era seu marido?

— Sim — afirma Ryan.

Maggie sente um nó na garganta.

— Mas, sabe, dessa vez, não foi complicado — continua ela. — Então, eu acho que depende dos dois.

— Então, você se casou novamente?

— Lev não lhe contou? Ela sempre diz que nós temos o melhor relacionamento que já viu, mas acho que ela não comentaria isso com você...

Maggie balança a cabeça. O que Lev teria lhe contado? Aparentemente, que Ryan é muito feliz em seu casamento. Será que ela se casou com alguém que surgiu imediatamente após Nate? Maggie sente que está prestes a chorar, por estar ali e por não fazer ideia do que está tentando descobrir ali.

— Uau. Eu sou uma idiota. Você parece tão perturbada. Deus, perdoe-me. Não conte a Lev. Lev me disse para não fazê-la chorar. — Ela balança a cabeça. — Eu nem achei que já tivesse feito algo. Acho que estou perdendo o senso de gentileza ou algo assim.

— Você não fez coisa alguma — diz Maggie.

— Então, qual é o problema?

— Eu não estou dizendo a verdade — respondeu ela.

— Perdão?

— Você foi casada com Nate Huntington, certo? Ele foi seu marido em algum momento...

Ela encara Maggie com um olhar que poderia perfurá-la, mas não responde. E, por um segundo abençoado, ela tem a possibilidade ainda de negar. Até que não tem mais.

— Sim. Fui casada com Nate.

Maggie assente com a cabeça.

— Eu conheço bem a irmã dele. Georgia? E eu acabei de lembrar que já sabia. Lembrei-me de algo que ela disse uma vez, por acaso. Seja como for... eu percebi que já sabia disso. Percebi que já tinha a resposta para a minha própria pergunta. Você foi casada com o Nate. E agora não é mais. E eu aparentemente gosto do som da minha própria voz...

Ryan concorda e olha de volta para os alimentos diante de si, voltando a trabalhar.

— Como está Georgia?

— Grávida.

Ela sorri.

— Bom para ela. Dê os parabéns por mim. Não que ela vá querer escutar, necessariamente, mas... e como vai Nate? Você sabe?

Talvez sim, talvez não. Qual seria a resposta correta?

Maggie cata mais alguns tomates. O que ela está fazendo com eles é algo indecifrável para qualquer um.

— Ele vai bem. Está abrindo um restaurante no Brooklyn, na verdade. Em uma região chamada Red Hook, perto do píer.

— Acho que escutei algo sobre isso. Ótimo para ele. Isso é muito bom... Eu não soube conduzir bem a situação com ele, mas, vivendo e aprendendo, não é mesmo? Esse é o problema. Às vezes, você aprende à custa de outra pessoa.

E essa é a sua chance. Ryan vai lhe contar tudo o que ela queria descobrir quando foi até ali, vai contar exatamente o que aconteceu entre eles. No entanto, por que ela quer tanto descobrir aquilo? Para entender por que o passado de Nate se desmantelou? A sua missão parece mais misericordiosa do que isso, mesmo em meio a todo o caos. Parece a Maggie que ela quer que Ryan lhe diga uma coisa — a única coisa que fará com que Maggie compreenda não só por que o passado de Nate se desmantelou, mas principalmente por que ele fez questão de mantê-lo oculto. E o que ela pode fazer para que ele não sinta a necessidade de esconder mais coisa alguma.

Só de olhar para Ryan — que, nos vinte minutos desde que Maggie a conheceu, já parece um conjunto de contradições: dura, mas gentil; doce, mas áspera —, ela questiona se talvez o próprio Nate não tenha compreendido o que deu errado. Talvez ele não compreenda o que aconteceu e, por isso, não consiga pensar num modo de explicar tudo a qualquer pessoa.

A oportunidade de questionar Ryan, de tentar ter a prova de qualquer teoria, porém, se extingue. A porta da cozinha é aberta, e uma mulher vestindo um macacão adentra o recinto. Uma mulher de macacão e cabelos castanhos, fartas bochechas e um sorriso amigável. Um dos sorrisos mais amigáveis que Maggie já viu. E ela carrega consigo vegetais. Traz uma grande cesta com espigas de milho frescas a serem descascadas, brócolis vistosos, beterrabas, rabanetes e pepinos.

— Oi, querida — diz ela a Ryan. — Desculpe se demorei tanto a chegar.

— Acho bom mesmo — diz Ryan.

Então, a tal mulher se inclina, e beija Ryan nos lábios, um beijo longo e profundo. A cesta dos vegetais ainda está em suas mãos, e Ryan estica o braço para envolver a parte de trás da cabeça da outra.

É nesse momento que Maggie deixa cair o tomate que estava segurando, e ele se esparrama no chão. Esborracha-se bem diante dela.

— Nossa, me perdoem — diz ela enquanto se agacha para pegá-lo e limpar o suco com o avental.

— Quem é ela? — diz a mulher, olhando para Maggie no chão.

— Essa é Maggie. Maggie, esta é Alisa Barrett. Minha parceira.

Parceira no restaurante e na vida? Mas ela já sabe a resposta. Essa é a pessoa por quem Ryan deixou Nate. Maggie sabe disso. É mais fácil ou mais difícil por ser uma mulher e não um homem? Provavelmente tão mais fácil quanto mais difícil. E, no fim das contas, dá tudo no mesmo, de qualquer modo: essa é a pessoa com quem Ryan está naquele momento, a pessoa que ela escolheu. Alguém que, diferente de Maggie, sabia do primeiro casamento, sabia sobre o passado de Ryan e, portanto, conseguiu aceitar os fatos como algo superado. Porque lhe foi dada a chance de compreendê-los. Porque o passado não foi mantido em segredo e não foi dado a ele o poder que um segredo assume quando finalmente é revelado. O poder de nos atormentar com a sua história, com sua preservada carga emocional.

— Maggie está substituindo a Lev hoje — diz Ryan.

— Não muito bem — diz Maggie, mostrando o tomate destruído como prova.

Alisa Barrett acha graça. Ela tem uma risada gostosa, sonora, espaçosa e vibrante, e isso faz com que Maggie simpatize com ela.

Também faz com que ela queira sair daquela cozinha imediatamente.

— Sabe — diz Maggie, pigarreando —, eu já volto. Já volto, está bem? Logo, logo.

Ryan olha para ela.

— Aonde vai?

Maggie aponta indefinidamente em direção à porta da frente, mais ou menos onde ela imagina que haja um banheiro, ou um carro, ou qualquer lugar ao qual ela logicamente precisa chegar. Então, começa a andar depressa, atravessa tão rapidamente a porta da cozinha e o restaurante que não percebe até que seja tarde demais: colide com uma jovem de cabelos curtos e descoloridos que está em seu caminho.

E cai.

— Uau! Hora do encontrão. — A garota ajuda Maggie a se levantar. — Você está bem?

Maggie faz que sim com a cabeça.

— Desculpa.

— Não se desculpe. Eu não deveria ter entrado sem avisar. Você é Ryan?

— Não. Eu definitivamente não sou Ryan. — Ela faz uma pausa, olha para a garota, que naturalmente lhe devolve um olhar confuso e segura um avental que ela trouxe de outro lugar, onde a palavra *Maid* faz-se vagamente visível. — É você quem vai substituir Lev hoje à noite?

— Sou Molly Barton. — Ela sorri e estende a mão.

Maggie desamarra o avental e o entrega à jovem; depois, começa a caminhar para fora dali.

— Foi um prazer conhecê-la, Molly — diz ela.

— Obrigada, mas espere... — Molly a chama. — Você vai voltar?

— Não se eu puder evitar — responde ela.

E não olha para trás. Ela sairá por aquela porta, dirá adeus a Georgia e encontrará um ponto de ônibus. Irá para qualquer lugar longe dali. Só que, quando pisa fora do restaurante, Maggie o vê parado ali, com os braços cruzados, esperando por ela ou apenas esperando. Num traje de banho molhado, com um moletom da Universidade da Virgínia jogado por cima. E aqueles cabelos escuros no topo da cabeça.

— Nate — diz ela. Ela diz isso alto, contra sua vontade.

— Achei que pudesse precisar de uma carona.

Gwyn

Estão organizando tudo.

Caminhões, floristas, equipe do aluguel de cadeiras, fornecedores de bebida alcoólica e garçons; todos amontoados na estradinha particular da propriedade, em seu gramado, estacionando diagonalmente, estacionando reto, fazendo uma verdadeira bagunça. Alguns já estão uniformizados, a maioria está de camisa e calça jeans. Levam mesas, lustres, vasos, toalhas de linho, caixas de bebidas e de suportes de castiçais de madeira para dentro do celeiro; trabalham duro, contra o vento agitado, para deixar tudo pronto para a festa.

Se Gwyn tivesse escolhido contratar um serviço de bufê completo, uma única empresa poderia ter dado conta de tudo. Haveria um supervisor. E não estaria tudo tão disperso, o perigo de faltar algo num lado e sobrar no outro não seria tão grande. Ainda assim, porém, essa não era uma opção. Ou, pelo menos, não era a mais importante para a decisão de Gwyn.

Então, lá está ela, sentada num recanto fechado de sua varanda coberta, assistindo às pessoas das empresas Bebidas e Destilados do Doug, Floristas da Ilha, Artigos de Aluguel dos Sanford e Serviço de Pessoal dos Hampton atravessarem o caminho em direção à porta, aquele pequeno caminho de terra entre a casa e o celeiro, enquanto ela tenta revisar sua lista de tudo o que precisa ser preparado para aquela noite.

Os convidados começarão a chegar a partir das oito horas para um coquetel, que vai contar com aperitivos diversos, boa vodca e muita conversa sobre vários assuntos que não interessam. Ela deseja, no mesmo instante, que Jillian estivesse entre os convidados, deseja não ter pedido que ela não viesse.

Mas por que não? Eu quero estar aí, disse Jillian ao telefone.

Porque, se você estiver aqui, disse Gwyn, *é porque é verdade.*

E se eu não estiver?, perguntou Jillian.

Talvez seja outra coisa.

Poderia ser outra coisa, poderia ser apenas uma festa de aniversário de casamento o que Gwyn está vendo ser preparado — o que Gwyn poderia imaginar que está sendo preparado, se ela não soubesse o resto da história. Se ela não soubesse que, às nove e meia, em vez de brindar ao futuro deles, ela e Thomas brindarão ao seu passado, cortarão o bolo, e cada um seguirá seu caminho separadamente. Casamento acabado, integridade intacta. Como os livros sugerem. Bom para a unidade familiar, bom para a separação. E simples. Certo? Se ao menos Gwyn estivesse encarando aquilo como algo simples, se ao menos isso ainda fosse possível. Um final simples. Um recomeço.

Ela escuta os passos de alguém que se aproxima por trás dela, vira e depara com Thomas parado logo acima, de bermuda cáqui e sem camisa, recém-saído do banho. Seus cabelos estão úmidos. Traz um copo de limonada em uma das mãos.

— Já voltou? — pergunta ela.

— Voltei.

— Eu não escutei você voltar.

Gwyn levanta o olhar até o marido e estica a mão na direção da limonada. Ele lhe entrega o copo e se senta ao lado dela, e os dois passam a assistir a tudo juntos. Ela não está com vontade de conversar ou mesmo de estar com Thomas, mas não quer que ele vá até a casa dos Buckley. Não que ele pretendesse ir. Por que iria? Ainda assim. Seria ruim se ele passasse por qualquer lugar próximo à casa e encontrasse a van de Eve na garagem ou a própria Eve trabalhando lá dentro. Há algo excitante, porém, na perspectiva de que ele poderia encontrá-la. Há algo excitante para Gwyn na ideia de que, pelo menos daquela vez, ela está entre os dois, no controle da situação.

Ela toma um longo gole de limonada, e a bebida gelada a faz lembrar quão sedenta está e perceber o último resquício de fumo que sai, então, do seu corpo.

— Onde está Nate? — pergunta ela. — Em algum lugar lá dentro?

Thomas balança a cabeça e segura os próprios joelhos.

— Não tenho certeza. O telefone tocou, e ele correu para atender. Acho que era Georgia. Ele foi para a frente da casa falar com ela, e não consegui entender o que dizia.

— Ela provavelmente queria que ele fosse encontrar com ela e Maggie, onde quer que estejam. Isso é bom. Quanto menos pessoas por aqui enquanto eles organizam tudo, melhor.

Thomas vira e olha para o trabalho em madeira naquele canto da varanda onde eles estão e desliza os dedos pelas rachaduras.

— Isso ainda precisa de conserto. Eu lamento não ter consertado. Pretendia resolver antes de ir para a Califórnia. Você me escreveu aquele lembrete, pedindo que eu consertasse, não foi? Vou arranjar um tempo para isso agora, amanhã ou depois de amanhã...

Mas será que ele arranjaria mesmo? Eles já haviam discutido sobre aquilo. Haviam discutido por meses e meses a fio sobre ele cuidar do conserto. Ele vai fazer isso agora? Logo antes de deixar a casa, de deixar Gwyn? Por que agora? Pensar no assunto a deixa exaurida, e ela começa a compreender que, na realidade, esse talvez seja o momento em que uma pessoa está mais disposta a consertar algo. No exato momento em que isso é o menos importante.

— Então, você falou com a moça do bufê? — pergunta ele.

— O quê?

Ela olha para Thomas e vê que sua pergunta é inocente. Ou aparentemente inocente. Ele não tem nenhum interesse particular na resposta.

— Por quê?

— É que você estava preocupada essa manhã, não estava? E eu não vi pessoas perambulando pela cozinha. Vi todos os caminhões do mundo, mas nenhum em que "serviço de bufê" estivesse escrito.

Gwyn sorri.

— Não, está tudo bem. Como o resto da equipe está preparando tudo aqui, eu pedi que ela fosse até a casa dos Buckley. Achei que teria mais espaço lá. Para terminar os preparativos.

— Então, é uma operação dividida em várias partes — diz ele.

— Algo assim. Você pode dizer que sim.

Ele balança a cabeça afirmativamente, interessado.

— Por que você fez desse jeito? Não dá mais trabalho?

— Fez sentido, na época.

— E agora?

— Agora deu mais trabalho para mim.

Seus olhares se encontram, realmente se encontram, o que é um erro. Porque ele sorri, e todo o restante desaparece. Por um minuto, tudo some. A raiva, a confusão. Foi outra pessoa que causou aquilo tudo. Não o homem que está perto dela. Ele é apenas seu marido, sentado na varanda, bebendo limonada num fim de tarde e esperando para ver o que o restante do dia ainda reserva para ambos.

— Thomas — diz ela e pigarreia —, você deve ficar a par de algo. Deve ficar a par disso.

— Tudo bem. — Ele aguarda.

E Gwyn começa a contar o que vinha planejando para aquela noite. Uma das garçonetes do bar — uma morena baixinha de boné preto — passa por eles, porém, e Thomas lhe dirige o olhar. Ele a olha como se tentasse decidir se ela é bonita por debaixo daquele boné. É um olhar sutil e irrelevante. Essa menina de boné preto não é o problema. E a única razão pela qual Gwyn repara é porque ela própria também está observando e se perguntando o mesmo. Ainda assim, o feitiço é quebrado, e Gwyn muda de ideia. Muda de ideia sobre mudar qualquer coisa.

Quem disser que as coisas não são decididas em um único momento está enganado. É exatamente assim. E esse é o momento para Gwyn e Thomas. Se ela lhe contasse a verdade — que conhecia a verdade *dele*, que estava tramando algo para aquela noite —, as suas vidas teriam seguido uma direção diferente. Melhor ou pior? Quem é ela para julgar? Tudo o que sabe é que vislumbra a possibilidade de outro rumo para suas vidas e, então, em seu silêncio, vê aquela vida desaparecer.

— O quê, Gwyn?

Ela se inclina em direção ao marido e passa a mão pelos cabelos dele.

— Nada — diz ela. — Apenas que eu amo você.

Ele fica em silêncio. Já faz um longo tempo desde que ela lhe dissera aquilo pela última vez, e algo transparece no rosto de Thomas. A princípio, Gwyn acha que é culpa. Mas parece ser algo além disso, algo como arrependimento. Porque aquelas palavras — *Eu amo você* — concentram poder em sua ausência. Quase como o sexo: você se esquece do seu poder quando o tem prontamente disponível, mas, quando está em falta por um tempo, acaba por tornar-se algo novo e ganhar sentido novamente.

Então, ele se aproxima dela. Aproxima-se intencionalmente, porque de fato deseja fazê-lo, e, com apenas um movimento, empurra-a para o interior daquele recanto da varanda, onde alguém pode vê-los somente se olhar com muita atenção, alguém que esteja ao norte da casa e a alguma distância, mas que esteja realmente se esforçando para enxergar. Do ângulo certo, no momento certo: Gwyn comprimida contra a parede, Thomas bloqueando sua passagem, bloqueando-a.

— Eu também amo você — diz ele em voz bem baixa.

Então, seus braços envolvem as costas dela, e ele levanta o vestido por trás; seu rosto está colado ao dela, os olhos abertos; eles não se beijam enquanto Gwyn abre o short dele e o puxa inteiramente para baixo, deixando-o vulnerável, descoberto, desde o princípio o forçando a agir depressa, como se pudessem ser flagrados, e *podem* ser flagrados, pelos filhos, pelos convidados, um pelo outro.

Ele se projeta dentro dela. E o mundo para. Thomas para de se mover depressa, seus lábios encontram o pescoço dela, mordem-no, Gwyn força o corpo para baixo, pressiona com firmeza. Seus olhos estão fechados. Ela ainda segura o copo de limonada com força, mas demora a perceber que está fazendo isso. Assim que nota, ela o derruba no chão, e o vidro se estilhaça em milhares de cacos enquanto ela envolve as costas do marido, os seus ombros, e segura firme.

Maggie

Maggie anda na direção dele conforme segura o próprio ombro esquerdo com a mão direita, como que tentando se proteger. Dele? Do que está por vir? Ele está recostado na placa em que está escrito A Casa, os braços cruzados sobre o peito. Ele parece aborrecido — mais consternado do que propriamente irritado —, mas, ainda assim, Maggie percebe que ele pode estar tão furioso por ela ter ido até ali quanto ela está humilhada por ter sentido a necessidade de fazê-lo.

— Oi — diz ela.

— Oi. — Ele caminha em direção ao restaurante. — Isso serviu para alguma coisa? — pergunta.

— Sim. Nós nos sentamos, fizemos drinques maravilhosos e conversamos sobre os velhos tempos. Ela me mostrou o seu álbum de casamento. Muito adorável. — Ela aponta para onde deixara Ryan. — Você quer entrar e cumprimentá-la por alguns minutos? Tenho certeza de que ela ficará feliz em revê-lo.

— Você não devia ter vindo aqui — diz ele.

— Não me diga — diz ela e olha para trás dele, ao longe, sente o vento agitado e vê as nuvens cobrindo o que restara do sol. — Onde está o carro?

— Do outro lado da rua, próximo às dunas. Eu imaginei que você precisaria de uma fuga rápida.

— E?

— E decidi impedi-la.

Ela olha para Nate, encontra os olhos dele e tem de morder o lábio com força para manter a compostura. Porque agora é real. Ele está parado diante dela, eles estão parados na frente do restaurante, e ela não pode sequer voltar a não saber tudo o que já sabe. Ela não pode voltar àquele sentimento complacente que tinha de que tudo era simples entre eles, ou de apenas um jeito. Aquela ilusão, em toda a sua glória, termina naquele instante.

Voltando o olhar para a direção do restaurante, ela se dá conta de que há um assunto mais urgente. A verdadeira ajudante de cozinha substituta já deve ter se apresentado naquele momento, e Ryan ou Alisa, ou ambas, vão querer algumas respostas.

— Sabe, daqui a uns cinco segundos, alguém vai aparecer aqui para tentar descobrir quem eu realmente sou. Então, a não ser que você queira um reencontro bem menos agradável, é melhor irmos andando.

— Tudo bem.

Ele concorda, aponta na direção do mar, e eles começam a caminhar para lá. Ela não sabe ao certo para onde estão indo, mas o acompanha — mantém alguns passos de distância, mas o acompanha — até que eles cruzam a rua e descem um morro baixo, passando por casas pequenas que o pontilham ao longe e por uma placa verde que diz PRAIA PRIVATIVA.

E então lá está o Volvo — o mesmo em que Eve bateu naquela manhã —, num estacionamento pequeno, porém vazio. Em vez de entrar na caminhonete, Nate a ultrapassa e sobe as pedras, em direção à praia.

Maggie para sobre as pedras e fica ali.

— Eu não quero me sentar na praia, Nate. Não quero fingir que está tudo bem.

Ele vira para olhá-la, suas mãos dentro dos bolsos do suéter.

— E, se ficarmos parados aqui, tudo estará menos bem?

— Sim.

Nate concorda com a cabeça, mas ela pode ver que ele começa a perder parte da sua segurança, a ficar na defensiva.

— Então, ficaremos por aqui, se é o que você quer.

— Eu não quero *nada* disso — diz ela. — Você foi casado? Como isso é possível? Como é possível que você não tenha sentido a necessidade de mencionar isso pelos últimos dezoito meses?

— Não é tão simples assim — responde Nate.

— Também não é tão complicado assim.

Ele fica em silêncio, olhando para longe dela. Aquele é o seu pior pesadelo, aquele tipo de confronto, e isso quase a faz se sentir mal por ele. Se não estivesse se sentindo tão mal por si mesma, pararia com aquilo.

— Eu não sei o que você quer que eu diga, Maggie.

— Que tal que você lamenta?

— Eu lamento muito.

— Por não ter me contado ou por eu ter descoberto?

— Pelas duas coisas.

— Não é o suficiente — reage ela. E percebe, de repente, que nada será suficiente para melhorar a situação. — Tudo bem, vamos começar pelo mais simples, *Champ*. O que é verdade de tudo que você me contou? Porque aparentemente eu não sei nada sobre o seu passado. Não sei sobre o tipo de escola que você frequentou, sobre a situação financeira da sua família ou sobre o seu relacionamento mais importante antes de mim. Você não acha que qualquer uma dessas informações teria me mostrado algo sobre você?

— Não teriam.

— Não teriam?

Ele balança a cabeça.

— As informações importantes sobre mim são que eu saí daqui e fui para a faculdade, me mudei para a Califórnia e me apaixonei por você. Todo o resto antes disso é... prólogo.

Ela balança a cabeça, refletindo sobre a confusão da separação dos próprios pais, sobre ter de crescer sem mãe e tudo o mais que ela revelou a Nate durante várias noites, o quanto foi difícil reconhecer que aqueles acontecimentos diziam respeito a ela — a todas as partes dela que gostaria que fossem menos verdadeiras.

— Eu me sinto traída — diz ela.

— Por quê?

— Todo esse tempo e você nem sequer se abriu para mim. Tudo isso... é o que você é.

— Não, é o que eu fui.

— Não, é o que você é. É o que trouxe você até aqui. Ao dia de hoje. Você não me deu a chance de compreender que mesmo as suas partes desagradáveis, as partes mais confusas, são algo que eu posso aceitar.

— Você acredita nisso? Você pode tentar por um segundo compreender que talvez a minha decisão de deixar tudo isso para trás não tenha nada a ver com você? — A voz dele fica tensa, como se ele falhasse na tentativa de camuflá-la, de esconder sua raiva crescente, que, em vez de fazer Maggie recuar, enerva-a ainda mais. — Foi uma decisão que tomei bem antes de conhecer você, Maggie.

— Que decisão é essa? A de fingir que tudo está bem, mesmo quando não está? Você não conseguiu escutar a sua mãe dizer o que realmente está em jogo na festa de hoje à noite. Você não conseguiu me escutar pedir que fosse verdadeiro comigo sobre a sua infância aqui. Você acha que, se não falar sobre o assunto, pode simplesmente fingir que está tudo bem? Não está tudo bem. Nem conosco, nem com os seus pais, nem com qualquer parte do dia de hoje. E, se você for sincero consigo mesmo, terá de reconhecer isso.

— Isso o quê?

— Que eu tinha o direito de saber. Eu tinha o direito de saber que a pessoa com quem ia me casar já havia sido casada. Eu tinha o direito de saber por que as coisas não deram certo entre vocês. Pelo amor de Deus, isso, por acaso, não faz sentido? Eu tinha o direito de saber mais sobre você do que um estranho pode saber.

— Você sabe.

Eu sei? Ela não sabe se aquilo é verdade. Ela não sabe em que acreditar. No fim das contas, como é que você conhece as pessoas de verdade? Importa se elas deixaram de ser quem eram? Importa se elas jamais se tornarão quem você acreditava que fossem?

Ela começa a sair dali, a caminhar de volta para o carro. Não consegue pensar a respeito daquilo naquele instante, não consegue pensar sem antes se afastar dele. Precisa de um tempo sem olhar para ele e sem deixar que seus sentimentos obscureçam as lembranças que precisa conservar naquele momento.

— Eu não acho que tenha me amado de verdade algum dia.

Ela dá a volta, porque sente a raiva extinguir-se nele e sente algo bem pior surgir por trás da raiva.

— Como?

— Nós nos conhecemos, e tudo aconteceu muito depressa. Dois meses antes de eu terminar a escola nos conhecemos e estávamos casados seis semanas depois. Eu nunca tinha conhecido alguém como ela. Tão segura de si, tão corajosa para tudo. Ela sempre soube o que queria. Ela sabia exatamente o que sentia em relação a tudo o que lhe aparecesse no caminho. — Ele fez uma pausa. — É uma razão perigosa para se amar alguém.

— O quê?

— Porque você quer ser a outra pessoa.

Ela está quieta enquanto o olha. Pode ver nos olhos dele como foi difícil dizer aquilo... para ela, para si mesmo. Ela sabe que a última coisa que Nate deseja naquele instante é continuar aquilo.

— E tenho certeza de que ela diria que me amou. Mas não posso deixar de pensar que ela entrou nisso porque eu podia ajudá-la. Ela precisava de ajuda para montar o restaurante, para montar a vida do jeito que queria. E, quando não precisou mais dessa ajuda, não precisou mais de mim. E eu não estou falando apenas de apoio financeiro ou algo do tipo. Estou falando que ela precisava de um público e que eu não poderia ter cumprido melhor meu papel. Estou falando de quanto tempo eu levei para acreditar, depois dela, que alguém poderia desejar somente a mim.

— Então, é isso? — O coração de Maggie dispara e tudo de bom que ele disse se perde por trás do que ela receia haver compreendido naquele instante, do que teme então saber. — Foi por isso que você me escolheu?

— Do que você está falando?

— Eu sou o oposto. — Ela anda na direção de A Casa. — Ryan, sua vida pregressa, o restaurante. Tudo parece absolutamente diferente, dá para sentir que é. Você mesmo disse, e eu vi isso com meus próprios olhos. Ela não poderia ser mais diferente de mim... A aparência dela, o jeito dela. E, agora, eu não sei se você realmente escolheu a mim ou apenas o oposto do que não deu certo antes.

— Eu escolho você.

Mas ela já não está ouvindo. Ela nem sequer está certa, naquele momento, se é capaz de ouvir. Aparentemente, porém, ela é capaz de chorar. Porque está chorando. Está chorando mais do que se lembra de já ter chorado na vida. Não pode mais se conter. E, o que é ainda pior, ela não pode conter as palavras que diz em seguida, mesmo temendo que isso vá mudar tudo depois que ambos escutarem.

— E o pior de tudo é que assumir compromisso sempre foi tão difícil para mim. Você sabe disso. Você sabe que eu fugi de todo mundo minha vida inteira. Mas, quando conheci você, pensei, ei, talvez eu não seja, *afinal de contas*, o problema. Eu apenas precisava conhecer a pessoa certa. Então eu conseguiria relaxar num mesmo lugar, ser uma boa companheira, uma boa amiga e ser feliz. — Ela faz uma pausa e se força a engolir o choro. — Só que agora acho que a nossa relação é o exemplo mais claro que posso dar a mim mesma de que eu ainda não posso lidar com compromisso, de que, em algum lugar aqui dentro de mim, eu ainda não quero companheirismo de verdade.

— Por quê?

— Porque não havia riscos reais com você — diz ela. — Você daria um jeito de fugir primeiro.

— Eu estou aqui.

— Aí é que está, Nate. Por que eu tenho que explicar isso a você? Se você não foi honesto comigo, então você nunca esteve aqui de fato — diz ela.

Maggie começa a deixá-lo ali parado, mas o som da voz dele a interrompe.

— Então agora você conseguiu, Maggie. Sua saída.

— Você acha que eu estava procurando por uma? — pergunta ela.

— Você acha que não vai usá-la? — diz ele.

Ele permanece em silêncio e, no silêncio, ela não tem outra escolha que não seja sentir, por trás da dor e da tristeza, um relaxamento no peito, uma rápida liberação, algo como alívio. Ela pode ir agora.

Olha de novo para o restaurante. Seu olhar segue a linha do horizonte a norte e a leste, em direção a Montauk Point, em direção às ribanceiras e falésias, que, através da névoa, ela mal pode ver. Segue a linha do horizonte até enxergá-lo. O contorno da casa. Sua carteira está lá, seus pertences, tudo o que pode tirá-la daquela situação e daquele lugar.

E começa a caminhar nessa direção.

parte três *a festa de divórcio*

Gwyn

Se o fim faz com que você reflita sobre o início, então talvez isso explique por que Gwyn está parada debaixo do chuveiro pensando no dia de seu casamento. Dia 23 de setembro de 1972: nenhum álbum de fotografias como lembrança, nenhum anúncio no *The New York Times*. Eles abdicaram de um grande casamento e de toda comoção requerida. Em parte porque Gwyn não ligava para tudo isso e em parte porque ela achava que isso pudesse trazer azar. Fazer um espetáculo tão grande daquilo que ela se sentia tão abençoada por ter encontrado.

Eles receberam apenas poucas pessoas na cerimônia: os pais dela, os pais de Thomas, suas irmãs. Todos eles de pé no alto do precipício lá fora. Observando o mar à sua frente. Ela passou a manhã se arrumando e, por fim, desceu para o jardim. Usava um vestido de algodão amarelo comprado por sessenta e cinco dólares na cidade. Thomas vestia uma calça de linho, uma camisa social branca folgada no corpo, e tinha os pés descalços. O pai dela casou os dois e disse "Deus" apenas uma vez, ao fim. Essa foi a concessão que fizeram a ele. A concessão que ele fez ao casal foi que a cerimônia toda durou quinze minutos. Eles saíram, então, para uma longa caminhada à beira da praia e pararam no caminho de volta num restaurante de frutos do mar às margens da estrada Velha Montauk, para comer *cheeseburgers*. Uma refeição de casamento composta de *cheeseburgers*, batatas fritas apimentadas, Coca-Cola e biscoitos de chocolate.

Gwyn sai do chuveiro e começa a se secar. Abre a janela de vitrais e coloca a mão para fora. O ar está úmido. Vai chover. Vai chover e, levando em conta as estranhas cores do céu naquele instante, a chuva será pior do que previra o locutor de rádio. Ela ainda pode de última hora decidir trazer a festa para dentro de casa, mas não quer fazê-lo. Mesmo que a alternativa seja o celeiro desabar. Mesmo que o teto caia sobre as cabeças de todos. Algo a impede de mudar a festa para dentro, algo em que não pode interferir. Não importa, de qualquer modo. Ela não precisa de uma razão. Se alguém notar a umidade ou sentir algum desconforto, pode ir embora. Aquela noite é dela e somente dela. E Gwyn agirá como se isso fosse verdade. Continuará repetindo isso a si mesma, até que acredite.

Quando começa a caminhar de volta para o quarto, escuta alguém lá e pensa que pode ser Thomas. Havia muito tempo, eles tinham criado o ritual de se deitarem sobre a cama juntos, inteiramente vestidos, antes de ir a alguma festa, ainda que fosse em sua própria casa. Aquele foi, para Gwyn, um dos primeiros sinais, no ano que passou, de que ela estava perdendo Thomas, de que estava realmente perdendo seu marido para sempre. Ele ainda a acompanhava para jantares, casamentos e outras obrigações sociais, mas não mais aparecia no quarto para compartilhar aquele momento com ela antes, não dividia aquele instante de conversas íntimas sobre o travesseiro que era a parte favorita de Gwyn em qualquer saída à noite. Se tivesse que adivinhar, diria que Thomas parou de curtir aquela forma que eles sempre tiveram de lembrar um ao outro que é para aquilo que voltariam ao fim de qualquer evento social. Voltariam um para o outro. E que ele parou de colocar isso em primeiro lugar.

Então, quando ela escuta um barulho no quarto naquele instante, quando escuta alguém se movendo por lá, o batimento de seu coração acelera involuntariamente.

Mas não é Thomas. É Georgia. É Georgia, que se equilibra numa das colunas da cama enquanto tenta, sem muito sucesso, alcançar as próprias costas para fechar o vestido. Trata-se de um modelo frente única com estampa floral extremamente apertado cujo zíper é empurrado para baixo pelas costas.

Georgia não se vira, mas, enquanto continua tentando fechá-lo, pressente a presença de Gwyn, pois começa a falar.

— Cabia semana passada e agora está muito apertado — diz ela. — *Sete míseros dias*. As coisas não deveriam mudar tão rápido.

Gwyn vai até a filha.

— Nós vamos fazer caber — afirma ela.

— Como, mãe? Como vamos fazer isso?

Gwyn se senta na beira da cama, aperta a toalha no corpo, por sobre os seios, e Georgia se coloca em sua frente para que a mãe possa ter uma visão clara do zíper e do tecido preso nele.

— Eu não consigo entender o que está acontecendo — diz Georgia. — As pessoas têm que aprender a mentir melhor por aqui. Ou, pelo menos, avisar a quem sabe a verdade o que é que não se deve deixar escapar.

— O que seu pai contou a você? — pergunta Gwyn.

Seu rosto enrubesce ao pensar que Georgia pode ter passado por ela e por Thomas na varanda.

— Meu pai? — Georgia se vira e a encara. — Estou falando do seu filho. Do seu filho e da noiva dele. Estou falando de uma sucessão de acontecimentos horríveis que acabei de presenciar. Ele não contou a Maggie sobre a Ryan. Você sabia disso?

— Sim, ele me contou.

— Bem, alguém deveria ter me contado!

Gwyn pousa a mão sobre a parte mais baixa das costas da filha e começa a puxar o zíper para cima, movendo-o lentamente, a princípio, acomodando o tecido, tentando não pensar no que Georgia dirá a seguir.

— Nós acabamos de voltar d'A Casa.

— Do restaurante da Ryan?

— Do restaurante da Ryan, sim. Maggie iria com ou sem mim, então julguei que seria melhor que fosse comigo. E, quando nós chegamos lá e ela entrou, eu liguei para o Nate. Foi o melhor que pude fazer. — Ela faz uma pausa. — Eles já voltaram. Eu escutei que eles voltaram e corri para cá. Corri para cá com o vestido fechado pela metade e agora toda a situação está emperrada.

Gwyn tenta imaginar o que as duas jovens disseram uma para a outra, o que Nate e Maggie estão dizendo um para o outro naquele momento, se de alguma forma cada parte da equação pode ser resolvida no final. Ela ergue o olhar para a filha.

— Ele deveria ter contado a ela. Deveria ter contado muito antes. Você não pode absorver essa culpa. Foi bom que tudo tenha sido revelado. Não foi sua culpa.

— Não. Foi sua.

— Minha?

— Tudo de ruim está acontecendo hoje. Essa festa de divórcio está fazendo tudo de ruim aparecer.

— A festa de divórcio? Como ela pode ser responsável por tudo?

— Está criando uma atmosfera negativa. — Ela começa a chorar intensa e terrivelmente, e senta-se, exausta, no colo da mãe. — Eu não consigo falar com Denis.

— Isso é óbvio. — E Gwyn envolve a filha com os braços.

Georgia balança a cabeça e esfrega os olhos.

— Tudo tem sido um pouco mais difícil desde que ele foi para longe, mas estar aqui está acabando comigo. Eu tenho me perguntado se estou certa em pensar que estamos felizes ou se ele vai me ligar a qualquer momento para dizer que vai ficar em Nebraska com uma garota esnobe e secretamente infeliz que curte música *pós-hipster*, tem cabelos cortados de forma assimétrica e se mudou para Omaha porque o litoral sudeste fechou todos os bons espaços musicais para dar lugar a condomínios azuis — diz ela. — E isso é ridículo, *sim*, mas ela também é.

— Do que está falando?

Georgia pende a cabeça.

— Não sei ao certo.

Gwyn acaricia as costas da filha e, então, faz com que fique de novo de pé à sua frente e aproveita para voltar às tentativas de fechar o zíper.

— Georgia — diz ela —, escute por um segundo. Você está se precipitando. Se não consegue falar com Denis, então talvez ele já esteja dentro de um avião. Você pensou nisso?

— É claro, mas até parece que você quer que esse seja o motivo. Até parece que você não acha que eu estaria melhor sem ele.

— Eu nunca disse isso.

— Você não precisou dizer.

Gwyn reflete sobre o assunto e não quer que seja verdade. Se for, significa que ela falhou naquilo que mais quisera acertar: ela queria ter sido uma mãe diferente de como foram seus próprios pais. Queria ser capaz de desejar para seus filhos apenas o que eles mesmos desejavam para si, ainda que ela não concordasse, ainda que não esperasse isso ou aquilo. Ela acreditava ter triunfado nesse quesito a maior parte das vezes, mas talvez estivesse errada. Estava errada se não conseguira convencê-los de que podem sempre contar com ela para tudo, não importa o que aconteça.

— O problema é que você pensa que nós somos como você e papai — diz Georgia. — Mas não somos.

— Do que está falando?

Georgia faz uma pausa.

— Você acha que eu o amo mais.

Gwyn não consegue ver o rosto de Georgia, mas, se conseguisse, sabe que veria seus olhos brilhando. Tristes. E magoados. Talvez Gwyn devesse se sentir ofendida, mas tudo o que consegue pensar é: como se evita chegar àquela situação? Como se tira uma filha desse estado de tristeza? Se a tristeza é algo que Gwyn transmitiu, ela quer tomá-la de volta, tomar tudo de volta e suportar o fardo sozinha. Fazer escolhas diferentes, ser mais corajosa, fazer o que for preciso para que sua filha acredite que merece ter tudo de que necessita, em vez de só tentar descobrir a melhor maneira de desistir e aceitar.

Gwyn afasta seus cabelos negros e molhados de cima de seu pescoço, aguarda um minuto para voltar a falar, aguarda na esperança de que um intervalo de tempo pode contribuir para que sua filha a escute e para que Gwyn escute a si mesma. Mas não tem ideia do que dizer. O que ela sabe, naquele momento, que pode lhes restituir a esperança? Que não seria assustador dito em voz alta?

— Você sabia que foi concebida num show de Peter Seeger?

Georgia parece enojada.

— Hã, não. E, mais importante do que isso, essa frase não deve *jamais* ser repetida.

— Como foi que nunca lhe contei isso?

— *Eu nunca perguntei.*

— Bem, é verdade. A noite começou tão maravilhosa. Nós fomos assisti-lo no norte de Nova York. Não consigo lembrar o nome do lugar, mas era próximo a Beacon, e a noite estava incrível. Estrelada, linda. Exceto pelo fato de que eu e seu pai começamos a brigar por algum motivo. Alguma bobagem. E eu fui correndo para o carro, chorando. Acho que eu ainda tinha tanto medo de que as brigas acabassem com o nosso relacionamento que, quando ele voltou para o carro, eu meio que o ataquei.

— Meu Deus! — Georgia cobre os ouvidos com as mãos. — O que eu fiz para merecer escutar isso? E qual é o seu propósito?

Gwyn puxa as mãos da filha para baixo e volta a trabalhar no zíper emperrado.

— A questão — diz ela — é que meus pais nunca me contaram nada. Tudo sempre foi encoberto, escondido. E eu sempre prometi a mim mesma que seria diferente quando tivesse a minha própria família. Que eu contaria tudo para vocês. Mesmo os mínimos detalhes, como o show. Porque eles poderiam dizer algo sobre vocês mesmos. Como, talvez, que essa seja a razão para você gostar tanto de música.

— Eu duvido muito.

— Ainda assim. Acho que não fiz um bom trabalho nesse aspecto. Em ser aberta com os meus filhos... — Ela vira Georgia para o lado, e o zíper afrouxa um pouco. — Se eu tivesse feito, você e Nate seriam melhores nisso, seriam mais sinceros consigo mesmos... Acho que, quando você está aqui, você volta a pensar que tudo deve ser de um certo modo. Se tudo parece ser desse modo, você está segura. Se não, você está perdida.

— Não é o que você pensa?

Gwyn ergue os olhos para a filha e faz com que ela lhe devolva o olhar.

— O que eu acho é que não existe um jeito certo ou um jeito errado. E, quanto mais cedo abandonarmos nossas expectativas sobre como tudo deveria ser, mais felizes seremos.

Georgia sorri e coloca a mão sobre a cabeça da mãe.

— Uau.

— O quê?

— Isso soa terrivelmente budista da sua parte, mãe.

— Faça-me o favor... — E Gwyn balança a cabeça, desviando o olhar.

— Não, é sério — diz Georgia, sorrindo largamente naquele instante. — Papai ficaria impressionado. Você está ficando mais sábia do que ele nesse negócio. Talvez tenhamos uma dupla conversão por aqui. Isso não seria ótimo? Aí não haveria razão para vocês se divorciarem.

— Está bem, já chega — diz ela. — Ajude-me com isso.

E Georgia se contrai tanto quanto sua gravidez permite, ergue os ombros na linha das costas e encolhe a barriga tanto quanto possível.

E Gwyn consegue fechar o vestido, finalmente. Ela puxa uma vez, e mais uma, e consegue subir o zíper até o fim.

— Lá vamos nós.

Georgia puxa o vestido apertado por sobre as pernas e vai olhar sua imagem no espelho agora que está pronta.

— Nada mal? — pergunta Gwyn.

— Nada mal.

E é nesse instante que Thomas entra.

Ele já está em seu terno. A gravata ainda está desfeita, mas ele já está vestido. Ele olha alternadamente para Gwyn e Georgia.

— Ah, desculpem-me — diz ele. — Não queria interromper. Estava procurando por você.

Ele dirige-se a Gwyn, e ela sabe disso; sabe pelo modo suave com que ele diz aquilo. Ele veio passar aquele momento sobre a cama com ela, como se isso fosse algo que eles ainda soubessem fazer. Georgia, porém, ainda está diante do espelho. E nenhum dos dois quer lhe pedir que saia.

Os olhos de Thomas encontram os de Gwyn e apontam, sem perceber, para a porta.

— Bem, eu vejo você lá embaixo — diz ele.

Gwyn concorda com a cabeça, da beira da cama, e sorri para ele.

— Vejo você lá embaixo — responde ela.

E, logo antes de sair, ele sorri para ela, sorri para a esposa enrolada na toalha.

— Você está linda — diz sem emitir qualquer som.

— Obrigada — responde ela, também sem voz.

E então ela vê o marido ir embora.

Maggie

Ela trouxe consigo apenas uma pequena mala, que ainda nem desfizera. Naquele instante, a pega e vê seu traje para aquela noite, que está dobrado em cima do resto: uma camisa sem manga cor de marfim, uma saia verde na altura dos joelhos e seus brincos de pérolas de água doce dentro de uma caixinha de metal. Nate comprou para ela em Berkeley no ano passado. Os brincos. Ela comentara que os vira numa loja — brincos que eram bonitos, mas muito caros —, e ele foi até lá na esperança de surpreendê-la com o presente. Só que ou ela os descreveu muito mal ou ele escutou tudo errado, porque chegou com aqueles brincos, em vez dos que ela vira: brincos pendurados, com opalas-negras entre as pérolas. Mas ela ama os brincos, ama ainda mais do que aqueles que ela mesma notara, e não somente porque toda vez que os coloca se lembra de que Nate foi até a loja por ela, de que tentou agradá-la de um modo que ela não soubera agradar a si mesma. Por essa razão, contudo, não há nenhuma outra, Maggie retira os brincos de sua mala, do estojo em que estavam, e os deixa sobre a cômoda, atrás da caneca laranja de um time de futebol americano, onde ele não os encontrará.

Então, ela desce pela escada dos fundos. Nate ainda está no banho. Por que ela tem que fugir sorrateiramente dali, como uma criminosa? Por que deve ser ela a fugir? Foi Nate quem criou aquela situação. Ainda assim, isso não a faz sentir-se melhor, pois partilha com ele a culpa, já que é ela quem o está abandonando. Então, que bem lhe faz essa culpa? Faz apenas com que se lembre de que parece não haver outra saída.

E Maggie mal pode suportar imaginá-lo saindo do chuveiro com a toalha enrolada na cintura, acreditando que vai encontrá-la sentada na cama, onde ele a deixara. Esperando para conversar. Desejando tentar de novo e chegar a um consenso. No lugar dela, haverá um recado, dizendo que ela não consegue encarar a situação. Pelo menos, não naquela noite. Talvez se sinta mais preparada para lidar com tudo aquilo no Brooklyn. Em sua casa, em Red Hook. Talvez.

Naquele momento, ela só precisa ir embora. Sente isso nitidamente. No fim da escada, porém, ela para em frente a uma pequena janela e olha para fora. Dali pode ver o celeiro iluminado e radiante, como uma lâmpada gigantesca. Balões brancos e lírios-d'água por todos os cantos. Montes de gravetos em vasos de um metro e oitenta de altura. Vasos de centro de mesa decorados com limões. A única cor, a única variação.

As pessoas já começam a chegar. Elas parecem versões hollywoodianas de si mesmas: as mulheres em vestidos sofisticados, e os homens em casacos de couro perfeitos. Como se houvesse realmente algo a se celebrar. Todos segurando seus uísques escoceses ou seus champanhes.

Maggie sai da casa, fechando a porta em silêncio. Está caindo uma garoa lenta e pesada. O céu está escuro, prometendo que há mais para aquela noite. Maggie está em parte decidida a descer até a cidade de qualquer jeito, mas não conhece aquelas estradas particularmente bem. Será que consegue lembrar como chegaram lá? Pensa que sim. Direita, esquerda, direita, direita. É só fazer o caminho inverso. Acha que consegue se virar. Ainda assim, a última coisa que Maggie quer é se perder e ter que voltar, voltar a qualquer lugar próximo dali. Ela quer estar dentro do ônibus branco e verde, em direção a Nova York, a Red Hook e ao bar do bairro, o Sunny's. Quando todos perguntarem onde está Nate, ela dirá que ele está na casa dos pais. Beberá um copo de uísque Maker's Mark por ele. E conseguirá fingir que está tudo bem.

Enquanto caminha pela estradinha particular, ela nota pelo canto dos olhos a casa ao lado, em estilo vitoriano, como Hunt Hall. Mas ligeiramente menor. A casa dos Buckley. Do lado de fora da porta de tela da cozinha, um feixe de luz ilumina alguém que fuma um cigarro, alguém que Maggie reconhece.

Eve, a moça do bufê.

Ela está de pé debaixo do toldo. A fumaça sobe e encontra o foco de luz acima, fazendo com que Eve pareça embaçada, iluminada por trás, em suas tranças baixas, em sua jaqueta vermelha de *chef* e seus tênis de cano alto.

Ao se aproximar dela, Maggie pode ver em que estado de desordem Eve está: a jaqueta está manchada e suada, o cabelo escapa do elástico apertado. Ela está recostada contra a tela da porta e não percebe Maggie até que esta pare em sua frente e seus olhos se arregalam pela surpresa.

— É você — diz Eve, abrindo um largo sorriso.

— Sou eu.

Ao estender a mão, Maggie reflete sobre o gesto que ela descobriu que pode parecer estranho, mesmo sob as melhores circunstâncias, entre mulheres, mas que se torna ainda mais desagradável naquele momento, uma vez que Eve precisa colocar o cigarro na boca e segurá-lo ali para apertar a mão oferecida.

— Desculpe-me — diz Maggie.

— Não, não, não se desculpe. — Eve encolhe os ombros. E depois encolhe os ombros novamente, por precaução. — É bom revê-la.

— Desculpe por interromper seu único momento de descanso.

— Estou tendo muito mais do que só um — diz Eve.

— Como?

— Nada. — Eve balança a cabeça e retira o maço de cigarros do bolso, abrindo-o para oferecer a Maggie. — Quer um?

— Quero, mas não vou aceitar.

Eve concorda com a cabeça, fecha o maço e alterna o olhar entre ele e Maggie.

— Bem, você poderia ficar com eles, pelo menos? — pede ela, estendendo o maço. — Ou eu vou acabar fumando todos. Esta noite está se tornando uma noite daquelas, e isso nunca é bom para ninguém.

— A noite ou o cigarro?

— Ambos — diz Eve.

Maggie sorri e coloca os cigarros no bolso de trás, enquanto observa o interior da cozinha atrás de Eve. Há vários funcionários lá dentro, organizando a comida em bandejas ou apenas esperando por ali.

— Você está organizando tudo?

— Pode-se dizer que sim — diz ela, dando uma espiada por trás de si. Então, Eve olha para Maggie, que percebe que a outra está observando sua saia jeans desfiada e sua regata branca, e tentando compreender o que está havendo. — Você não deveria estar se arrumando?

— Sim — responde Maggie.

Ela não pode entrar em maiores detalhes. Imagina que Eve vai ficar sabendo o resto, ou talvez não. De qualquer modo, aquilo é tudo que consegue revelar naquele momento. E Eve parece compreender o que ela não diz e concorda com a cabeça em resposta, lentamente a princípio, depois mais depressa. E não lhe pergunta mais do que aquilo. Não por enquanto.

Eve gesticula na direção da cozinha.

— Quer entrar?

— Não, preciso ir — responde Maggie. — Na verdade, eu esperava só que você talvez tivesse uma lanterna.

— Uma lanterna? Você vai andando até a cidade ou algo do tipo?

Maggie faz que sim com a cabeça.

— Esse é o plano.

— Não é um bom plano. Vai começar a chover muito, e esses morros são perigosos em dias de chuva. Você não faz ideia de como é quando há tempestades por aqui. Você pode acabar ilhada em algum lugar.

— O que você sugere?

— Tyler pode levá-la. Lembra-se de Tyler, que estava na van essa manhã? Ele foi até Watermill para mim, mas estará de volta em alguns minutos e posso pedir que leve você a qualquer lugar.

— Eu só quero pegar um ônibus.

— Sem problemas. Você pode se esconder por aqui até lá.

— Quem disse que estou me escondendo? — pergunta Maggie, talvez de forma exageradamente defensiva.

Eve apenas sorri.

— Venha e me ajude um pouco aqui dentro. Estou na sala de jantar, preparando algumas bandejas de aspargos enrolados em *prosciutto*. Você pode me ajudar a montar as peças.

— Não sou muito boa em montar.

— É só presunto com aspargos — diz ela. — Não estou me importando muito com isso.

Ela abre a porta e dá passagem para Maggie entrar.

— Tudo bem, então — aceita Maggie.

Ela passa a mala para o outro ombro ao entrar na cozinha: o teto fica a três metros e meio de altura, a tubulação é visível no topo e há um belo forno de aço inoxidável tão sofisticado quanto o de qualquer restaurante do país. E plantas por toda parte.

Onde Nate estudava.

Incrível.

Dois garçons de Eve estão cuidando de algo no fogão, outro está ao console, dando os últimos retoques numa bandeja de bolinhos de siri, e Eve não diz nada ao passar por eles e atravessar uma porta vai e vem até a sala de jantar, que se revela uma estranha combinação de mobília vermelha inspirada no estilo zen e bonecas escocesas atrás do vidro de um pesado armário.

Eve faz um movimento com a cabeça em direção ao armário, enquanto se senta à comprida mesa de jantar e prepara-se para o trabalho que a aguarda.

— Dizem que as bonecas valem mais de dois milhões de dólares — comenta ela.

— Cada uma? — pergunta Maggie.

— Cara, eu espero que não.

Maggie solta sua mala e olha dentro do armário de vidro. Foi isso o que Nate observou durante seu ensino médio? Ela percebe no reflexo do vidro uma fotografia de Murph ao lado da lareira. A menina parece jovem, entre 16 e 17 anos, e está rodeada por um monte de outros adolescentes. E, no canto da foto, está Nate. De calça jeans e um boné do time de beisebol *Mets*. Parece quase exatamente o mesmo. Ela não sabe se isso é bom ou ruim.

Maggie escolhe um assento na diagonal de Eve, há uma bandeja de prata com carnes e vegetais entre as duas. Num modo propositadamente exagerado, Eve pega, cautelosa, um talo de aspargos, um pequeno pedaço de presunto e os amarra antes de depositá-los sobre a bandeja.

— Acha que aprendeu? — diz ela.

— Talvez tenha que me mostrar de novo.

Eve acha graça, e as duas começam a montar os aperitivos, trabalhando em silêncio a princípio, Maggie checando o relógio num dos cantos do cômodo a cada trinta segundos, como se pudesse apressá-lo, como se pudesse adiantar a chegada de Tyler. E a sua partida. Seu embarque no ônibus de volta para casa. Logo, porém, sua atenção se dispersa na tarefa, na repetição fácil da montagem, que a ajuda a limpar a mente.

— Você convence bem, hein — elogia Eve depois de um tempo, enquanto aponta para o resultado do trabalho de Maggie. — Na verdade, é muito boa nisso. Gosto do modo como você os prepara...

— Eu não me empolgaria tanto assim — fala Maggie.

— Não, é sério. A aparência está muito boa. Você leva jeito. Pretende ajudar o Nate a preparar a comida para a pré-inauguração do restaurante?

— Só se ele me obrigar — responde.

Mas morde o lábio inferior ao pensar nisso. Pensa em como se tornara um hábito, em São Francisco, ajudá-lo a preparar a comida para a noite: Nate colocava o disco do velho Van Morrison na vitrola, e os dois se sentavam em silêncio, trabalhando juntos.

Ocorre-lhe, então, um pensamento.

— Como você sabia disso? Que vamos abrir um restaurante?

Eve hesita um pouco e pega mais vegetais.

— Ah, Gwyn deve ter me contado. — Então, como se pensasse melhor no assunto, ela balança a cabeça e diz: — Quer saber? Isso não é verdade. Foi o pai de Nate quem me contou.

— Ah, então você conheceu Thomas?

— Sim — afirma Eve. — Eu conheci Thomas.

Maggie mantém os olhos na pilha de aspargos e pensa em Thomas e em como olhar para ele mais cedo a fizera sentir como se estivesse olhando para o seu próprio futuro. Naquela manhã, ela pensou que compreendia como seria o seu futuro. Estava apaixonada. Como tudo pode mudar em apenas algumas horas? Talvez essa seja exatamente a única forma como as coisas mudam. Quando você finalmente acredita que algo é estável e que nunca vai mudar.

— É duro, não é mesmo? — diz Eve.

— O quê?

— Perceber que você está numa situação em que nunca pensou que estaria. Ou talvez a exata situação que você tinha previsto, mas que estava tentando evitar.

Seus olhos encontram os de Eve. Maggie se pergunta o que a outra julga saber. O que as pessoas podem perceber do relacionamento dos dois só de olhar para ela e para Nate?

Eve encolhe os ombros.

— Só um palpite — diz ela.

— Baseado em quê?

— Toda vergonha tende a ter a mesma aparência.

Maggie olha para ela, olha para ela profundamente, e então começa a falar:

— Hoje eu descobri que a família do Nate tem um monte de dinheiro de que ele nunca tinha me falado. E essa foi a notícia boa.

— Qual foi a ruim?

— Ele já foi casado. Foi casado com uma mulher que ele nunca sequer se preocupou em mencionar. E ela é uma mulher incrivelmente sexy e durona, com braços perfeitos, que eu fui conhecer pessoalmente, porque, você sabe, eu não estava me sentindo mal o bastante ainda.

Eve balança a cabeça.

— Uau. Um dia bem ruim.

— Não foi dos melhores, mesmo.

Eve solta um pedaço de *prosciutto* e volta o olhar para Maggie:

— Como você descobriu tudo isso?

Maggie resgata as lembranças daquela manhã, como tudo começou: ela deu de cara com os documentos que registravam o nome de Nate como Champ. Deu de cara com o que foi o princípio de uma história muito diferente da que pensara conhecer sobre a pessoa mais importante da sua vida, sobre a pessoa que julgara conhecer melhor do que qualquer outra.

— Eu pude ver que Nate estava tentando me contar, mas não parecia conseguir. Não parecia conseguir... confiar em mim.

Em resposta, Eve permanece quieta. Tão quieta que Maggie não pode evitar imaginar o que ela está pensando. Talvez seja algo totalmente diferente. Talvez seu pensamento tenha se desviado para as suas responsabilidades, para a festa e para a necessidade de que tudo saia conforme o planejado.

Então, ela começa a falar:

— Eu sei que devem parecer muito grandes agora. As mentiras que ele contou. Tudo o que ele escolheu omitir. Mas acho que não é tão simples assim.

— O que quer dizer?

Eve dá de ombros.

— Bem, há dois jeitos de encarar isso. O primeiro é que Nate mentiu para você sobre tudo o que determinou quem ele é e como ele cresceu e o que importa de verdade para ele. A família, o dinheiro, o casamento. O primeiro casamento, eu quero dizer. Com essa outra mulher. — Ela pigarreia. — Mas a segunda opção é tentar interpretar isso de maneira diferente...

— Não tenho certeza se estou acompanhando o seu raciocínio.

— Como apenas uma mentira. Que é apenas com uma mentira que você está lidando. E Nate pode ter feito isso de forma desastrosa, mas é uma mentira comum, que dizemos a nós mesmos com frequência e às pessoas mais próximas a nós.

— Que mentira?

— A de que podemos recomeçar do zero.

Maggie encara Eve e se pergunta se a outra compreende a situação melhor ou pior do que ela própria.

— O quê? — pergunta Eve. — Por que está me olhando desse jeito?

— Estou só me perguntando se você acha que isso torna tudo aceitável. Quer dizer, essa recusa toda.

— Acho que eu apenas compreendo essa atitude. Todo mundo quer isso, não é mesmo? Uma chance de se renovar, de não ser a pessoa que fomos e preferíamos não ter sido. O problema é que quanto mais rápido se foge de algo, mais brutalmente isso nos atinge quando nos alcança de novo.

— Bem, o dia de hoje com certeza me atingiu brutalmente — comenta Maggie.

Eve concorda com a cabeça.

— E provavelmente foi ainda mais brutal para Nate.

A pulsação de Maggie começa a acelerar, por causa de algo como tristeza, como impossível compaixão. Não apenas por ela mesma, mas também por Nate. Porque, de súbito, compreende, cruel e desesperadamente, o quanto ele tem fugido. Ela se lembra de quando saiu de Asheville aos 17 anos, pensando que poderia se tornar outra pessoa. E talvez, em alguns aspectos, com um cenário novo e amigos novos, ela tenha se sentido nova. Exceto pelo fato de que, na realidade, ela ainda é a mesma. Com as mesmas preocupações sobre se fazer presente, se comprometer e se fixar. O mesmo desejo de tornar tudo claro quando nada está. A mesma necessidade de enxergar os detalhes em preto e branco ou evitá-los todos de uma vez.

— Olha, não estou tentando deixar você ainda mais irritada. Sei o que é vivenciar uma situação que não se quer revelar em voz alta. — continua Eve.

— Como o quê?

— Como eu estar apaixonada por alguém por quem não deveria estar. Como ser cúmplice, permitindo que ele abandone sua família para que nós possamos dar uma chance de verdade à nossa relação. Como o fato de eu o ter encorajado a fazer isso.

Maggie olha para Eve e tenta não julgá-la. Durante a faculdade, ela saía com um monitor que vivia com a namorada. Maggie não sabia que ele tinha uma namorada quando começaram a sair, mas não o deixou imediatamente assim que descobriu também. Na época, ela disse a si mesma que era responsabilidade dele colocar um fim na situação, assumir suas obrigações. Hoje, porém, ela sabe que nada é assim tão simples. Hoje ela acredita que nada deveria ser tão simples assim.

— Ele vai abandonar a esposa por você?

— Parece que sim. — Ela afasta a bandeja pronta de sua frente. — E o que vou fazer com ele depois?

Maggie ri, passando a mão pelos cabelos. Então, abre um sorriso breve para Eve e depois desvia o olhar.

— Eu acho que talvez haja outra pergunta que você deva se fazer — diz Eve.

— E qual é? — pergunta Maggie. — Se eu quero tentar?

Eve balança a cabeça.

— Se você tem certeza de que não quer.

Maggie fica em silêncio.

— O que estou dizendo é que essa pergunta um dia vai matar você, se não tiver certeza agora e der a si mesma a resposta errada.

Maggie não tem certeza de nada, e essa é a razão por que ela sorri para Eve e pede licença.

— Estou bastante certa de que preciso ir me lavar — diz ela. — Provavelmente deveria ter feito isso antes de ajudá-la com a comida. O banheiro é naquela direção?

— Vivendo e aprendendo — diz Eve, mostrando as palmas das mãos.

Então, aponta para trás, e Maggie se dirige para lá, em direção aos fundos da casa, à suíte máster, ao banheiro. Ao abrir a porta, contudo, lembra-se do que vai encontrar. O banheiro almofadado especial, a banheira especial. No entanto, o banheiro que se apresenta a ela é antigo e não tem nada particularmente interessante.

E não há estofamento na banheira. Nenhum que ela tenha notado. A banheira é branca, oval e muito pequena para comportar duas pessoas com o mínimo de conforto. Maggie entra lá, afunda-se, coloca os braços sobre os olhos e deixa as pernas penderem sobre as bordas. Tenta respirar fundo algumas vezes, concentrar-se, descobrir o que fazer a seguir.

Ela precisa decidir se responderá naquele instante a pergunta que toma conta da sua mente neste momento de sua vida: *O que acontece se eu ficar?*

É então que Tyler entra.

Ela não diz nada: apenas retira os braços de cima dos olhos e pisca. Ele olha por um instante para ela, que imagina a visão que está oferecendo: encolhida na banheira, de saia, seus pés em chinelos pendurados pelas laterais.

— Olá — cumprimenta ele.

— Oi.

— Então, eu vou levar você a algum lugar — pergunta ele, apontando para a direção da estradinha lá fora — ou você vai tomar um banho?

Gwyn

Talvez um casamento deva ser assim: o celeiro está fabuloso e abarrotado de pessoas, a música tocando, todos comem, riem e dançam. À luz de velas e lanternas, numa atmosfera onírica. Dá para escutar a chuva ao fundo e senti-la caindo sobre o telhado, mas quase não se percebe, a não ser pelo leve vento que se agita para cima e para dentro do celeiro, fazendo com que todos fiquem mais próximos.

Tudo isso faz com que Gwyn considere apropriada sua decisão de vestir branco. Um corpete feito à mão e uma saia de seda solta. Os cabelos presos atrás por um lírio. Quando ela usou amarelo no dia do seu casamento, sua irmã perguntou se ela não lamentava não aproveitar a chance de ser a única toda de branco. *Eu terei outra chance*, respondeu Gwyn. Ela quis dizer em uma festa ou outro evento. Não imaginou que seria em um evento para celebrar o fim do seu casamento.

A princípio, ninguém repara nela. Está parada na entrada do celeiro, com a chuva caindo logo atrás, fazendo todos entrarem rápido. A festa está linda daquele ângulo. Todos estão bebendo champanhe e conversando em pequenos círculos. Mesmo com esse tempo, todos compareceram. Se ela pudesse aproximar a imagem, prender microfones secretos nos seus convidados, acredita que eles não estariam falando sobre ela. Todo mundo se divorcia hoje em dia, não é mesmo? A metade do mundo, pelo menos. O que importa é que eles têm uma bela festa para ir numa noite não tão bela.

O olhar dela atravessa o celeiro e encontra Nate e Georgia perto do bar: a filha beberica a cerveja dele. Gwyn decide deixá-los em paz. Se a festa de divórcio faz com que os filhos a odeiem um pouco, mas se aproximem mais um do outro, então tudo bem, ela aceita. Se eles saírem de tudo isso mais unidos, mais seguros de que sempre terão um ao outro e de que essa é a sua relação familiar primordial, Gwyn se sentirá melhor. Ela ainda não está perto da morte, mas isso é algo que deseja ver resolvido antes de morrer. Que seus filhos se sintam sempre amados.

Enfim, ela localiza Thomas no centro do celeiro, usando o terno que ela escolheu e rindo com Daniel e Shannan Jordan, que vivem além da rodovia Dune, na baía. Eles também se divorciaram uns dez anos atrás, Shannan se mudou para Nova York e começou a sair com um bailarino. Naquele momento, Daniel e Shannan estão juntos de novo, permanentemente de novo. *Estou simplesmente muito cansada para não estar com Daniel*, disse Shannan a Gwyn quando ela se mudou de volta para Montauk. *E não acho que isso seja o oposto de amar.*

Thomas acena para ela, que retribui o aceno e aponta para as colunas de aço e depois para o tempo lá fora, para os relâmpagos que caem com mais frequência e para os trovões cada vez mais estrondosos: o celeiro começa a parecer muito com o centro de um alvo. Thomas, contudo, apenas dá de ombros, como que para dizer: *não vamos nos preocupar com isso.*

Ótimo. Se ele não quer se preocupar, eles não vão se preocupar. Que seja do jeito que ele prefere nessa última vez. O celeiro pode desabar ou não. Mas ele não poderá dizer que a esposa se preocupa demais. Gwyn quer que a última lembrança que ele guarde dela nessa noite seja a de que ela não se preocupou, não analisou demais, não aceitou o papel da estressada da relação. Ao menos uma vez, ela iria relaxar e aceitar o que viesse. A lembrança deverá ser a de que ela esteve disposta a respirar fundo e deixar que até mesmo o receio mais racional se extinguisse.

Um garçom se aproxima e oferece costeletas de cordeiro assado. Ela aceita, porque, afinal, o que mais pode fazer? Dá uma pequena mordida e olha à sua volta os outros garçons carregando bandejas com castanhas apimentadas e porções de frango grelhado, aperitivos de atum com grãos de soja, torradas tailandesas e tofu ao molho curry; vê como tudo logo desaparece nas palmas das mãos das pessoas assim que é oferecido.

Gwyn vê o pastor Richards com a esposa e decide ir até lá cumprimentá-los quando sente alguém cutucá-la nas costas e vira, encontrando Maxwell Scalfia, um médico de um metro e meio que trabalha com Thomas e é casado com Nicole, outra médica que é uns vinte e cinco centímetros mais alta do que ele. Gwyn o via quase diariamente quando ela e Thomas costumavam almoçar juntos. Segundas, quartas e muitas das sextas-feiras também.

— Como está levando tudo isso? — pergunta Maxwell, equilibrando-se nas pontas dos pés para beijá-la na bochecha.

— Bem, Maxwell, estamos bem. Obrigada por ter vindo. Estamos felizes em tê-lo conosco.

— Estamos felizes por estar aqui.

Ela sorri e se pergunta por quanto tempo deve permanecer ali antes de sair para fazer o que deseja. Ele será amigo do Thomas a partir daquela noite. E, no que depender dela, Thomas pode mais é ficar com ele para si.

Maxwell, porém, ainda está sorrindo para ela, mantendo contato visual e inclinando a taça de champanhe na sua direção, de forma que não lhe permite uma saída elegante.

— Estava agora há pouco comentando com Thomas que um amigo meu me disse uma vez que o sucesso de um casamento não depende de quanto ele dura, mas de como ele dura — profere ele. — Às vezes, é melhor ter dez ou vinte ou *trinta e cinco* bons anos juntos do que cinquenta anos razoáveis. Eu acredito nisso.

Ela concorda com a cabeça, embora saiba, logicamente, que ele não acredita no que está dizendo e que criou essa anedota somente para contá-la quando algum amigo estivesse nessa situação. Gwyn o conhece suficientemente bem para saber que não importa como o casamento dele seja de fato — e como alguém de fora do casamento poderia saber? —, Maxwell nunca o terminaria. Ele acredita que a permanência é o verdadeiro sucesso. E por que não deveria acreditar? Só acreditamos em algo diferente quando não temos escolha.

Um garçom passa com uma bandeja de taças de champanhe, e Gwyn pega uma delas pelo caminho.

— E, é claro — continua Max —, esse não é o melhor momento, mas eu apenas queria que você soubesse que Nicole e eu gostaríamos de comprá-la. Estamos dispostos a fazer uma oferta generosa se você considerasse o nosso interesse antes de colocá-la no mercado. Uma oferta tão generosa quanto for necessário.

— Do que está falando?

— Da casa.

— Da casa? Da minha casa?

Ela vira para olhar a casa do outro lado da porta, iluminada e fulgurante sob a chuva.

— Sim — diz ele —, sua casa. Huntington Hall.

Ela e Thomas tinham concordado em adiar aquela discussão até depois daquela noite. De algum modo, decidir o que seria feito da casa, desfazer-se dela de algum jeito, faria tudo parecer definitivo, se já não era. Poria um fim a tudo.

— É complicado... — diz Gwyn.

Ele a interrompe:

— Não, eu entendo. Só quero dizer que, quando vocês dois estiverem prontos, nós estaremos mais do que prontos. Minha filha Meredith acabou de ter gêmeos. E gostaríamos de reunir todos aqui nos verões. Será mais fácil se eles tiverem sua própria casa para ficar, porque o marido dela é tão babaca que nem tenta mais esconder que nos odeia. — Ele sorri. — É o preço que pagamos.

Gwyn sente o rosto corar. Ela imaginara que Thomas iria embora, que iria morar com Eve onde quer que fosse. E que ela acabaria indo embora também, que não desejaria continuar ali sem ele. Não tinha considerado ainda, porém, a possibilidade de a casa não ser mais... deles. Manter Hunt Hall e deixá-la vazia? Isso não é errado também? E, embora pudesse se tornar herança para os filhos, Gwyn sabe, assim que o pensamento lhe ocorre, que não deseja fazer isso. Thomas também não vai querer. No passado, a casa sempre pareceu um lugar para recomeços. Naquele instante, parece mais um lugar para se deixar para trás antigos começos.

— Provavelmente podemos fazer um acordo — diz ela.

— É sério? — Ele ri nervosamente. — Simples assim?

Ela vira e observa a casa mais uma vez. Trinta e cinco anos. Trinta e cinco dias de Ação de Graças e ceias de véspera de Natal e manhãs de Natal vividos ali. Trinta e cinco comemorações do feriado de 4 de Julho, trinta e seis festas de aniversário de criança e setenta e oito visitas demoradas demais da família dela. Cem vezes concluiu que janeiro era um mês terrível de se passar ali e duzentas e cinquenta vezes soube que não havia nada mais perfeito do que Montauk em fins de março. Ela foi quinhentas vezes até o farol para piqueniques, setecentas e nove vezes trouxe flores recém-colhidas da feira agrícola em East Hampton, oitocentas e quarenta vezes eles desceram os penhascos até a praia. Leram o jornal de domingo mil e cem vezes sentados à lareira, ela assistiu ao pôr do sol da varanda mil e trezentas vezes e em mil e novecentas vezes eles passaram a noite no balanço próximo à beira do precipício.

Uma única vez, agora eles estão diante de todas as pessoas que conhecem, de todas as pessoas que amam, dando uma festa que deve terminar com um dizendo adeus ao outro.

Gwyn olha na direção de Thomas, que não a está olhando de volta.

— Eu não sei — diz ela para Maxwell. — Talvez.

Maggie

Ela não sobe para se trocar. Nem tenta melhorar sua aparência, na verdade. Prende o cabelo para trás num rabo de cavalo frouxo e entra na festa vestindo aquela saia jeans desbotada, a regata branca e o sutiã roxo bastante evidente por baixo. Ela deixou a mochila na casa dos Buckley, com Eve — que estava tentando se preparar para entrar com o vinho para o brinde e com o bolo a ser cortado. Ainda assim. Se ela pretendia ostentar uma boa aparência nesse momento, definitivamente está falhando. Ela só quer chegar até Nate enquanto ainda se lembra de que parte dela realmente deseja isso, antes que seja tarde demais.

A tempestade está desabando sem compaixão naquele momento, e o vento serpenteia em correntes baixas, agredindo as paredes externas do celeiro, sacudindo-o. Maggie está molhada quando entra, com os braços e o pescoço respingando, e seus pés estão cheios de terra e fragmentos de grama nos espaços em que os chinelos os deixaram expostos.

Da entrada, o celeiro parece incrível: um luminoso e aconchegante refúgio da tempestade, com suas luzes acesas e radiantes, e a festa cheia daquela energia que as melhores festas têm, aquela qualidade intangível que significa que a noite pode se tornar memorável, mágica. Olhando à sua volta, é fácil esquecer para que aquelas pessoas vieram. É fácil se perguntar se todas elas decidiram esquecer também.

Maggie vê Nate no canto do bar, vestido de marrom e com seus tênis All Star laranja nos pés. Seu visual está ótimo. Como de costume. E ela se esquece de todo o resto da história por um segundo. Sente-se tão aliviada por vê-lo — por ter decidido revê-lo —, que demora um pouco para perceber que Murph está ao lado dele, em seu vestido cor de pele, e, do ângulo que Maggie a vê, ela parece uma perna comprida.

Maggie estala as articulações dos dedos e começa a caminhar em direção a ele, em direção aos dois. Contudo, alguém interrompe seu percurso. Thomas a detém. Ele está conversando com um jovem casal e não parece entusiasmado com o assunto. Eles devem ter a idade de Maggie ou talvez sejam um pouco mais velhos.

— Maggie — diz ele, passando a mão do braço para as costas dela. — Eu estava mesmo procurando você. Estes são Belinda e Carl Fisher, que acabaram de se mudar para uma casa no fim da estrada. Esta é a noiva do Nate, Maggie Mackenzie.

Belinda a analisa de cima a baixo, e seu rosto quase não se denuncia, quase não deixa ver o que ela certamente está pensando dos trajes de Maggie.

— É um prazer conhecê-la. Ouvimos muito sobre você.

Como o quê?, ela quer perguntar, mas, em vez disso, tenta esconder seus trajes e cruza os braços.

— É um prazer — diz ela.

Sente a mão de Thomas pressionar seu ombro.

— Se vocês nos derem licença, Belinda, eu preciso conversar um minuto com a minha nora — diz Thomas enquanto a direciona para o canto do celeiro, para longe dos terríveis Fisher e de todos os outros.

— Você precisa de um minuto para respirar? — cochicha Maggie para ele.

Thomas enfia as mãos no fundo dos bolsos do terno, lembrando muito Nate no modo como parece deslocado naquele ambiente, como não consegue evitar se sentir deslocado até que possa tirar aquele terno e deixar o espetáculo daquela noite.

— É tão óbvio assim? Desculpe por isso. Eu não sou muito bom com essas festas— diz ele. — Nunca fui. Mas Gwyn é perfeita nessas ocasiões.

Maggie sorri. Ele não diz isso de forma rude, mas com algo como admiração. Admiração por Gwyn ser capaz de sentir-se confortável sendo ela mesma, ou por ser capaz de fingir um pouco melhor, pelo menos.

— Você estava em casa? — pergunta ele, enquanto oferece alguns guardanapos, e ela começa a se secar e se recompor um pouco.

— Estive na casa ao lado com a moça do bufê, na verdade, ajudando um pouco — diz ela. — E me escondendo um pouco.

— Como se saiu?

— Ajudando ou me escondendo?

Ele acha graça.

— As duas coisas.

— Deu tudo certo, eu acho.

E ele tenta sorrir. Há algo por trás do sorriso, contudo, algo que não pode ser ocultado, algo que Maggie reconhece quase tão logo o vê. Uma solidão. Uma solidão complicada, que ele julga não merecer.

— Eu devo fazer um discurso em alguns minutos sobre como as coisas podem terminar de forma pacífica e amável.

— Você acha que isso é possível? Tudo terminar em paz?

— Bem... — diz ele. — Começo a achar que, quanto melhor você tenta fazer as coisas, pior tudo acaba saindo, no fim das contas.

— É, não acho que eu começaria o discurso assim.

Ele começa a rir, e Maggie sente um carinho por ele. Ela gosta de Thomas. Pressente que há algo por trás de tudo, algo que ela não quer saber o que é, mas gosta dele mesmo assim. Porque consegue ver qualidades nele — e não apenas externas —, a doçura e tudo o mais que ele passou para Nate. Não há muitos homens que possuem uma doçura verdadeira, e há outros detalhes que a acompanham, mas, naquele momento, isso inspira nela gratidão.

— Pelo pouco que soube, você e Nate tiveram um dia difícil — diz ele. — Lamento por isso.

— Por que lamenta?

— Porque eu sou a razão para estarem aqui.

Maggie sorri.

— Por favor, não se sinta mal sobre isso. Não é culpa sua que tudo tenha ficado tão fora de controle.

— Eu não estaria tão certo disso — diz ele.

Ela fixa o olhar nele e começa a compreender algo diferente, algo de que vinha suspeitando. As peças do quebra-cabeça começam a se juntar no momento em que Gwyn chega, absolutamente fabulosa, toda de branco.

— Aqui está você — diz Gwyn.

Ela olha para Thomas e depois para Maggie, mas sem recriminá-la pelo que está vestindo, exibindo apenas uma breve e sincera alegria por vê-la. E, naquele momento, com toda a história em mente, ela consegue sentir quão adorável essa mulher é.

— Como está, srta. Maggie? Eu sinto que, com todo esse caos, não tive tempo para dar atenção a você.

— Bem — diz Maggie. — Tudo bem.

— Tem certeza?

— Tenho certeza — concorda Maggie.

— Que bom. Então eu posso roubar Thomas por apenas um minuto? Eu o trarei antes do que você imagina. Preciso roubá-lo só para fazer um brinde — diz ela.

— Ele é todo seu.

Thomas pega a mão de Gwyn e sorri de volta para Maggie, como quem diz, *conversamos melhor depois, certo?* E ela sorri para ambos enquanto o casal se dirige para uma pequena mesa em frente à porta principal do celeiro, com a chuva atrás deles, com a casa atrás deles. Há uma única garrafa de vinho sobre a mesa e duas taças.

Então, Maggie sente a mão de alguém tocar suas costas, a mão de Nate, e ela se vira para olhá-lo. Murphy felizmente não está com ele.

— Você ficou — diz ele.

— Fiquei — confirma ela.

E balança a cabeça afirmativamente, como que para dizer, *obrigado*, como que para dizer, *não sei o que isso quer dizer, mas estou feliz por você estar aqui.*

Ela balança a cabeça de volta. *Eu também.*

— Onde está Georgia? — pergunta ela.

— Estou aqui.

Maggie se vira enquanto Georgia se aproxima dela com uma aparência doce, mas um pouco desconfortável em seu vestido frente única e com um palito de aspargo envolto em *prosciutto* pela metade em uma das mãos. Ela dobra o braço sobre o ombro de Maggie e dá mais uma mordida.

— Esse negócio está delicioso — elogia.

— Essa é a melhor coisa que você poderia ter me dito — diz Maggie, enquanto puxa o braço de Georgia mais firme sobre seus ombros.

— Sério? — pergunta Georgia, olhando um pouco confusa para o palito e se esticando na frente de Maggie para oferecer a Nate o que sobrou do aperitivo. — Bem, não há nada de bom que você possa me dizer.

Maggie morde o lábio inferior, de forma condescendente, e volta-se para Nate, que coloca o resto da comida na boca.

— Nada de Denis? — pergunta ela sem emitir som para ele.

Ele balança a cabeça negativamente, engolindo, e responde:

— Nada de Denis.

E, antes que ela possa perguntar sobre o restante da história — ou não perguntar sobre o restante da história —, ouve-se o tilintar de uma colher contra um copo, e as outras pessoas voltam a atenção naquela direção, até que quase todos estão observando a pequena mesa diante da qual estão Gwyn e Thomas. Maggie olha à sua volta para todas aquelas pessoas, para todas as pessoas a que se resume a vida de seus futuros sogros juntos, todas com alguma história para contar sobre quem Gwyn e Thomas foram e sobre quem elas acreditam que ambos sejam naquele instante. A princípio, aquilo faz com que ela pense que a situação se parece com um casamento — quando mais se tem todas as pessoas que importam para o casal reunidas num mesmo lugar? —, mas então percebe os sorrisos nervosos e os olhares atordoados, olhares não exatamente de aprovação ou compaixão, mas de dúvida e ansiedade. Dúvida sobre a possibilidade de viverem aquele mesmo fim e ansiedade por conseguir escapar dele.

Maggie desvia a atenção de novo para Thomas e Gwyn enquanto ele começa a abrir a garrafa grande de vinho com um saca-rolha barato. Ele é cuidadoso na tarefa, extremamente cuidadoso com o saca-rolha e a garrafa, e tudo começa a se mover em câmera lenta quando ele finalmente serve a Gwyn uma taça de vinho e depois outra para si.

Enquanto todos se aproximam, Gwyn pega a taça das mãos dele e a troca por uma folha de papel dobrada, que Thomas abre enquanto pousa a palma da mão livre sobre o quadril dela. O modo como os dois se movem juntos, tão perfeita e naturalmente mesmo nesse instante, parece uma dança. E assim, mesmo nesse estranho momento em que, aparentemente, eles estão prestes a brindar ao fim de sua união, Maggie se surpreende mais uma vez com a visão deles juntos. Parecem certos um para o outro.

E então Thomas começa a discursar.

— Agradeço a todos vocês por estarem aqui esta noite conosco e com a nossa família. — Ele olha para Nate, Georgia e Maggie, e depois para Gwyn, que está olhando para ele também. — Quando Gwyn sugeriu fazer isso pela primeira vez, eu achei que soava um pouco... ridículo. Especialmente para nós. Conforme nos aproximamos dessa noite, porém, melhor eu entendi que este evento é algo positivo. É um jeito de explicarmos que esta relação foi importante. Que nada foi mais importante do que ela. Ainda que esteja terminando agora.

Gwyn pega outra cópia do poema, deixando de lado sua taça de vinho.

— O título do poema que vamos ler agora é "A imperatriz de lugar nenhum" — diz ela, mais para Thomas do que para qualquer outra pessoa.

— Não tem rimas; então nos acompanhem — diz ele.

Todos riem. Aquilo aparentemente é engraçado. Todos acham graça. No entanto, quando os dois começam efetivamente a ler o poema, cada um lendo uma estrofe, cessam os risos. As risadas param, embora se trate de um poema bizarro e muito engraçado sobre um pescador que come alcaçuz preto numa doca na Flórida. Sobre como a princípio ele não gosta e acha o gosto muito amargo, mas aprende a gostar. Ele aprende a gostar — não apenas a dizer a si mesmo que gosta, mas realmente a apreciar — somente a tempo de perceber que não sobrou mais nenhum.

Talvez os risos tenham parado porque ninguém compreende. O poema teria que ser interpretado para se tornar relevante. Seria necessário esmiuçar o texto até torná-lo irreconhecível, ao que parece a Maggie, para que fizesse qualquer sentido que pudesse ser aplicado à situação de Thomas e Gwyn. E o fato é que os dois não oferecem explicação alguma sobre o que aquilo significa para eles ou o que pode ter significado outrora. Maggie não consegue evitar se perguntar se perdeu algo importante enquanto estava na casa dos

Buckley, algo que explicasse por que Thomas e Gwyn escolheram ler aquilo.

Contudo, ao olhar para Nate e Georgia, ela nota seus rostos inexpressivos e percebe que eles também não fazem ideia do que se trata. Ninguém faz ideia, aparentemente. Ninguém, exceto Thomas e Gwyn, que estão corados e felizes, olhando um para o outro e sorrindo, sorrindo sinceramente, e isso é o que há de mais triste em tudo aquilo. Maggie se entristece com a cena que se desenrola bem diante de seus olhos. Ver que os casais possuem algo próprio, algo pequenino e delicado, com vida própria, que continua existindo mesmo que os dois decidam que não o desejam mais, mesmo que, em vez disso, decidam que desejam algo diferente do que aquilo que já têm.

Georgia cruza os braços sobre a barriga e mantém as mãos ali em cima.

— Uau! É oficial: eles perderam o juízo — diz ela.

Maggie volta a olhar para o casal, e eles ainda estão olhando um para o outro. Já não parece tão longe assim. A possibilidade de acontecer o pior já não parece tão longe assim. E ela se vira para Nate, mesmo contra a vontade. Mesmo desejando que a pessoa que ela mais ama não os tivesse colocado naquela posição, em que a distância até uma situação irreversível parece tão curta naquele instante, em que tudo parece tão difícil. Mas talvez seja mesmo. Por enquanto. E talvez o melhor que ela possa fazer seja deixar as coisas aconteceram.

Ela pega a mão de Nate e a segura com firmeza.

— Vamos para algum lugar — sussurra ela.

Ele, contudo, não escuta.

— O quê? — pergunta ele.

— Quero sair daqui — repete ela.

— Vamos, então — concorda ele.

E Nate começa a puxá-la para fora da multidão, para longe dali. Antes que consigam sair, porém, Gwyn volta a falar, e Maggie olha para trás. Esse pode ser seu primeiro erro, porque, então, começa a escutar a voz de Gwyn falhar. Ela escuta algo, algo impossível, começar a dar errado.

— Foi assim que passamos nossa primeira noite juntos, de certa forma. E, para celebrar isso e tudo o que aconteceu a partir daí, pedimos que levantem suas taças e que se unam a nós num brinde, enquanto cortamos o bolo.

No entanto, não há nenhum bolo na mesa. E é nesse momento que Eve começa a empurrá-lo recinto adentro.

E Gwyn diz:

— Por favor, compartilhem conosco este último momento.

Gwyn

Este último momento. As palavras dela são engolidas por um trovão. Gwyn mal se ouve e sua voz soa bizarramente distante, suspensa, como se ela tivesse acabado de sair de um avião e seus ouvidos estalassem, criando um afastamento que ela não esperava, mas que fica aliviada por sentir. Isso a ajuda a seguir em frente. A dar o próximo passo.

Em um minuto, o bolo estará na frente e no centro de todos. O Veludo Vermelho. Há bolo suficiente para dez pessoas apenas ou, talvez, pela regularidade com que aquelas mulheres se permitem comer glacê, para todos os duzentos convidados. Foi somente para uma pessoa que ela preparou aquele bolo, contudo. É o bolo que Thomas mais ama, e aquela foi a última vez que Gwyn o preparou para ele. Aquele homem sagrado. Sagrado e profano. Certo e errado. Bom e mau. Existe, por acaso, algo assim tão óbvio? Tão passível de distinção? Se houvesse, seria mais fácil. Seria mais fácil evitar ser enganado ou confundido por aqueles que nos magoam. Poderíamos reconhecer as ofensas antes que fossem cometidas. Poderíamos reconhecer as situações em que jamais estaremos seguros.

A chuva soa como se fosse invadir o celeiro sem qualquer problema. Gotas pesadas e intensas. O som delas é interrompido apenas para dar lugar ao dos trovões. Apenas para os relâmpagos. Cada um deles é um choque que percorre o corpo inteiro de Gwyn.

Há detalhes sobre os quais ela tem consciência. Ela está segurando um poema na mão. E olhando para os filhos, para Maggie, para todos os amigos dela e de Thomas. Para aqueles de quem gosta e para alguns de quem não gosta particularmente. Eles vão tentar ficar do lado dela, tomar o seu partido, todos eles. Ela sabe disso. Mas também pensou que soubesse de algo mais. Pensou que não haveria outro lado. Acreditou que pudesse contar com Thomas. Nunca acreditou verdadeiramente que chegariam àquele momento.

Mas Gwyn se vira e a vê empurrando o carrinho com o bolo para dentro, em sua roupa vermelha de *chef* que combina com o interior do lindo bolo, quase como se ela tivesse planejado aquilo. Gwyn observa o bolo tão intensamente, pensando no vermelho escapando por debaixo do branco, que seus olhos demoram um instante até encontrarem os de Eve, e Gwyn quase perde aquele momento, o momento em que Thomas nota Eve. Mas Gwyn lembra a tempo. Ela lembra exatamente a tempo de ver os olhos de Thomas e Eve se entrelaçarem. Eve levanta o bolo e o segura nas mãos.

Eles ainda estão naquela fase do início do relacionamento, naquela fase em que os casais ficam demasiado felizes só de ver um ao outro. Surpresos e admirados. É você. Não posso acreditar. Não posso acreditar que você não seja só um sonho. Então, leva um tempo para Thomas concluir a história, ou seja, o que significa o fato de Eve estar ali. O que significa o fato de Gwyn haver descoberto.

Thomas vira para ela de olhos arregalados, e Gwyn se previne contra sua inclinação natural de apoiá-lo, de oferecer sua ajuda a ele. Ela o encara de forma dura para que ele entenda, sem qualquer sombra de dúvida, que ela sabe de tudo. Ela sabe das mentiras que ele contou, sobre onde ele esteve nos últimos nove meses e para onde pretende ir a partir dali. Sem ela.

— Gwyn... — sussurra Thomas. — Por favor, deixe-me explicar.

Deixe-me explicar? Isso é o melhor que ele tem a dizer naquele momento? É o melhor que ele tem a oferecer? Que outras palavras poderiam ser piores? Ela não consegue pensar em quaisquer palavras. Ela não consegue pensar em quaisquer palavras que sejam menos interessantes e mais inúteis do que essas, que prometem uma desculpa para o indesculpável.

Deixe-me explicar. No lugar de: *liberte-se.* Essa é a tarefa. Perdoar. Compreender. Ser generosa. Outra pessoa pode fazer isso, muito obrigada.

Eve está parada com o bolo nas mãos. Gwyn olha para ela e para o carrinho logo abaixo, e pega a faca pesada que está ali.

E aponta a faca para Thomas.

— Corte o bolo, Thomas — diz.

Ele balança a cabeça, recusando-se a fazê-lo. Ela aproxima a faca dele, enquanto sente a pulsação do coração nas mãos.

— Corte — diz ela.

— Eu não vou fazer isso, Gwyn — responde ele.

Ela está consciente de que, na verdade, o assunto é outro, diferente daquilo que estão falando, mas não tem certeza se sabe exatamente qual é.

— Sim — insiste ela. — Você vai cortar.

Todos estão em silêncio. Ela pode vê-los, observando e se perguntando o que está acontecendo. Nem mesmo ela sabe ao certo. Também não sabe o que exatamente está pedindo que ele faça. Sabe somente que ele não está fazendo. Que ele também não está fazendo mais nada. Não está fazendo o que ela precisa que ele faça. Seus braços estão pendendo ao lado do corpo, e ele está completamente imóvel, como sempre esteve, forçando-a a mover-se ao redor dele para chegar a qualquer lugar.

Então, ela vê. Thomas olha de relance para Eve. Porque é com ela que ele está mais preocupado. É ela quem ele quer se certificar de que está bem. Antes de qualquer outra pessoa. Alguém está sempre em primeiro lugar. Eve, com seus olhos enterrados no chão, está em primeiro lugar para ele.

E Gwyn perde.

Sua última esperança.

A esperança a que ainda se agarrava e de que não tinha plena consciência antes: a esperança de que, diante dos amigos, diante de todos, Thomas se daria conta do que estava fazendo com eles e consigo mesmo. E de que, então, deixaria de ser aquele velho estúpido que estava se tornando: alguém que deixa para trás uma vida inteira porque está com medo. Medo de estar perto demais do fim dela.

É tão simples assim? De repente, já não parece mais tão complicado. De repente, já não importa mais.

Ela olha para o bolo nas mãos de Eve e pensa em atirá-lo em Thomas. Mas ela pode jogar o bolo ou não jogar o bolo, que seu marido irá embora ainda assim. Seja como for, ele nunca vai consertar as coisas com ela: esses dois milhões de decisões dolorosas que ele tomou, cada mentira que contou, cada ato indigno, cada injúria à custa dela, cada tanto de força que ela teve de arrancar de si mesma para conseguir lidar com tudo aquilo sozinha, cada um dos seus próprios erros, cada pedacinho dela que desejou que aquilo nunca terminasse assim. Thomas nunca vai consertar o fato duro e miserável de que, mesmo que Gwyn soubesse que as coisas terminariam daquela forma, ela teria escolhido vivê-las, ainda assim. Ela teria escolhido viver com ele e passado cada instante tentando convencê-lo a mudar de ideia.

Só há como consertar alguma dessas coisas se Gwyn fizer algo diferente.

Naquele momento, então, uma faixa radiante de relâmpago ilumina a porta do celeiro e a estradinha do lado de fora. Tão absolutamente intensa e ofuscante que parece momentaneamente partir o céu ao meio.

O raio é tão belo e seguro de si, o som do trovão é tão imediato que leva um segundo para que percebam que ele atingiu o topo de uma árvore — a mais alta, larga e vigorosa — a aproximadamente três metros da porta da casa. Ele atingiu a árvore, e ela começa um movimento tremulante — inclinando-se, a princípio, para a esquerda e, depois, para a direita —, até que a metade de cima se parte ao meio e cai para a frente.

Desaba sobre o telhado. Um movimento preciso e claro. Não como uma colisão, mas como um corte. Uma incisão. Sobre o telhado e para o fundo do segundo andar da casa.

A árvore está cravada lá dentro, como se pertencesse àquele lugar.

Todos olham para lá, para a árvore partida em sua nova morada. E, naquele instante, tudo está em absoluto silêncio. Gwyn pode senti-lo em seu peito. O seu coração. E pode senti-lo forçando o caminho para fora, contra o corpete e o tecido apertado, absolutamente inadequados para aquela tarefa. Ela começa a contar as janelas e tenta descobrir onde a árvore caiu. De onde observa, parece ter sido sobre o corredor do andar de cima. Pode ter sido, contudo, sobre o seu quarto. O quarto dela e de Thomas. De onde olha, parece que, quando entrar na casa, poderá muito bem descobrir que a árvore pesada caiu exatamente sobre o quarto dos dois.

Como se aquilo fosse o que há de mais normal no mundo, porém, Gwyn passa as costas dos dedos gentilmente sobre a testa.

E não mais olha para Thomas. Ela se cansou de olhar para Thomas. Com o canto dos olhos, pode distinguir Eve, ainda segurando o bolo, que agora é dela. Gwyn pega sua taça de vinho e a estende na direção de seus convidados, num brinde final.

— Obrigada pela presença — diz ela.

Então, bebe um gole do vinho, que tem um sabor agradável e doce, mas nem de longe a faz lembrar a primeira vez que o bebeu. Poderia ser qualquer vinho, poderia ser qualquer pessoa bebendo com ela na primeira vez, qualquer um dos convidados que estão bebendo com ela naquele momento.

Isso parece uma forma própria de esperança.

Por fim, ela pega a garrafa e sua taça. Carrega ambas consigo e começa a caminhar para fora do celeiro, em direção à chuva e à sua recém-destruída casa.

parte quatro *presentes de despedida*

Nunca, nunca, nunca alguém pôde conceber antes do tempo o que é o amor, nunca.

— D.H. Lawrence, depois de conhecer sua futura esposa

Maggie

Há uma árvore no meio da casa.

Ninguém está ferido, o que parece ser o mais importante até que se perceba que ninguém está ferido, e, então, o que há de mais importante é que há uma árvore no meio da casa. Destruiu tudo no caminho que fez desde o telhado, sobre o andar de cima da casa e sobre a escada central, como se registrasse o fim de centenas de promessas, o fim do que quer que mantivera a construção de pé até então.

Partiu a casa ao meio, ou, pelo menos sob o ângulo que Maggie a enxerga, parece tê-la partido ao meio. Ela está parada, na base da escada, observando o andar de cima; os galhos caem pelos degraus e há folhas aos seus pés.

Tudo ali ainda está congelado. E o lado de fora — o que acabou de acontecer lá fora — parece muito distante. Houve algo memorável, como duzentas pessoas em absoluto silêncio. Em absoluto silêncio e imóveis. Algo de grave e impressionante sobre o modo como todas aquelas pessoas observaram com os olhos arregalados de terror enquanto tudo desmoronava cerimoniosamente.

Depois que a árvore caiu, ninguém soube o que fazer. A maioria dos convidados foi embora, correndo para os seus carros — aqueles que conseguiram chegar aos seus carros. Outros conseguiram carona com as pessoas cujos carros não estavam bloqueados. Mas alguns permaneceram no celeiro e se ofereceram para chamar ajuda ou se dispuseram a ajudar eles mesmas, como se alguém pudesse melhorar a situação naquele momento.

Ela viu um homem muito baixo e particularmente decepcionado comentar sobre como não podia crer que aquilo estava acontecendo com a *sua* casa. Ele procurava por Gwyn freneticamente.

— Eu ainda estou interessado — disse, quando a encontrou. — Mas menos interessado.

— Chocante — respondeu Gwyn, afastando-se dele.

Agora Gwyn já saiu. Gwyn, Thomas e Georgia.

Aquilo assustou Georgia. Ver a árvore desabar sobre a casa e parti-la em duas. Assustou-a tanto que ela sentiu algo se mover dentro dela, sentiu algo quicar de modo estranho e firme, e, apesar das garantias de Thomas de que tudo estava bem, de que ela não tinha com o que se preocupar, eles estão naquele instante se dirigindo à cidade, adentrando a cidade, indo para o hospital, para uma sala de emergência e um médico que possa usar algum aparelho e garantir que tudo está bem.

Os três estão indo para a cidade. Na van de Eve.

Georgia, Gwyn e Thomas dentro da van. Porque ela não estava bloqueada. Porque os Volvos estavam mais do que presos. Mas a van de Eve estava livre, estacionada diante da casa dos Buckley.

E Nate está caminhando sobre o telhado como um alucinado. Como se fosse algo que ele soubesse resolver: tenta medir as proporções do estrago, descobrir se a árvore permanecerá onde está ou se afundará ainda mais no interior da casa antes do amanhecer, aumentando o risco para eles.

E Maggie está sozinha de novo.

Sozinha novamente nessa casa, mas dessa vez com a árvore.

A chuva cessou. Ainda assim, ela quase espera o momento em que Nate escorregará de cima do telhado e cairá junto com os galhos. Em que descerá sobre o tronco como numa longa manobra de skate. Exceto pela expectativa de tal infeliz resultado, ela se sente muito fora de si mesma — como se observasse sua vida passar em vez de vivê-la — para imaginar o que pode acontecer a seguir. De modo geral e de modo um pouco menos geral. Eles provavelmente não poderão dormir ali aquela noite. Como poderiam? Ainda assim, se não amanhã, eles logo terão de deixar o lugar. Não apenas Nate e ela. Mas toda a família dele. Nada mais poderão fazer ali a não ser que tentem consertar a casa, e algo diz a Maggie que consertar o que quer que seja é a última preocupação na cabeça de qualquer um deles.

Ela escuta alguém atrás de si. Escuta os passos, vira-se e encontra um belo rapaz com um rosto um pouco infantil demais. Ele carrega uma bolsa de viagem e um estojo para violão, e sua mão está malenrolada em gaze.

Ele talvez tenha dois metros de altura. De onde Maggie o observa, ele não parece tão diferente da árvore.

— Oi — cumprimenta ele.

— Olá.

Ele não olha para ela. Olha para o alto da árvore e chega a cabeça para um lado, como se observá-la de um ângulo diferente contribuísse para aquilo fazer mais sentido.

— Uma bagunça o que fizeram aqui, não é? — pergunta ele.

— Pode-se dizer que sim.

— Eu acabei de dizer.

Ela olha para ele, confusa e envergonhada por alguma razão. Sente-se, acima de tudo, um pouco constrangida.

— Posso ajudá-lo? — pergunta ela.

— Procuro por Georgia, na verdade — responde ele, e, assim, ela se dá conta. O sotaque francês. Georgia soando como o nome de uma festa esquisita. *Zoor-zsa*. Procuro por Zoor-zsa.

— Denis?

Ele fica em silêncio.

— Você é Denis?

Ele acena brevemente para ela, mas ainda está olhando para cima. Deixa seus objetos no chão e continua mirando a árvore. Ele não pergunta quem ela é, o que Maggie imagina significar que ele não se importa.

Entretanto, ele abre para ela um largo e pleno sorriso que faz com que suas bochechas saltem, inflem, e com que se revele um dente torto em sua boca que, pensa Maggie, pode ser a melhor parte dele.

— Você é Maggie. Que escreve sobre comida.

— Que escrevia sobre comida.

Ele concorda.

— Que escrevia, é claro — diz ele. — É um prazer finalmente conhecê-la. Temos uma fotografia sua na nossa sala, sobre a lareira. Sobre a prateleira que o Nate construiu. Mostra você e Nate de pé debaixo de uma árvore em algum vinhedo, segurando taças de vinho. Você parece muito melhor ao vivo, se não se incomoda que eu diga. Menos... Como é mesmo a palavra? Exausta?

Involuntariamente, ela sente que começa a rir.

— Obrigada — diz ela. — Eu acho.

— Sem problemas.

Ele esfrega as mãos, dirige-se para a escada e começa a pular sobre os degraus, enquanto empurra o corrimão com o pulso firme, deixando as folhas se espalharem pelo impacto.

— O que está fazendo?

— Checando a resistência.

Checando a resistência?

— Talvez eu seja um pouco lenta, mas o que isso significa?

— Significa que a árvore está presa aqui. Você não tem com o que se preocupar. Caiu tão fundo quanto podia cair. Vai ficar onde está até que alguém venha aqui e faça algo a respeito.

— Como você sabe disso?

— Como você não sabe? — pergunta ele.

Confusa, ela olha para Denis, para esse rapaz que apareceu do nada, como Georgia esperava que ele fizesse, e ela teria adorado vê-lo chegar, se não estivesse naquele momento no meio de uma estranha viagem com os pais.

Ele desce e seus olhos encontram os de Maggie.

— Acho que perdi a festa, não foi? — diz ele.

— Pode-se dizer que sim.

— Então, onde está a minha garota?

— Isso é um pouco complicado. Eu não quero que se preocupe, não há razão para se preocupar, mas ela está a caminho do hospital com Thomas e Gwyn. Thomas diz que ela está bem; ele garante que ela está apenas um pouco nervosa por causa de tudo o que aconteceu. Quando Nate descer do telhado, nós podemos levar você até lá.

Os olhos dele se iluminam.

— Nate está no telhado? Agora? — pergunta ele.

Foi isso o que ele registrou de tudo o que eu disse?

— Que tal eu ir lá buscá-lo? Contar o que eu penso sobre a árvore? Depois, ele pode me levar para ver Georgia. Até lá, ela estará calma o suficiente para me receber de braços abertos.

Ele dá um tapinha no ombro de Maggie, quase como se ela fosse sua irmã mais nova, e começa a voltar por onde entrou. Para encontrar Nate. Para se juntar a ele numa pequena aventura de pular sobre o já destroçado telhado.

— Sabe, ninguém acreditou que você viria — diz ela.

Ele para de andar.

— Como assim?

— Ninguém acreditou que você viria esta noite — diz ela. — Ninguém achou que você apareceria.

Ele olha para ela, nem um pouco ofendido, e abre um sorriso largo e levemente agressivo.

— Exceto pela Georgia — diz ele.

— Exceto pela Georgia — confirma ela.

— Então, ela deve saber algo que ninguém mais sabe — diz ele.

— Deve — concorda Maggie, porque talvez Georgia saiba mesmo.

Maggie sente que Denis continua olhando para ela, como se esperasse que ela dissesse mais alguma coisa, fizesse outra declaração como a anterior. Então, ela se julga com o direito, a permissão para dizer:

— Vai ser uma menina.

— Como?

— Você vai ter uma filhinha — diz ela.

E não acredita que disse isso. Está feliz, contudo, por ter dito, pois quer uma resposta. Ela quer escutar uma resposta que a convença, que convença qualquer um que escute, de que as pessoas podem superar os problemas, no seu tempo, e de que qualquer história de amor pode terminar bem, mesmo quando todas as evidências tentam provar o contrário.

O rosto dele se abre inteiramente, alegre e cheio de orgulho. Um orgulho verdadeiro e maior do que ele mesmo.

— Vamos ter uma menina? Excelente. Isso é excelente.

Maggie concorda com a cabeça.

— É mesmo. É excelente.

Ele faz uma pausa.

— Você acha que Georgia aceitaria chamá-la Omaha?

E então vem com essa.

Gwyn

Eles estão levando Georgia para o hospital na van de Eve. Estão levando Georgia para o hospital na van de Eve porque foi o único veículo com o qual conseguiram sair de lá fácil e rapidamente, enquanto a passagem de todos os outros ainda estava obstruída por causa da quantidade de pessoas que se dispersava da festa e só muito lentamente encontrava o caminho para fora da propriedade.

Georgia está deitada no assento traseiro, e Gwyn, sentada na frente, ao lado de Thomas, que dirige. Georgia parece estar dormindo lá atrás, o que deve ser evidência mais do que suficiente de que está bem, de que se recompôs sozinha, e nada mais.

Thomas não se preocupou em trocar de roupa, nenhum deles se preocupou, e isso faz com que pareçam especialmente elegantes, especialmente deslocados dentro da van caindo aos pedaços. Gwyn olha para o painel, que está coberto de borboletas pintadas e de adesivos socialistas, com uma bandeira comunista presa no topo, escondida ali por uma pequena caneca. Não olha para o marido.

Thomas olha para a frente também, através do para-brisa, para longe da esposa. Ela sabe que ele quer dizer algo. Ele ainda está tentando, mesmo depois de tudo, descobrir como.

— Eu nunca pensei que isso chegaria tão longe — diz, finalmente.

Sua fala é quase inaudível. Para o caso de Georgia estar acordada. Para o caso de estar escutando.

— Isso não é desculpa — responde ela.

— Você diria que eu estava cometendo um erro e tentaria convencer-me a fazer algo diferente — diz ele.

— Então, você mentiu por você?

— Eu menti por nós dois.

— Como você pode achar isso?

O sussurro dele se torna mais alto:

— Você diria que eu estava cometendo um erro e tentaria convencer-me a fazer algo diferente.

Ela não diz nada.

— Eu tentei tornar tudo mais fácil, Gwyn — continua Thomas.

Ela vira e olha o perfil dele, os seus olhos bem abertos. Eles normalmente parecem inocentes para ela e provavelmente voltarão a parecer no futuro. Naquele momento, porém, parecem apenas covardes.

— Quem disse que deveria ser fácil?

— Eu não disse fácil. Nada disso é fácil. Eu disse mais fácil.

— Muito bem, Thomas. Quem disse que deveria ser mais fácil?

Ele parece contrariado. Tão contrariado que desvia o olhar. O que ela espera conseguir? Espera fazê-lo sentir-se tão mal que decida ficar? Isso não a fará feliz; pelo menos, não em longo prazo. Não de um modo sustentável. Além disso, ela aprendeu esta lição muito tempo atrás: só porque um homem parece contrariado, só porque está contrariado, não significa que fará algo para corrigir a situação. Por ele mesmo ou por qualquer outra pessoa.

Ela volta a olhar para o marido cuidadosamente, enquanto respira fundo.

— Você acha que ama essa menina de verdade — diz ela.

— Eu não faria a gente passar por tudo isso se não amasse. Não colocaria tudo em risco.

— Não foi uma pergunta, Thomas.

— Qual é a sua pergunta?

Ela não vai fazer a pergunta. Não depois de trinta e cinco anos de casamento, trinta e seis anos desde que eles se sentaram, juntos, no telhado do prédio em que ela morava em Riverside Drive. Ela não vai perguntar e correr o risco de soar como uma adolescente apaixonada; ainda que, dentro de nós, sempre que pedimos que alguém que não nos ama passe a nos amar, sejamos mesmo adolescentes apaixonados, tentando compreender: *por que não eu?*

— Vai fazer com que você se sinta melhor, Gwyn?

— O quê? — pergunta ela.

Ela não sabe sobre o que ele está falando. Não tinha falado nada em voz alta.

— Que eu me arrependa?

Gwyn olha para Thomas e se pergunta se ele acredita no que está dizendo. Deveria. Porque ela não pode competir com Eve naquele momento. Não pode oferecer os mesmos prazeres que acompanham a oportunidade de ser uma página em branco, de ser tudo o que se pode ser aos olhos de um companheiro novo. Mas Eve, ou quem quer que venha depois dela, não vai poder salvá-lo da dura e difícil tarefa que vem depois disso. A tarefa que ele nunca quis enfrentar e que Gwyn passou boa parte de sua própria vida tentando evitar que o marido precisasse encarar: vencer os impasses, as barreiras, aprofundar a relação com a outra pessoa. Você pode cumprir essa tarefa para honrar o que foi construído em conjunto, ou não. Mas, se não fizer isso, vai chegar ao mesmo ponto com a próxima pessoa, não é mesmo? Vai chegar ao mesmo ponto, às mesmas indagações, até o dia em que você supera e avança mais profundamente no relacionamento. Até o dia em que for corajoso o suficiente para não esperar que alguém veja em você o que você não consegue ver em si mesmo.

— Talvez tudo isso seja para o nosso bem, no fim das contas — diz ela.

— Mesmo?

— Não.

Nesse momento, Georgia a chama do assento traseiro.

— Mãe, preciso de você. Pode vir aqui? Não consigo encontrar o meu colar, meu colar com pingente de ferradura. Aquele que Denis me deu. Talvez eu tenha deixado lá em casa. Mas eu pensei que estivesse usando. E pode ter caído aqui. Pode ter caído aqui, em algum canto. Você me ajuda a procurar, por favor? Porque costuma fazer isso. Costuma cair.

— Já vou — diz Gwyn, soltando-se do cinto de segurança e dirigindo-se para o banco traseiro da van, onde Georgia está deitada sobre as costas. Mas Thomas a interrompe. Ele a alcança e toca seu braço, segurando-a pelo cotovelo.

— Mas eu tenho estudado sobre o budismo — informa ele. — Se é que interessa a você saber disso. Frequentei aulas de meditação silenciosa aos sábados de manhã e fui mesmo para um retiro no norte do estado. Não foi tão longo quanto eu disse, mas eu fui, sim. Estou realmente... interessado nas lições.

Ela se perguntara como o marido lidaria com a questão do budismo depois do divórcio. Como ele planejava sair daquela situação? Dizer, passado o divórcio, que mudara de ideia? Dizer depois aos filhos que acreditava em alguma outra coisa? Talvez, no fim das contas, não faça diferença. Talvez seja bem mais fácil perdoar o seu pai por ser infiel em relação às suas crenças do que por ser infiel em relação à sua mãe.

— Thomas, eu fui ao centro de meditação em Oyster Bay. E sei que você não esteve lá. Sei que nunca esteve lá.

— Tenho frequentado outro centro.

— Outro centro de meditação?

Ele faz que sim com a cabeça.

Leva um minuto. Um minuto para que Gwyn compreenda o que ele quer que ela compreenda.

— O centro que Eve frequenta?

— Sim, o centro que Eve frequenta — confirma ele.

Ela olha para o marido, apenas olha para ele. Sem julgamentos.

— O que você aprendeu, Thomas? — pergunta ela. — Conte-me uma verdade.

Ele reflete sobre o assunto e, então, desvia os olhos da estrada por um instante e volta-os para ela.

— Que nada se sabe — diz ele — sobre o que está por vir.

Maggie

Nate está se preparando para levar Denis ao hospital. Ele trocou suas roupas por uma calça jeans e uma camisa manchada da banda The Hold Steady, e manteve os tênis All Star laranja para os quais Maggie olha quando ele pede que o acompanhe e enquanto ela tenta compreender por que se recusa. Ela decide que é melhor continuar ali, por enquanto. Decide, mesmo que as razões ainda não lhe sejam inteiramente claras, que é melhor para ela ficar naquela casa destroçada sem ele e avaliar, se não já, ao menos em breve, o nível do estrago dos quartos do andar de cima e usar as caixas de vinho vazias para guardar o que estiver correndo o risco de ser destruído.

Eles estão de pé na varanda, diante da porta da frente, Denis já está no carro, pronto para sair. Nate parece nervoso, instável, e se apoia alternadamente em um pé ou no outro. Maggie sabe que ele quer perguntar se vai encontrá-la ainda lá quando retornar e que se sente mal por ela não estar facilitando as coisas.

Ele sorri para ela, que, no entanto, ainda não consegue facilitar isso também. Não é capaz de expulsar a sensação de que algo muito importante foi esquecido.

— Onde você esteve antes? Foi até a cidade e mudou de ideia?

— Não cheguei tão longe. Parei na casa ao lado, dos Buckley, e fiquei conversando com a Eve.

— Eve, a moça do bufê?

— Eve, a moça do bufê.

Maggie faz uma pausa e foca o olhar na palavra STEADY na camisa dele antes de pensar se deve falar, antes de decidir que não é uma boa ideia, mas contar tudo mesmo assim:

— Acho que ela está tendo um caso com o seu pai.

— O quê?

É como se ela o tivesse atingido com um soco. É o que parece pela fisionomia dele, que instintivamente dá um passo para trás, para longe dela. Nate dirige-lhe um olhar severo e, de repente, parece que ele não tem certeza se é capaz de continuar a encará-la. Durante o dia inteiro, ela não se sentiu capaz de encará-lo e, naquele instante, o sentimento é mútuo. Maggie não sabe se é melhor assim, mas surpreendentemente não parece tão pior.

Ela pousa a mão sobre o peito dele, sobre a palavra STEADY.

— Do que você está falando? — pergunta ele.

— Eu lamento, mas foi por causa das coisas que ela me disse. E, depois, o modo como o seu pai vem agindo. Talvez eu esteja particularmente sensível para isso hoje, mas, ainda assim, sei o que eu sei. Eu ainda *acho* que sei o que eu sei. Eve falou tanto e sabia de tanto que não tive como não começar a juntar as peças.

Ele faz que não com a cabeça.

— Eu acho que está errada.

— Eu não acho.

— Não faz sentido. Você está falando de alguém que minha mãe contratou para trabalhar aqui esta noite. Alguém com quem minha mãe interagiu. É essa pessoa com quem você diz que meu pai está envolvido?

Maggie nem sequer precisa refletir a respeito. Nem precisa pensar se Gwyn sabe. Dez minutos na presença da sogra eram suficientes para saber que ela sabe de tudo exatamente como sabem de tudo todas as pessoas que são subestimadas, por um milhão de razões ou por uma só, e que, por isso mesmo, têm mais tempo para prestar atenção.

— Sim — responde.

Maggie se força a olhar Nate nos olhos e se pergunta o que ele está pensando e também se está furioso com ela naquele momento. Talvez devesse estar, talvez ela também se sentisse assim se estivesse no lugar dele. Ela não tem provas sobre Eve, nada próximo de uma prova. Mas que um deles — ou os dois — esteja furioso talvez não seja mais algo tão perigoso nem seja algo de que ela devesse fugir a toda a velocidade. Talvez o seu temor em relação à raiva e ao desconforto — o medo que eles nutrem de ambos — tenha contribuído para o desenrolar de tudo isso. Levou-os a serem menos honestos.

Maggie está surpresa por Nate ainda não lhe ter perguntado: *Por que está dizendo isso, por que contaria tudo agora, se é que é verdade?*

— Está certo, bem... — diz Nate. — Vou ter que pensar no assunto.

E talvez estejam sendo honestos naquele momento, porque ele está fazendo algo que parecia incapaz de fazer antes. Está demonstrando incômodo de um modo que parece indicar que não vai fugir, mas sim refletir a fundo sobre o assunto.

— Então, vou encontrar você aqui quando voltar do hospital? — questiona ele. — Posso perguntar isso?

Ela faz que sim com a cabeça.

— Isso significa que eu posso perguntar ou que você vai estar aqui?

— As duas coisas.

— Mesma resposta? — insiste ele.

— Mesma resposta — confirma ela.

Maggie sabe que Nate precisa que ela diga algo, que lhe dê uma esperança, mas não está certa sobre o que dizer. E, então, Denis buzina do carro. Ele buzina ritmadamente e Maggie leva um minuto para perceber que se trata de uma canção. Uma canção que ela reconhece. "Harvest", de Neil Young. A mesma que ela escutara naquela manhã. Quais são as chances de algo assim acontecer? Quais são as chances?

— Eu acho que a canção que ele está tocando com a buzina é "Harvest" — comenta ela. — Tenho quase certeza. Tenho quase certeza de que é isso.

Ele olha na direção do carro.

— Isso é interessante — diz ele, erguendo as sobrancelhas.

— Não, você não está entendendo. Eu escutei essa canção nesta manhã — diz ela.

Naquela manhã, em Red Hook. Parece incrivelmente distante naquele momento. E, ainda assim, não pode ser, certo? Se ela ainda se lembrar da canção que escutou, então aquela manhã está apenas tão distante quanto ela decidir que precisa estar.

Nate estica o braço e toca a maçã do rosto dela, a princípio com as costas dos dedos, depois com a palma da mão.

— Você ouve essa música toda manhã — diz ele. E faz uma pausa. — Não pense demais enquanto eu estiver fora, está bem?

— Eu estava só começando a resgatar minhas esperanças.

Ele balança a cabeça e diz:

— Ainda assim, isso pode mudar num piscar de olhos.

Ela sorri.

— Então, o que devo fazer, em vez de pensar?

— Bem, você é uma excelente faxineira...

Maggie encolhe os ombros.

— Diga algo que eu não sei.

Ele sorri.

— Logo estarei de volta. Vamos recomeçar o dia de hoje do zero.

— Não há como recomeçar do zero, Nate — fala Maggie.

Ele começara a descer da varanda, mas volta e olha fixamente nos olhos dela.

— Então, vamos dar um jeito — responde. — De recomeçar a partir daqui.

Gwyn

Ela fica de pé, observando através da janelinha da porta do hospital seu marido abraçado à sua filha. Os dois estão deitados sobre a cama do canto do quarto, e a outra cama está vazia. Georgia não está em trabalho de parto — nem é alarme falso nem nada do tipo —, mas está muito exaurida para voltar para casa naquela noite. E, na verdade, para que casa iria? Há uma árvore no meio da única que Gwyn pode oferecer a ela.

Georgia está melhor ali, nos braços de Thomas, com a cabeça apoiada no peito dele. No terno amassado dele, que tem o paletó ainda no corpo. Nem passou por sua cabeça a ideia de tirá-lo ou de afrouxar a gravata. Mas quem consegue pensar no que faz sentido, em trocar de roupa, em lidar com a situação? Thomas não consegue. De onde Gwyn observa, seu marido está concentrado apenas em um detalhe naquele instante: manter Georgia calma.

Gwyn segura uma travessa de papelão com cafés descafeinados e aguados da cafeteria do hospital. Eles estão horríveis e quentes demais, mas serão bem-recebidos pelos dois. Ela planeja oferecer os cafés e dirigir de volta para casa a fim de buscar uma muda de roupas para a filha. Planeja voltar para casa a fim de buscar o que quer que Georgia precise para continuar ali. Ainda assim, ela parece não conseguir se mover. Continua onde está, não faz menção de entrar. Talvez devesse ter feito, no entanto. Porque, pouco depois, enquanto ainda está parada ali, sente alguém atrás de si. Eve.

A princípio, Gwyn não diz nada. Deixa a cargo de Eve fazer o que quer que tenha vindo fazer.

— Achei que pudéssemos trocar — diz, mostrando as chaves de Gwyn, como uma estranha oferta de paz. — Achei que gostaria de ter o seu carro. Eu o trouxe até aqui para que vocês pudessem voltar para casa nele.

Gwyn vira de frente para ela e pega as chaves.

— Obrigada.

— Sem problemas.

— Nós deixamos as suas dentro da van. Thomas disse que você não se importaria. Ele colocou dentro do porta-luvas. Espero que ele tenha feito o que era certo.

— Ele fez o certo — diz Eve, caminhando até o lado de Gwyn, diante da porta, para observar os dois. — Nesse caso.

— Nesse caso — repete Gwyn.

— Como está Georgia?

— Bem. Apenas um pouco chocada. Nós a levaríamos para casa ou para o que restou dela, mas Georgia provavelmente vai ficar melhor aqui. Então, passará a noite no hospital. Eu vou voltar para casa e trazer alguns de seus pertences, para tornar sua estada mais confortável.

Eve faz que sim com a cabeça, e Gwyn se pergunta o que ela vê quando olha para Thomas e Georgia. Vê sua futura enteada, que tem a mesma idade que ela? Pensa em ter seu próprio filho com

Thomas? Ou não pensa em nada, apenas espera que ele olhe para fora, para que ela possa encontrar os seus olhos e se certificar de que ele ainda a ama?

— Ela parece em paz — comenta Eve.

— O pai tem esse efeito sobre ela.

Ambas estão em silêncio e continuam a observar pelo vidro o homem que dividem. Mesmo com Eve ao seu lado, Gwyn ainda sente crescer mais uma vez dentro de si aquela generosidade em relação a Thomas. Sente-se generosa ao observá-lo com a filha deles. Ele ama Georgia. E ama Nate. E ama até mesmo Gwyn. E fizera o melhor que se achara capaz de fazer por ela, por tanto tempo quanto pôde. A partir dali, vai fazer alguma outra coisa. Ele se permitiu isso.

Gwyn se vira para Eve.

— Acabou a tempestade?

— Sim — responde Eve, um pouco entusiasmada demais, um pouco feliz demais por poder trazer boas notícias. — Lá fora está tão seco quanto é possível, quase como se nada tivesse acontecido.

— Exceto pela árvore que ainda está sobre o meu telhado para provar que algo aconteceu.

— Como se precisasse de prova — diz ela.

— Como se eu precisasse de prova — fala Gwyn e sorri contra a sua vontade.

Eve também sorri, e o sorriso ilumina seu rosto e quase a torna bonita. Não tanto, mas quase. Quando Thomas começa a se afastar de Eve anos adiante, quando ela desiste dele e retorna a Big Sur, ela sorri para ele exatamente daquele jeito, mas ele pensa algo diferente do que Gwyn está pensando agora, ou, pelo menos, dá um nome diferente ao pensamento que lhe vem à mente. Ele pensa: *vá embora, só isso*. Ele contará isso a Gwyn, e ela achará graça, porque, até lá, ja serão amigos. E porque sabe que Thomas sente sua falta, que sente falta de contar sobre sua vida e que simplesmente sente saudade. Ele nunca tem a percepção degradante de que cometeu o maior erro de sua vida ao abandoná-la e ao fazê-lo do modo como o fez, mas, depois que Eve vai embora, Gwyn sabe que ele se perguntará se isso é verdade. Mesmo que seja muito tarde para fazer algo a respeito. Mesmo que seja tarde demais até para admitir inteiramente para si mesmo o preço da sua escolha. Quem é capaz de admitir algo assim? Gwyn se pergunta. Provavelmente alguém que não teria ido embora, para começar.

Naquele momento, porém, Eve ainda está na frente dela, presente. Mais do que presente. E esperando algo mais de Gwyn. Isso é culpa sua, reflete Gwyn, por causa do sorriso compartilhado, da piada. Provavelmente deu a entender que tudo está prestes a tomar outra direção.

— Eu amo Thomas de verdade, Gwyn — diz ela.

— Como?

— Tommy. Eu o amo. Amo mais do que já amei qualquer pessoa, se é que isso pode ajudar de alguma forma.

Gwyn segura a maçaneta da porta e sua mão começa a girá-la. Aquilo poderia tomar dois rumos. No fim das contas, quão tolerante uma pessoa realmente deve ser?

— Não muito — diz ela.

— Justo — diz Eve, conforme lhe dirige um último e triste sorriso, e toma seu caminho de volta.

Ela começa a ir em direção à sua van decorada, para esperar em casa pela ligação de Thomas, para escutá-lo dizer que não poderá encontrá-la naquela noite, mas que irá na manhã seguinte. Que irá logo.

Gwyn pigarreia e se vira na direção de Eve.

— Mas obrigada — diz ela.

— Pelo quê? — pergunta a moça.

— Pela noite de hoje — esclarece Gwyn. — Por fazer um trabalho tão bem-feito. A comida estava maravilhosa. Todos comentaram.

Eve sorri.

— Obrigada por dizer isso, Gwyn.

— Bem, alguém precisava dizer — responde. — E agora só vão se lembrar da árvore.

— E talvez do bolo.

Gwyn sorri.

— E talvez do bolo — concorda.

Então, ela gira a maçaneta, deixa Eve para trás e vai ficar com sua família por aquela noite, enquanto ainda é sua.

Maggie

Maggie está sentada no balanço, à beira do precipício, fumando. Fumando muitos dos cigarros de Eve. A última vez que fumou um cigarro foi durante a viagem no caminhão de mudança da Califórnia para Nova York. Antes disso, fora muito tempo atrás. Durante essa viagem para o leste, porém, toda vez que paravam em restaurantes de beira de estrada, dividiam sanduíches de três andares, cafés gelados e um cigarro para cada um antes de retornar ao caminhão para tentar dirigir noite adentro. *Vamos parar com essas porcarias quando chegarmos a Nova York*, ela lembra ter dito a ele. Naquele momento, contudo, ela fuma vários deles e não pensa no assunto, exceto quando tem de decidir se vai ou não fumar o próximo. Decide que o próximo será o último, olha para o mar ao longe e tenta não pensar muito sobre assunto algum, a não ser sobre há quanto tempo está ali fora, que parece ser bastante. Além da conta, na verdade. Deveria estar dentro de casa, ajudando a organizar tudo.

Ela coloca a mão no bolso para pegar o último cigarro e acaba deixando o isqueiro cair debaixo do assento do balanço. Inclina-se para baixo para pegá-lo e algo chama a sua atenção: uma inscrição gravada na parte inferior do balanço. Numa placa de metal aparafusada no verso do assento. É difícil discernir as palavras por causa da escuridão, mas ela acende o isqueiro e tenta.

Maggie pensa se tratar de um poema, a princípio, mas, então, percebe que é uma música. A letra de uma bela canção, que ela reconhece. Desliza os dedos sobre uma das estrofes:

And you shall take me strongly
In your arms again
And I will not remember
That I ever felt the pain.[7]

Ela mantém os dedos ali, sobre as palavras. Há algo nelas que a comove. Algo a comove naquele instante, quando ela mais precisa, algo sobre confiança. Maggie não sabe como ela e Nate sairão dessa, mas sabe que confia nele. Como pode? Talvez porque, no fim das contas, a confiança não precisa fazer sentido; pelo menos, não o tempo todo. É aí que reside o seu poder. Ela é capaz de surgir quando você menos espera e lhe dar forças para seguir em frente. Até que você possa se sustentar por si mesmo.

Maggie tira a mão dali. Já escutou a canção antes. Não consegue lembrar quem cantava — está na ponta da língua... Por que não consegue lembrar? —, mas começa a cantarolar a melodia. A melodia está voltando à sua memória aos poucos, e essa não é a pior maneira de recordar o resto.

---

[7] E você me envolverá firmemente/Em seus braços mais uma vez/E eu não lembrarei/Que algum dia senti a dor. (N.T.)

Então, ela escuta passos. Levanta a cabeça de debaixo do balanço onde estava, pensando que é Nate que está de volta para buscar algo; mas é Gwyn, caminhando rápido até ela, já sem o vestido, que foi substituído por uma calça jeans e uma camisa de mangas curtas e botões.

— Já voltou?

Ela sorri.

— Voltei só para me trocar e buscar algumas roupas para Georgia passar a noite; preparei uma mala para ela.

— Ela vai ficar no hospital?

Gwyn faz que sim com a cabeça.

— Mas ela está bem, só um pouco tensa. Denis chegou quando eu estava saindo e vai ficar com ela. Graças a Deus, pelo menos isso. E Nate foi arranjar um lugar para dormirmos em uma pousada na estrada Second House. Mas deve voltar logo. Ele pediu que eu avisasse a você que vai voltar logo.

Ela está tranquila e não ansiosa ao pensar sobre o retorno de Nate, sobre ir para a pousada com ele ou permanecer ali. Sobre qualquer assunto a respeito do qual tenham que conversar. A ideia de dormir, de repente, parece algo muito distante.

Gwyn se senta no balanço, ao lado dela.

— São seus? — pergunta ela, apontando para o maço de cigarros na mão de Maggie. — Por favor, diga que você não fuma.

Maggie nem se lembrava de os estar segurando, por isso fica imediatamente envergonhada e começa a se explicar — *normalmente não, só esta noite* —, mas então olha de novo para Gwyn, que está com a mão esticada pedindo um cigarro.

— Claro que não — diz Maggie, enquanto lhe entrega um.

Gwyn o acende, dá uma longa tragada e fecha os olhos, saboreando. Maggie a observa e se pergunta se deve contar que os cigarros são de Eve. Isso importaria para Gwyn? Parece irrelevante. Se Maggie está certa ou errada sobre Eve e Thomas, tudo será revelado em breve, e, seja como for, os cigarros não são parte da história.

Maggie aponta para trás, em direção à casa.

— Estou pensando em voltar lá para dentro e empacotar alguns objetos para vocês. Como as fotografias ao longo da escada, por exemplo. Objetos que correm o risco de serem inundados se começar a chover de novo.

Gwyn concorda com a cabeça.

— Obrigada.

— Bem, talvez você devesse esperar para ver o que eu realmente consegui fazer antes de me agradecer. Sou uma péssima faxineira.

— Isso melhora com o tempo.

— Talvez. Eu estava na biblioteca fazia menos de dez minutos quando vi o balanço pela janela e decidi que precisava vir aqui, em vez de arrumar. Precisava me permitir um intervalo.

Gwyn levanta os pés, de modo que o balanço começa a se mover.

— Você acabou de descrever todas as minhas manhãs.

Maggie acha graça e desliza a mão sobre o assento do balanço, sobre as tábuas de madeira.

— Então, foi Thomas quem construiu isto?

— Não. Foram os pais dele. Muito tempo atrás. Foi o presente de casamento deles para nós, na verdade.

— Champ e Anna?

— Champ e Anna. — E ela sorri.

— Como eles eram?

Gwyn está sorrindo.

— Maravilhosos, de verdade. Pessoas muito adoráveis que gostavam muito um do outro. Anna não gostava muito de mim. Mas Champ gostava. Eu o fazia rir.

— Por que ela não gostava de você?

— As sogras são as piores. Sabe, elas não gostam de você, fazem com que se sinta mal consigo mesma, dão festas de divórcio no dia em que vai conhecê-las, e você é obrigada a aceitar o fato de que são loucas. Além disso, se você não tem muita autoconfiança, pode começar a achar que vai acabar do mesmo jeito.

Maggie sorri.

— Eu gostaria que você tivesse conhecido os dois. Teria gostado deles. Só se mudaram definitivamente para cá depois do furacão de 1938. Anna contava que Champ ficou obcecado por Montauk por um tempo depois daquilo. Ele construiu a biblioteca da cidade e ajudou a reconstruir o centro também.

— E, depois, o que aconteceu?

— Depois, ele sossegou. Mas vivia em paz aqui. Era realmente tranquilo. — Ela balança a cabeça. — Acho que pensei que Thomas fosse como ele. Era algo importante para mim. Mas ser ausente e ser tranquilo são duas características diferentes. Podem parecer uma com a outra, mas são, na verdade, opostas.

Maggie está em silêncio, pensando sobre o assunto, desejando que Nate seja mais próximo do segundo tipo, acreditando que ele é.

— Quando eles morreram? Champ e Anna? Quer dizer, eu sei que foi depois que Nate nasceu, mas...

— Anna adoeceu pouco depois que nos casamos. E os médicos não puderam fazer nada para curá-la. Eu acho que Champ não conseguia viver sem ela. Ele morreu seis meses depois. — Gwyn dá uma última tragada em seu cigarro. — Mas eles viveram uma vida feliz juntos. Não muito longa, mas feliz. Acho que assim é melhor do que o contrário.

— Como se chega lá? — pergunta Maggie, virando-se para olhar Gwyn nos olhos. — À parte feliz?

Gwyn sorri.

— É questão de sorte.

— É isso o que você tem para me dizer?

— Vou pensar melhor nisso e respondo quando estiver menos cansada. — Ela faz uma pausa. — Evitar cigarros provavelmente é um bom começo.

Maggie coloca o cigarro sob seu chinelo e ergue o olhar para Gwyn.

— Parece uma boa ideia.

Gwyn se levanta, e Maggie pode sentir que ela a olha de cima cautelosamente, como se tentasse descobrir se deve dizer o que já decidiu que precisa dizer.

— Sei que está chateada com o Nate, Maggie, e quem sou eu para lhe dizer que não deveria estar? Talvez você deva ir embora agora. Talvez, quando tudo começa a parecer que não é como imaginamos, o melhor seja mesmo buscar outro caminho.

— Sério?

Gwyn coloca as mãos nos próprios quadris e dá de ombros.

— Quem sou eu para saber? Mas andei pensando muito hoje e, se lhe interessa saber, eu acredito que há formas diferentes de se ter problemas. Há modos diferentes de ficarmos confusos sobre como alguém nos decepcionou. Meu marido mentiu sobre o futuro porque ele queria esquecer o passado. Mas Nate mentiu sobre o passado porque pensou que isso daria a vocês dois um futuro. Não confunda as duas formas.

— Eu não poderia, mesmo que quisesse.

Gwyn se aproxima e, sem pedir, gentilmente pega o maço de cigarros da mão de Maggie.

— O que estou tentando dizer é que vai ficar tudo bem entre você e Nate. Porque vocês dois querem isso. Porque querem isso acima de tudo. Parece simples, mas estou aprendendo que os problemas começam quando um dos dois quer algo diferente do que o outro quer.

— Como o sr. Huntington querer virar budista?

— Como o sr. Huntington não querer ficar comigo.

Maggie olha para baixo, em silêncio. Seus olhos se concentram nos cigarros de Eve, no que ela acredita saber sobre Eve e em uma reflexão sobre o que a verdadeira versão dessa história deve estar causando a Gwyn e causará a partir dali.

É nesse momento que ela se lembra, que a resposta estala em sua mente.

— É “Sweet Thing”, certo? “Sweet Thing”, do Astral Weeks. Eu iria ficar louca se não me lembrasse — diz ela, enquanto a música inteira inscrita na parte inferior do balanço retorna à sua memória. — E há uma bela história por trás da canção, da razão por que ele decidiu escrevê-la. Vou ter que checar. Vou dar uma olhada nisso de novo.

— Do que está falando?

— Da canção — responde. — A música embaixo do balanço.

Gwyn balança a cabeça como se não tivesse ideia do que Maggie está falando, e, quer ela saiba, quer não, Maggie pode ver quão cansada ela está. Tanto quanto Maggie. Talvez mais do que Maggie. Ela está muito cansada para discutir aquilo.

— Sabe, eu mostro para você amanhã — diz ela.

Gwyn sorri. Então, como se pensasse duas vezes, mas decidisse fazer aquilo de qualquer modo, ela se inclina e beija Maggie na bochecha.

— É um prazer conhecê-la, Maggie Mackenzie.

— É um prazer conhecê-la também, Gwyn.

Maggie observa Gwyn afastar-se, espera o carro dar a partida e então, respirando fundo, levanta-se, sai do balanço e pensa em retornar à casa.

Em vez de fazer isso, contudo, ela desce os cinquenta íngremes degraus em direção à praia e sente as pedras por debaixo de seus pés no fundo do declive, pedras que dão lugar a uma areia macia, que dá lugar, por sua vez, ao mar. Ali mesmo, repentinamente diante dela, pronto para que ela o adentre.

Maggie tira os chinelos e caminha para dentro do mar da meia-noite, retraindo-se ao mergulhar os pés, depois as coxas. Ela espera que a água a faça se sentir mais limpa, mas está apenas deixando-a com frio. Ainda assim, ela vira e olha em direção à casa. Pode vê-la muito bem, todas as luzes acesas. Pode até mesmo avistar o estrago, a árvore firmemente enraizada no mais estranho dos lugares. Ela continua olhando mesmo assim.

Pode não ser o que ela pensou que estivesse procurando, mas talvez venha a se tornar algo de que ela precisa. Porque, segura ou insegura — segura e insegura —, ela começa a sentir que é para a sua casa que está olhando naquele instante.

Gwyn

Há um momento em todo relacionamento em que você compreende tudo. A questão é: quando chega esse momento? É na primeira vez que você vê a pessoa e instintivamente sabe que tudo vai dar certo ou que vai fracassar? É num momento no meio da relação, quando você sofre uma perda — a morte de um dos pais ou uma doença —, e essa pessoa se deita com você e o acolhe a noite toda, até que você sente uma culpa incrível por todas as vezes em que já duvidou dela? Ou é num momento mais próximo do fim, independentemente de como você chegue lá, quando percebe que há algo por trás dos olhos dessa pessoa que você nunca conseguiu decifrar, não importa quanto tenha tentado?

Você pode especular sobre isso, sobre quando tudo realmente começa, sobre quando realmente termina, e, assim, Gwyn sabe que é possível que ela esteja errada a respeito de tudo começar, terminar e recomeçar ali. A respeito de aquele momento de quietude ser o momento dela. Daqui a alguns anos, talvez ele possa definir o que significou aquela noite para ela, ou o que significou o fim daquela noite, o fim de uma fase da sua vida e o início de outra.

Também é possível que ela esqueça. Não parece possível naquele instante, mas é assim mesmo quando se está imerso em algo. Você não acredita nos deuses, no Universo ou em qualquer prova irrefutável do contrário. Até isso passa. Mas isso também não vale para tudo.

Gwyn respira fundo, parada no meio da estradinha particular da propriedade, olhando à sua volta, escutando todos os barulhos. Esse é outro detalhe que ela ama em Montauk, um dos pequenos e esquecidos detalhes: quão estridente fica o som de tudo depois de uma tempestade. Ela pode escutar o mar de onde está, pode escutar as pessoas nas ruas e pode escutar todos os carros que trafegam pela rodovia Old Montauk.

Aquilo tudo é suficiente, ao seu modo, para fazer com que ela questione seu instinto. Seu instinto mais profundo de voltar para casa e pegar alguns de seus pertences. Naquele exato instante. Pegar alguns de seus pertences que podem ser destruídos, objetos dos quais ela precisa e que ama; que, um dia, serão lembranças do que ela teve naquela casa. Pegá-los naquele instante, antes que seja tarde demais.

Ela toma, porém, uma decisão. Não é a decisão mais importante que terá feito na vida ou mesmo naquela noite, mas decide ignorar o que seu coração a manda fazer e não retorna. Não naquele momento. Não quando ainda vai encontrar provas para si mesma, se é que precisa de provas, de que uma família viveu naquela casa. Uma família que logo terá partido.

Em vez disso, Gwyn pega a bolsa, encontra suas chaves, e vai até o carro. Entra, dá a partida e, em pouco tempo, está fora da estradinha.

Deixará as roupas com a filha no hospital, passará a noite com Thomas na pousada da estrada Second House e voltará ao hospital na manhã seguinte para fazer tudo o que for necessário. Por sua filha. Mas não voltará para casa naquela noite. Nem sequer a olhará pelo retrovisor ou pensará em fazê-lo.

Chame do que quiser; logo, porém, em menos de um ano ou talvez um pouco mais de um ano a partir daquela noite — no breve intervalo de tempo em que tudo indica que Thomas se casaria mesmo com Eve; no breve intervalo de tempo pouco antes de venderem a casa para um jovem casal do oeste de Massachusetts, que estava disposto a contrair dívidas para comprá-la, que desejava torná-la um lar em tempo integral —, Gwyn sai com esse mesmo carro numa viagem pela estrada em direção a Oregon, para passar uns tempos com sua irmã e com o jornalista. Pelo menos, esse é o seu plano original. Mas ela para no meio do caminho numa cidade no norte do Arizona, entra no bar de um hotel e lá encontra um homem usando meias amarelas que aparecem acima dos sapatos sociais. Ela o reconhece daquela forma como costumamos reconhecer as pessoas que estamos destinados a encontrar, as pessoas que quisemos a vida inteira encontrar. Isso significa que Gwyn terminou bem, só porque conheceu outra pessoa, alguém que deseja vê-la? Não, não até onde ela sabe. Até onde ela sabe, terminou bem porque ela acredita — naquele bar de hotel, pela primeira vez depois de tanto tempo — que deve ser vista. Trata-se de um bônus, é claro — um bônus incomensurável, o bônus incomensurável de sua vida —, que o homem com as meias amarelas seja a pessoa a vê-la.

Mas, no presente — naquela noite —, ela está esgotada. Da casa, dessa fase da sua vida, de absolutamente tudo.

Não está irritada. Não está otimista. Está simplesmente esgotada. Por essa noite, Gwyn desiste de tentar dar um jeito no que já não mais pode ser salvo.

Maggie

Maggie está tentando dar um jeito no que pode ser salvo. Está sentada no chão da sala, com uma garrafa de vinho pela metade ao seu lado e livros, molduras de fotos, candelabros e vasos à sua volta. Ela pega jornais da lata para reciclagem e começa a espalhá-los ao redor, preparando-se para embalar tudo neles, quando olha para cima e o vê parado ali, na soleira da porta, inclinado contra o batente e com os braços cruzados sobre o peito.

Nate. Ele parece já estar ali há algum tempo, observando-a. Ainda segura as chaves do carro nas mãos, entre os dedos.

— Já voltou? — pergunta ela.

— Voltei.

— E o que está fazendo parado aí?

— Fingindo.

— Fingindo o quê?

— Que quando você levantasse os olhos ainda ficaria tão feliz quanto normalmente fica ao me ver. Que o seu rosto se iluminaria como de costume, você sabe... — Ele descruza os braços e gira as chaves diante do próprio rosto. — Que eu conseguiria vê-la ficar feliz.

Ela olha o namorado mais de perto.

— Eu fiquei?

— Mais ou menos — responde ele.

Maggie sorri, olha para as suas pilhas, pega mais um jornal e tenta decidir como usá-lo.

— Isso não é muito bom.

— Não é tão ruim — diz ele. — Achei que seria pior do que isso. Então talvez estejamos começando bem.

O jornal está soltando tinta amarela e preta nas mãos de Maggie, que o vira e o afasta de si; e, assim, lê a manchete no topo da página, que anuncia que aquele dia é o aniversário do furacão. Sessenta e nove anos. Sessenta e nove anos atrás. Ela se pergunta o que acontecia, então, naquele exato cômodo? Como foi que eles superaram aquilo?

Nate entra na sala, avança alguns passos na direção dela, até estar a apenas poucos metros de distância. Mas não se senta. Ele espera. Espera que ela lhe dê um sinal de que quer que ele se aproxime.

— Murph me contou o que ela lhe disse no ônibus. Não é verdade. Nunca dormimos juntos. Nunca sequer nos beijamos. A não ser durante uma rodada estúpida de verdade ou consequência no quinto ano.

Ela ergue o olhar para ele.

— Por que ela disse isso então?

— Porque teve a oportunidade.

— Ela escolheu um péssimo dia.

— Sim, escolheu um péssimo dia — concorda ele. — Mas talvez esse não seja o problema.

— E qual é?

Ele dá de ombros.

— Por que estávamos jogando verdade ou consequência no quinto ano, talvez?

Ela começa a rir e sente algo se afrouxar dentro de si, afrouxar a tal ponto que ela faz o primeiro movimento: afasta alguns livros do caminho para que ele possa se sentar diante dela.

Afasta alguns romances ruins encadernados em brochura, um pequeno livro de capa dura e um dicionário aquático, que é o maior de todos, da sua frente. Ele se senta cuidadosamente, inclina-se para trás, apoiando-se nas mãos, e olha para ela, olha fixamente para ela.

— Obrigado — diz ele.

Ela faz que sim com a cabeça.

— De nada...

— O que está pensando? — pergunta Nate.

Ela olha para ele e responde:

— Nada.

— Não, não pode ser nada. Conta para mim.

— Bem, neste exato momento, estou pensando que você raramente me pergunta o que estou pensando. — Maggie faz uma pausa. — E me sinto grata por isso. É uma pergunta terrível. Nada de bom pode sair dela.

Ele sorri e se vira brevemente para a janela, olha para fora, para a noite, para o contorno do oceano ao longe.

— Ele me perguntou uma coisa hoje e não consigo parar de pensar nisso. Perguntou enquanto caminhávamos de volta do surfe, hoje mais cedo.

— Seu pai?

Nate confirma com a cabeça, volta-se para ela; um estranho olhar toma conta de seu rosto.

— Foi estranho porque ele não parecia ser ele mesmo. Perguntou se quando olho para você eu me sinto racional. Disse que eu não deveria — continua ele. — Que eu não deveria me sentir racional em relação a você.

— Racional? O que isso significa? — diz ela. — Como se eu ainda devesse ser uma fantasia?

— Eu não sei. Essa é a questão. — Ele faz uma pausa. — Soou como se ele estivesse falando mais consigo mesmo do que comigo.

Ela permanece em silêncio. Parte dela quer perguntar o que Nate está dizendo agora enquanto conversa consigo mesmo, e quer fazer essa pergunta também para si mesma. Por alguma razão, essa parece uma questão grandiosa demais. De algum modo, parece significar tudo. Além disso, quem somos nós para dizer a nós mesmos algo sobre nossas vidas? Quem somos nós para termos coragem suficiente para descobrir um novo modo de vivê-las?

— Estou pensando que, com alguma prática, a gente se torna capaz de se convencer a fazer ou não fazer qualquer coisa — diz ela.

— O que quer dizer?

— Quero dizer que deve tomar cuidado com o que diz — responde Maggie. — Acho que nós dois deveríamos tomar cuidado com o que vamos dizer.

Nate se inclina para a frente e pousa a mão sobre o peito da namorada, segurando com firmeza, seus dedos afundando cada vez mais. Ela está consciente dos dedos dele e a sensação a deixa irritada. O toque dele a incomoda naquele instante quase tanto quanto a acalma. Ela precisa acreditar, porém, que não será sempre assim. Conforme Nate se aproxima, ela toma consciência de que não quer que seja assim e de que ele também não quer. Ela sabe que ele vai fazer tudo que puder para consertar as coisas. E, pela primeira vez, ela vai fazer o mesmo.

Talvez eles não tenham dado um passo tão grande em relação ao ponto onde começaram: Maggie começou o dia com Nate e o está terminando ao lado dele. Continua no mesmo lugar. Mas de um modo diferente, mais profundo, e começa a entender isso como o passo mais importante que já deu na vida.

Ele começa a falar com a voz embargada. Pigarreia e recomeça:

— Maggie, nunca vou desapontar você de novo.

Ela olha no fundo dos olhos dele. Eles são infinitos. E ela pode ver que Nate acredita naquilo. Pode ver que ele acredita no impossível, o que pode ser a receita para a decepção, mas também o primeiro passo — passo absolutamente necessário — para se trabalhar rumo ao que é possível. E estável. E verdadeiro.

— Você vai me desapontar.

— Não. Não da mesma forma.

— Como pode ter certeza?

Ele balança a cabeça e continua falando:

— Olha, Maggie, no fundo, não importa.

— O quê?

— Mesmo que isso pareça bastante desagradável por enquanto, eu vou lhe contar tudo. E não irei embora a não ser que você me peça. — Ele faz uma pausa. — Acho que não irei nem que me peça.

— Piadas sobre ordens de restrição podem ser engraçadas? — pergunta ela.

— Não. Normalmente, não.

— Está bem — diz ela. — Então, não farei uma.

Por fim, ela repousa sua testa contra a dele e pode senti-lo ali, pode sentir seu coração pulsando exatamente onde se tocam. Sempre parece, onde quer que se toquem, que ela está alcançando algo dentro dele. Especialmente naquele momento, quando é disso que ela mais precisa, essa sensação ganha uma essência particular de promessa.

— Nate — diz ela —, não paro de pensar naquele balanço lá fora. Não paro de pensar que um balanço como aquele ficaria perfeito na frente do nosso restaurante.

— Ficaria. Seria perfeito. — Ele fala lentamente. — O que acha de perguntarmos aos meus pais se podemos usar o deles?

Maggie olha para ele e pergunta:

— Acha que aceitariam?

— Acho que temos uma boa chance de que aceitem, sim — responde Nate.

Então, ele se aproxima, pousa os lábios sobre a orelha dela. E espera. Espera por um segundo, antes de dizer em voz muito baixa:

— Posso dizer algo que nunca lhe disse antes?

Maggie fecha os olhos e sente escorrer uma lágrima, que rapidamente seca para que ele não veja e para que ela não perca nem sequer um pedacinho de tudo aquilo, do momento bom, do momento sólido e verdadeiro que virá a seguir.

Epílogo

Montauk, Nova York, 1972

Champp

Ele está trabalhando no balanço.

Anna está sentada no chão, perto da beira do precipício, e finge olhar na direção da casa quando, na verdade, observa Champ com o canto dos olhos. Ele sabe que ela o considera velho demais para estar deitado de costas, construindo aquele balanço.

Ele *é* velho demais. Eles moram em Nova York agora, já faz mais de um ano, porque lá tudo é mais acessível para os dois. Sentem falta da casa, no entanto, sentem falta de estar ali de tal forma que não gostam de falar sobre isso entre si.

Estão de volta por apenas alguns dias, para o casamento de Thomas. Com aquela mulher chamada Gwyn. Aquela mulher que Anna acredita ser bonita demais.

— Ele não tem que procurar muito para encontrar — diz ela. — A beleza.

— E daí?

— E daí que é difícil apreciar uma coisa que você não tem que procurar muito para encontrar.

Eles já tiveram essa conversa antes. Champ se concentra em polir a parte de dentro do assento do balanço. Está quase pronto. É o presente de casamento deles para Thomas e Gwyn. É a sua oferenda.

Ele desliza a mão sobre a madeira.

— Eles vão ficar bem, Anna — diz ele.

— Você não tem certeza disso.

— Não. Acho que nunca se pode ter certeza disso. Mas eu gosto dela.

— O que poderia ser mais irrelevante?

Anna vira e olha diretamente para ele. Ela é melhor nisso agora: em dizer exatamente o que pensa.

E Champ não diz o que pensa porque se aprimorou na habilidade de saber o que ela não está preparada para escutar: que não faz ideia se o casamento do filho vai durar tanto quanto durou o deles dois. Pode tomar um rumo ou outro. Tudo sempre pode tomar um rumo ou outro, não? Um casal pode permanecer junto pelos motivos errados tanto tempo quanto pelos certos, e quem pode dizer que será mais ou menos feliz desse ou daquele jeito? Por causa de uma tempestade, por causa dos braços que ela manteve abertos... Champ sabe apenas que a parte importante é decidir permanecer. De novo e de novo. E, nos dias em que não conseguir tomar essa decisão, evitar decidir algo diferente disso.

— Leia a letra para mim.

— De novo?

— De novo.

A letra está gravada numa placa azul debaixo do assento. A letra da canção dos dois, dele e de Anna. Não foi a música do casamento deles. Qual foi? Uma melodia de Cole Porter, se ele se lembra bem. "Begin the Beguine". Foi a música do casamento de muita gente naquele ano. Mas essa outra canção se tornou uma das que eles mais ouviam nos últimos anos. É a canção que Champ colocava para tocar na vitrola em noites frias de inverno, mais perto do fim da estação, quando eles precisavam de algo para lembrá-los de que desejavam passar as noites frias de inverno ali.

Com sorte, aquilo ajudaria a manter Thomas e Gwyn unidos, durante o início.

Ele aparafusou a placa na tábua mais interna do balanço, em um lugar que você teria de olhar de perto, onde é preciso ter sorte para encontrar. E não pula nenhum verso dessa vez ao ler para ela:

And I will stroll the merry way
And jump the hedges first
And I will drink the clear
Clean waterfall to quench my thirst
And I shall watch the ferry-boats
And they'll get high
On a bluer ocean
Against tomorrow's sky
And you shall take me strongly
In your arms again

And I will not remember
That I ever felt the pain.
And I will raise my hand up
Into the nighttime sky
And count the stars
That's shining in your eyes
And I'll be satisfied
Not to read in between the lines
And I will walk and talk
In gardens all wet with rain
And I will never, ever, ever, ever
Grow so old again.[8]

— Perfeito — diz Anna. — Faz com que eu queira entrar para ouvir a música.

— Então, vamos entrar e ouvir a música. Assim que eu acabar.

— Mas não vamos contar para eles que está aí?

— Não — responde Champ. — Eles vão encontrar um dia. Ou alguém vai.

---

[8] Eu seguirei o caminho da felicidade./ E pularei primeiro as sebes/ E beberei da clara/ E límpida cachoeira para saciar a minha sede/ E observarei as barcas/ E elas se elevarão/ Sobre um oceano mais azul/ Contra o céu de amanhã/ E você me envolverá firmemente/ Em seus braços mais uma vez/ E eu não lembrarei/ Que algum dia senti a dor./ E eu erguerei minha mão/ Para o céu anoitecido/ E contarei as estrelas/ Que brilham nos seus olhos/ E me satisfarei/ Em não ler nas entrelinhas/ E andarei e falarei/ Em jardins úmidos de chuva/ E eu nunca, nunca, nunca, nunca/ Envelhecerei tanto novamente. (N. T.)

Ela sorri.

— Como um segundo presente.

— Como uma bênção.

Ela vai até o marido e se deita ao lado dele.

— Quem é você para abençoar alguém, meu velho?

Ele acha graça e se pergunta, por um instante, o que um estranho pensaria se deparasse com aquela cena. Dois idosos ali deitados, entre a sua casa e o resto de tudo. Saberia que eles passaram a vida inteira ali? Saberia que isso fez toda a diferença? E seria essa a verdade?

Ele olha para a esposa e a observa fechar os olhos, absorvendo a luz do sol de fim de tarde.

— Será que as coisas não podem terminar aqui? — diz ela. — Quando conseguimos nos sentir felizes assim?

Ele se aproxima dela e responde:

— Acabou de terminar.

Nota da autora

No início da primavera de 2005, eu e uma amiga fomos de carro até Montauk, Nova York. Enquanto nos dirigíamos para o trecho Napeague, minha amiga mencionou um furacão que atingiu aquela área na década de 1930, que separou Montauk do resto de Long Island.

Eu comecei a me perguntar: que casa poderia ter sobrevivido a tão devastadora tempestade? Como estaria a família nos dias de hoje?

Pela ajuda enquanto eu tentava responder a essas questões e compreender tudo sobre o furacão de 1938, sou grata a Robin Strong e a toda a equipe da Biblioteca de Montauk. Vários textos e documentários foram úteis à minha pesquisa também. Em particular: *Sudden Sea*, por R.A. Scotti; *The Great Hurricane: 1938*, por Cherie Burns; *From the Ashes: The Life and Times of Tick Hall*, de Scott Morris; *Voices in Time: An Oral History of Montauk 1926-1943*, de Abianne Prince; *A Healing Divorce*, de Phil e Barbara Penningroth; e *When Things Fall Apart*, de Pema Chodron.

Eu tomei a liberdade de mudar os fatos e brincar com alguns fragmentos da história para fazer minha trama funcionar da forma como queria que funcionasse. Essas foram escolhas intencionais.

Uma última nota: pelo suporte enquanto eu trabalhava para terminar este livro, devo minha gratidão aos meus maravilhosos editor e agentes, Molly B. Barton, Gail Hochman e Sylvie Rabineau. Minha gratidão estende-se a Gwyn Lurie e Ben Tishler, um em cada costa, a minha família e amigos, por generosamente lerem meus rascunhos, e a Joe the Art of Coffee e The City Bakery, por me oferecerem locais aconchegantes e agradáveis onde pude escrever.

E o meu muito obrigada a todas as pessoas que compartilharam suas histórias pessoais comigo enquanto eu trabalhava neste livro. Todos nós vivemos vidas tão discretamente corajosas, e eu me sinto abençoada por ter sido convidada para dentro das suas.

L.D., janeiro de 2008

Impresso no Brasil pelo
Sistema Cameron da Divisão Gráfica da
DISTRIBUIDORA RECORD DE SERVIÇOS DE IMPRENSA S.A.
Rua Argentina 171 – Rio de Janeiro, RJ – 20921-380 – Tel.: 2585-2000